王績集會校

〔唐〕王績 著

韓理洲 校點

上海古籍出版社

圖書在版編目(CIP)數據

王績集會校 /（唐）王績著；韓理洲校點. —上海：上海古籍出版社，2023.5（2024.6 重印）
（中國古典文學叢書）
ISBN 978-7-5732-0675-6

Ⅰ.①王… Ⅱ.①王… ②韓… Ⅲ.①中國文學—古典文學—作品綜合集—唐代 Ⅳ.①I214.212

中國國家版本館 CIP 數據核字(2023)第 059615 號

中國古典文學叢書
王績集會校
〔唐〕王 績 著
韓理洲 校點
上海古籍出版社出版發行
（上海市閔行區號景路 159 弄 1-5 號 A 座 5F 郵政編碼 201101）
（1）網址：www.guji.com.cn
（2）E-mail：guji1@guji.com.cn
（3）易文網網址：www.ewen.co
商務印書館上海印刷有限公司印刷
開本 850×1168 1/32 印張 10 插頁 6 字數 192,000
2023 年 5 月第 1 版 2024 年 6 月第 2 次印刷
印數：1,501—2,000
ISBN 978-7-5732-0675-6
I·3716 平裝定價：48.00 元

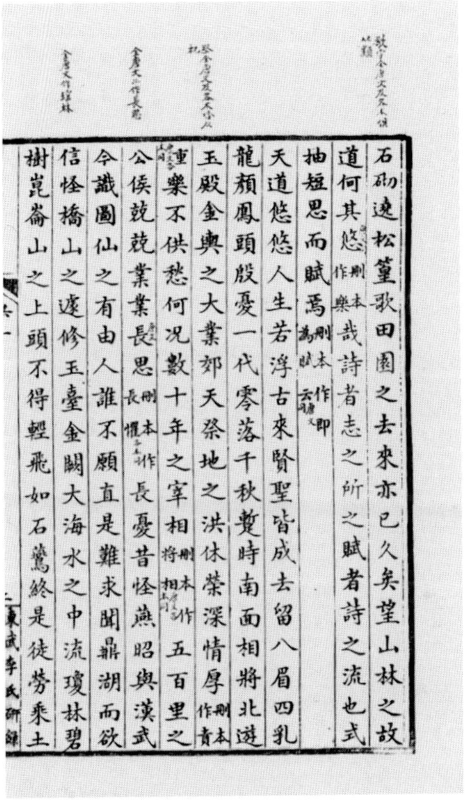

石砌逸松篁歌田園之去來亦已久矣望山林之故
道何其悠(刪本作樂)哉詩者志之所之賦者詩之流也式
抽短思而賦焉(刪本作爲賦)
天道悠悠人生若浮古來賢聖皆成去留八眉四乳
龍顏鳳頸殷憂一代零落千秋變時南面相將北遊
玉殿金輿之大業郊天祭地之洪休榮深情厚(刪本作責)
重樂不供愁何況數十年之宰相(刪本作將相)五百里之
公侯兢兢業業長思(刪本作長懼)長憂昔怪燕昭與漢武
今識圖仙之有由人誰不願直是難求聞鼎湖而欲
信怪橋山之遼修玉臺金闕大海水之中流瓊林碧
樹崑崙山之上頭不得輕飛如石鷰終是徒勞乘土

清東武李氏研録山房校鈔本書影

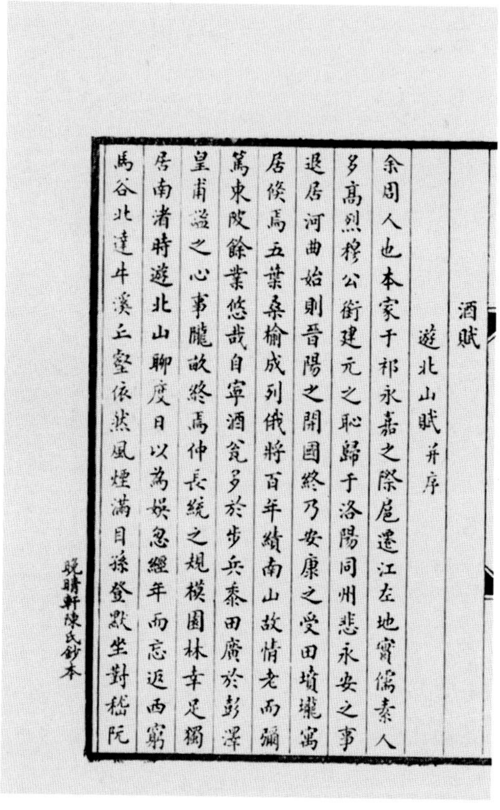
酒賦

遊北山賦 并序

余周人也本家于祁永嘉之際扈遷江左地實儒素人多高烈穆公銜建元之恥歸于洛陽同州悲永安之事退居河曲始則晉陽之開國終乃安康之受田墳壠寓居倏焉五葉桑榆成列俄將百年績南山故情老而彌篤東陂餘業悠哉自寧酒瓮多於步兵黍田廣於彭澤皇甫謐之心事朧故終焉仲長統之規模園林幸足獨居南渚時遊北山聊度日以為娛忽經年而忘返西窮馬谷北達牛溪丘壑依然風煙滿目孫登默坐對嵇阮

晚晴軒陳氏鈔本

清陳氏晚晴軒鈔本書影

出版説明

王績（五九〇—六四四），字無功，號東皋子，絳州龍門（今山西河津）人。是隋唐之際的傑出詩人。明何良俊評其詩「近而不淺，質而不俗，殊有魏晉之風」（四友齋叢説卷二十五）。四庫全書簡明目録云其古意六首乃「陳、張感遇之先導」（卷十五）；明楊慎則稱其近體詩爲「王、楊、盧、駱之濫觴，陳、杜、沈、宋之先鞭」（升庵詩話卷六）。

王績所著詩賦雜文二十餘卷，於其卒後多有散逸，友人吕才輯爲王無功文集五卷。至中唐時，陸淳删略其集爲東皋子集略二卷。元代以降，五卷本湮没罕見，以後人所輯三卷本爲習見。至清乾隆間，宋㮣王無功文集五卷本始爲世知。今存清鈔本三種。

一九八七年，上海古籍出版社出版了韓理洲先生校點的王無功文集（五卷本會校），其以清東武李氏研録山房五卷校鈔本爲底本，對校諸本，校勘深細，甫一出版，即引起唐詩學界的極大關注。此次收入中國古典文學叢書，據八七版重排，除改正部分文字訛誤和專名綫錯誤外，又據韩理洲先生提供的材料，於附録三集評下增補圍爐詩話、小清華園詩話兩則，删去補遺中殘句（與卷五登龍門祭禹文重出）一則，以期爲讀者提供一個較爲完備的王績詩文的整理本。

上海古籍出版社
二〇二三年三月

前言

王無功文集五卷本，是隋、唐之際傑出詩人王績現存最完整的一部詩文集。比元、明以來通行的諸種三卷本溢出詩六十餘首、文二十餘篇（三卷本收詩五十多首、文十多篇），爲全面深入地研究王績和他的創作，探討唐代文學的革新遷變，提供了新資料。

下面，我們便根據這部文集，對王績的生平、思想、文學成就作簡略介紹。

王績，字無功，號東皋子，絳州龍門（今山西河津）人。約生於隋文帝開皇十年（五九〇）〔一〕，卒於唐太宗貞觀十八年（六四四）。

王績岐嶷好學，抱負遠大。十五歲便至國都長安開始了干謁活動。爾後，又曾「棄繻頻北上，懷刺幾西遊」〔二〕。煬帝大業中，登孝悌廉潔科，任秘書省正字。不久，「不樂在朝」〔三〕，乞署外職，除揚州六合縣丞。因簡傲喜酒，屢遭劾劾。大業十年（六一四），托以風疾，棄官歸里。接着，浪迹於中原、吴越。大業十三年（六一七），復歸故鄉。隋季版蕩，「桑梓成丘墟」〔四〕，他奔亡河北。唐高祖武德初，依附夏王竇建德所除中書侍郎凌敬數月。武德五年（六二二），應徵入仕，以前揚州六合縣丞待詔門下省。唐太宗貞觀四年（六三〇），其兄王凝得罪了朝閣重臣，「王氏兄弟皆抑而不用」〔五〕。他又借托風疾，退隱還鄉。貞觀十一年（六三七），王績第三次赴選入仕，任太樂丞。不到兩年，又挂冠歸田。貞觀十八年（六四四），自撰墓誌銘，泣訴了「才高位下」的一生，憂憤而卒。

王績的思想是極其複雜的。儒、道、釋、陰陽歷數諸家的學説，都對他産生過一定的影響。特別是儒、道兩家「入世」與「出世」兩種不同的人生觀，隨着隋、唐之際風雲激盪的社會變革及個人仕途的順逆，在他一生中消長起伏，不斷地發生着變化。當天下承平，有機遇的可能時，他便牢記着「當世孔子」——三兄王通的教誨，不墜儒業〔六〕，「思待詔」、「覓封侯」〔七〕，欲爲風鵬雲龍；當時局昏昧或仕途躓礙時，他又對儒學産生了懷疑和不滿，轉而從老、莊哲學思想中，尋找精神慰藉，清高自持，縱情山水，佯狂傲世，排遣懷才不遇、落魄失意的苦悶。因此，王績絶非超凡脱俗的隱士，所謂「言不怨時」、「行不忤物」的「樂天君子」云云〔八〕，並不能概括其人。紀昀批評新唐書將他列入隱逸傳乃「所未喻也」〔九〕，洵爲破的之論。

王績説：「詩者，志之所之；賦者，詩之流也。式抽短思而賦焉。」〔一〇〕在這一儒家傳統的文學觀點的影響下，他的詩歌和文賦，大都是内容充實的言情抒懷之作。

一生三仕三隱的坎壈遭遇，使王績對封建社會有了較爲深刻的認識。因此，他的詩文對統治階級和丑惡的社會習俗都作了揭露和批判。端坐詠思詩，痛斥執政者「明治若不足，昏暴常有餘」；祭杜康新廟文進一步指出，正是由於「昏主作式，刑罰不中，讒淫罔極」，敗壞了世道。官場上「無處不營營」〔一一〕、「物情争逐鹿」〔一二〕，鑽營争鬬，甚囂塵上。贈梁公以歷史上帝王猜忌功臣，朱門赤族的血的教訓，規勸當朝宰相房玄齡功成身退，含而不露地揭示了「貞觀之治」時期最高統治集團内部潛在的矛盾，更具有批判現實的深刻寓意。像王績這樣强烈地發洩對封建社會的不滿，在隋末唐初的文苑，是鮮見的。

感慨身世，抒寫懷才不遇的憤懣，是王績詩文的又一主要内容。這類作品可分爲三種情況：一是從縱的方面直率地剖露自己困頓偃蹇的一生，如晚年叙志示翟處士正師、自作墓誌文；一是隨興而發，即時抒寫遭受壓抑的苦悶和孤寂，如春晚園林、讀真隱傳見披裘公及漢濱老父因題四韻；另一種則是假物喻人，隱晦曲折地表現自己的深衷，如古意（其一）、階前石竹。無論上述哪一種情況，都能激起我們對作者的不幸遭遇的同情，都爲我們認識摧殘人才的封建社會，提供了頗有價值的佐證。

吟詠山水田園，歌贊閑適轟飲，在王績詩文中占着相當大的比例。其中，固然有縱情享樂、混世遣日、煉丹學道、坐禪忘機的消極情趣，但詩中描繪幽雅秀麗的山鄉景物，謳歌恬淡歡快的田家生活，抒發擯棄禮數、縱心自適的情感，都表現了他熱愛自然，向往自由的思想。如果將王績的山水田園之作，如遊北山賦、田家、春日、秋夜喜遇姚處士義，與他對封建官場的感受聯繫起來考察，不難看出，其中確實有影射「網羅高懸」〔一三〕的官場生活，反襯世俗污濁的弦外之音。即使閱讀某些歌頌酒德的詩文，如五斗先生傳、醉鄉記、過酒家（其二）、贈程處士，我們同樣也會感受到醉翁之意不在酒。他是假狂醉之名，以嘻笑怒罵之筆，寄托不平之氣。

王績還寫過在邊、登隴坂等五首邊塞詩，描繪了雄渾壯麗的塞垣風光，傾吐了出塞將士思鄉盼歸的苦衷，表達了對他們的關懷和同情。

應當指出，由於離群索居時間較長，對豐富多彩的社會生活接觸不廣，反映不足，王績的作品内容仍較單薄。受遠禍全身、皈依自然的老、莊思想影響，連山水田園也被塗上了知足保和的色調，從而削弱了作品的思想意義。

在藝術表現方面，王績詩以疏野淡樸、自然清新見長。他十分注重表現真率自然的情趣，喜尚平淡質樸的語言。所以，無論是感遇抒懷、贈友思鄉，還是吟詠山水田園、描寫征戍離別，都能給人留下真切生動的印象。野望、初春、在京思故國見鄉人遂以爲問、秋夜喜遇姚處士義、在邊三首，就是這樣的佳作。這些作品主要取法於魏、晉時期的著名詩人阮籍、陶淵明，却不規規於學古形似，而能以口寫心，自成格局，得阮、陶之神髓。

與他的詩風相一致，他的文賦「亦疏野有致」〔一四〕。現存的四篇賦，熔敘事、寫景、抒情於一爐，疏暢明快，清新可誦。無心子傳、仲長先生傳、五斗先生傳等篇，吸收史傳筆法，用淡樸簡省的語言，刻劃人物，形神畢肖。醉鄉記馳騁想象，虛幻設奇，寓意深刻，頗得唐宋古文大家韓愈、蘇軾的稱賞。此外，還應注意到，他的文賦雖没有擺脱四六駢對，但間用雜言，奇偶兼行，隨勢變異，錯落有致，貫注着一種疏暢諧婉之氣。

誠然，王績詩文於一味追求真率自然之際，時或失之粗淺，有的篇章還存有六朝餘習，然而正如清代詩論家翁方綱所説「王無功以真率疏淺之格入初唐諸家中，如鸞鳳群飛，忽逢野鹿，正是不可多得也」〔一五〕，這段話，恰切生動地評價了王績在唐代文學史上的地位。他的托物言志的古意六首，乃「陳（子昂）、張（九齡）感遇之先導」〔一六〕；近體詩則是「王（勃）、楊（炯）、盧（照鄰）、駱（賓王）之濫觴，陳（子昂）、杜（審言）、沈（佺期）、宋（之問）之先鞭」〔一七〕；山水田園詩當是王維、孟浩然的前驅；淺顯的語言，實係有唐一代通俗詩派的先兆；質樸的文賦，是陳子昂「疏樸近古」之文〔一八〕的萌孽。總之，他像山間溪畔的一束報春花，最先感知了唐代文學的春天。

王績的詩文，最初是由他的摯友——初唐著名的思想家、科學家吕才搜輯結集的。他的王無功文集序云：

> 君所著詩賦、雜文二十餘卷，多並散逸，鳩訪未畢，且編成五卷。

由此可知，最早問世的王無功集，其初爲五卷本。但是，到了中唐，啖助的再傳弟子陸淳，自立「祛彼有爲之詞，全其懸解之志」的别裁準則〔一九〕，删汰了五卷本中具有「有爲」傾向的大量篇章。於是，又出現了一種王績詩文的删節本——東皋子集略。

今檢舊唐書經籍志、新唐書藝文志、郡齋讀書志卷十七、通志藝文志八、直齋書録解題卷十

六、文獻通考卷二三二，均有王績集五卷的著録。另外，崇文總目還著録有東皐子集二卷，宋史藝文志在著録王績集五卷的同時，又記録了陸淳東皐子集略二卷。可見，由中唐迄南宋，吕才編纂的五卷本和陸淳删節的兩卷本，是並行於世的。可是，元代以降，五卷本不見著録，流傳於世的僅有三卷本。明代有焦竑、林雲鳳、趙琦美的手鈔本，曹荃（原名朱時荃）、黄汝亨刻本。清代有余蕭客影鈔本、四庫全書翻刻曹荃本、孫星衍刻余蕭客影鈔宋本、羅振玉唐風廔重校孫本。此外還有一九三四年四部叢刊續編影印趙琦美鈔本。據版本學家考證，這些三卷本，無論覆刊或傳抄，實際上皆源自陸淳的删節本。因此，關於王績詩文的足本——五卷本是否還在人間，便成了數百年來的一樁懸案。

清代學者，爲解決這樁懸案尋覓考索，提供過寶貴的綫索。陸心源皕宋樓藏書志卷六十八載所藏舊鈔本三卷、附録一卷，後有吴翌鳳手跋云：

庚子（乾隆四十五年）初冬，於鮑以文丈處見宋槧本，凡五卷，視此增多三十餘篇，惜未假得校補，書此以俟。

咸豐、同治朝的朱學勤在結一廬書目卷四中亦稱：

王無功文集五卷，舊鈔本，朱笥河藏書。

這些記述説明，五卷本在清代尚有存者。近代學者爲解決這樁懸案，也是「中心藏之，何日忘之」。一九三五年九月十五日，王重民先生在巴黎圖書館發現了伯二八一九號敦煌唐寫本殘卷王續集五卷本佚文，曾「爲之狂喜」〔二〇〕。余嘉錫先生精心考稽了清代目録學家的記述，深爲遺憾地寫道：「是此書足本，在晚清猶有存者，惜不得而見之矣！」〔二一〕萬曼先生也審慎地留下了期待來者的遺言：「五卷本似存若亡，究不知當在人間否？」〔二二〕

近年，校點者有幸覽讀了王無功文集五卷的三種清鈔本，即：

大興朱筠家藏手抄本（以下簡稱朱本）

東武李氏研録山房校鈔本（以下簡稱李本）

陳氏晚晴軒鈔本（以下簡稱陳本）

朱筠，字竹君，又字美叔，號笥河，生於雍正七年（一七二九），卒於乾隆四十六年（一七八一），乾隆十九年（一七五四）中進士後，曾爲翰林院編修、侍讀學士，以閲覽之便，鈔藏善本甚豐。此本王無功文集雖無題跋，難以確知鈔寫的年月，但據朱筠生平推斷，必爲乾隆四十六年前的鈔本。

東武李氏，即山東諸城李梴，研録山房是他的藏書室名〔二三〕。梴，字松溪，號雨樵，乾隆癸丑（一七九三）進士，其父李宜芳，雍正八年（一七三〇）進士。關於李梴的生卒年，雖然不能確知，但是從他和他父親中進士的時間可以推知，他當是乾隆、嘉慶、道光朝人。又，李本所據校本有孫星衍刻王無功文集三卷本及全唐文，而孫刻本成書於嘉慶三年（一七九八），全唐文編成於嘉慶十九年（一八一四）。由此可以斷言：李本當校鈔於嘉慶後期或道光朝。

至於陳本，則在書後的附記中署明了鈔竣時間爲「同治乙丑（一八六五）重陽日」。朱、李、陳三本編次、内容全然相同。就文字而言，李本雖係校本，但很少徑直改易，互相對照，同多異徵。顯然，三者當同出一源。陳本附記云：「此爲大興朱氏竹君傳鈔足本。」再將朱、李二本逐字參閲，凡李本校勘所出示的訛誤衍奪的原文，皆見於朱本。據此推測，李本亦當源於朱氏鈔本，或者與朱本同源。

朱、李、陳三種鈔本絶非贋品，約其理由有以下三端。

前面説過，朱學勤在結一廬書目中曾説：「王無功文集五卷，舊鈔本，朱笥河藏書。」陳本又自稱源自「大興朱氏竹君」，這正與結一廬書目的著録相吻，此可證者一也。

據王重民先生考查，王績的元正賦不僅未見於傳世的諸種三卷本；文苑英華、唐文粹、全唐文亦不載。他在巴黎圖書館檢敦煌唐武后朝的寫本殘卷，始見此文〔二四〕。今檢朱、李、陳三本，均有元正賦，且文字也與敦煌唐寫本一致。另，敦煌殘卷從遊北山賦的後半部起，下接元正賦，迄三月三日賦的前半部，而朱、李、陳三本第一卷前三篇的編次，亦與之同。敦煌古籍藏於甘肅敦煌鳴沙山第二八八石窟，幾及千載，不爲人知。直至光緒二十五年（一八九九）始被發現。前文已考，朱本鈔於乾隆四十六年前，李本校鈔於嘉慶後期或道光朝，陳本竣鈔於一八六五年。其時尚不知有敦煌古籍，而朱、李、陳三本與敦煌殘卷竟然如此相契，顯然，這既非偶然巧合，亦非僞作之所可及。此可證者二也。

宋人蔡絛西清詩話引録王績被召謝病詩「橫裁桑節杖」以下六句；葛立方韻語陽秋節録獨坐詩「寄身千載下」以下四句，圍棋長篇詩「雙關防易斷」等六句。孫、羅三卷本和全唐詩只是照搬上述詩話的節録，而朱、李、陳三本則完整地收録了這三首詩。全唐詩第十二函第九册補遺所收階前石竹，題目、内容皆與朱、李、陳本同，而諸三卷本和全唐詩第一函第八册載石竹詠，則是階前石竹詩之易題，並脱奪了首四句。凡此均可窺見，朱、李、陳三本實保存了陸淳删汰前的王績詩文集的原貌。相反，全唐詩和有的三卷本所收詠巫山詩，實係沈佺期巫山高「電影江前落」以下四句之節録（見全唐詩第二函第四册，又見第一函第十册宋之問内題賦得巫山雨）；所收益州城西張超亭觀妓，又載於盧照鄰集中，且王績一生從未涉足西蜀，不可能在益州觀妓，作爲王詩實爲誤收。長詩過漢故城，有的三卷本和全唐詩第一函第八册作王詩，然全唐詩第二函第四册又作吴少微詩，文苑英華録爲吴作，可證作王詩者誤。而這些篇章朱、李、陳五卷本則一概不收（李本補遺中據三卷本録入，則非五卷本中原有，可不計）。凡此又可證，此三種五卷本，實承吕才原編而未經後人淆亂。此可證者三也。

鑒於以上三點，朱、李、陳三本當屬可信。

最後談一下本書的整理體例。

一、本書以經過精心校讎的東武李氏研録山房鈔本作底本。底本鈔校時，參校了陸淳的删節本，黄汝亨、曹荃、孫星衍分别刊刻的三卷本和全唐文。此次整理，除其所云删節本，因未指明版刻，無從確知外，餘者均一一作了重核，訂正了原校若干疏誤。另外，又參校了一些有代表性的三卷本、總集、詩話，所用校本凡十五種：

〔一〕清乾隆朱筠家藏王無功文集五卷手鈔本（簡稱朱本）；
〔二〕清同治四年陳氏晚晴軒鈔王無功文集五卷本（簡稱陳本）；
〔三〕明萬曆壬寅林雲鳳手鈔東皐子集三卷本（簡稱林本）；
〔四〕明萬曆黄汝亨刻東皐子集三卷本（簡稱黄本）；
〔五〕明崇禎曹荃刻東皐子集三卷本（簡稱曹本）；
〔六〕清嘉慶三年孫星衍岱南閣刻仿宋巾箱本王無功集（簡稱孫本）；
〔七〕清光緒丙午羅振玉唐風廔重梓孫刻王無功文集（簡稱羅本）；
〔八〕四部叢刊續編影印明趙琦美鈔東皐子集三卷本（簡稱叢刊本）；
〔九〕北京圖書館縮微膠卷敦煌唐寫本殘卷伯二八一九號（簡稱唐寫本）；
〔一〇〕中華書局一九六六年影印宋、明合版文苑英華（簡稱英華）；
〔一一〕四部叢刊集部影印元翻宋本唐文粹（簡稱文粹）；
〔一二〕中華書局一九五九年影印永樂大典（簡稱大典）；
〔一三〕北京圖書館館藏康熙四十六年内府刻本全唐詩（簡稱唐詩）；

〔二四〕清嘉慶十九年刻全唐文（簡稱唐文）；

〔二五〕四部叢刊集部影印明嘉靖乙巳洪楩翻刻宋本唐詩紀事（簡稱紀事）。

二、李梴「少承家學，積書三萬軸，皆手親校讎」〔二五〕。底本經他先後校過兩次。先以墨筆夾附校記於正文行間，復以朱筆或增訂前校於正文行間，或新作校記於眉額。爲保持底本原貌計，對兩次校記均予過録，並分别稱之爲：〔原一校〕、〔原二行校〕、〔原二眉校〕。然後以〔韓校〕提起，出示整理者新校。

三、底本原校之「各本」云者，僅指黄、曹、孫本，本書所用校本較多，非其所能範圍，故過録原校之「各本」云云後，又出示了新參校本諸種。新、舊兩校相銜續接，並非牴牾不合也。

四、爲簡省校文計，同文概不出校，底本之古字、俗體字、避諱字除原校已出校者必須過録並略加辨析外，均徑行改正，不復出校。又，凡〔原一校〕之已經原二校改訂者，均不復過録，只録更改後之〔原二行校〕或〔原二眉校〕。

五、原校中通假字出校甚多，均予過録。新校則視習見與否，靈活掌握。由於通假字頗爲複雜，本書一般以清朱駿聲説文通訓定聲（武漢市古籍書店影印臨嘯閣本）爲準，據他書者，校記中另有説明。

六、爲保持原貌，凡底本屬文可通者，斷不删改；有明顯訛誤奪衍不得不删改增補者，均出示所據校本，以便讀者查核。

七、是集詩文編次，一仍其舊。唯底本於總標目之外又有分卷標目，今删去分卷標目，並以各篇詩文標題，矯正了原總標目的一些疏誤。

八、底本第一卷河渚賦以下五篇賦有目無文，朱、陳本亦然。現無資料可補，暫闕。底本補遺據三卷本所録過漢故城、益州城西張超亭觀妓、詠巫山諸篇，如前文所指，雖不一定是王績所作，詠懷顯然是卷二同題詩的後四句，但爲供讀者研討，不予删除。另全唐詩外編（中華書局一九八二年版）録有績溪嶺詩一首，雖不盡可靠，亦輯入補遺，並略加辨析。

九、吕才王無功文集序，並王績同時代人之酬答詩文，因李氏曾有校讎，此次整理亦作補校。

十、集後附有：序跋著録、傳記、同時代人酬答詩文、集評，以省旁搜披檢之勞。

校點者限於學力，是集整理難免疏謬，謹期方家明誨。

本書整理過程中，曾得到陝西師大霍松林先生、高海夫先生，西北大學安旗先生，北京圖書館研究員楊殿珣先生，上海古籍出版社的編輯同志，以及北京圖書館、上海圖書館善本書目部諸位工作人員的殷切指教和大力支持。趁此出版之際，謹致深忱的謝意。

韓理洲草於一九八四年初夏，定稿於八五年春

【注】

〔一〕關於王績生年，聞一多唐詩大系訂在五八五年；鄭振鐸插圖本中國文學史疑爲五九〇年，今檢五卷本王無功文集序，績十五歲遊長安謁楊素事在仁壽三年（六〇三）前，以此推算，鄭説近是。

〔二〕王無功文集五卷本晚年叙志示翟處士正師（以下凡引自本書者，只注篇名）。

〔三〕新唐書王績傳。

〔四〕薛記室收過莊見尋率題古意以贈。

〔五〕全唐文卷一六一王福畤録東皋子答陳尚書書。

〔六〕遊北山賦。

〔七〕同〔二〕。

〔八〕陸淳刪東皋子集序。

〔九〕四庫全書總目卷一四九。

〔一〇〕同〔六〕。

〔一一〕山中獨坐。

〔一二〕贈薛學士方士。

〔一三〕吕才王無功文集序。

〔一四〕同〔九〕。

〔一五〕石洲詩話卷一。

〔一六〕四庫全書簡明目録卷十五。

〔一七〕楊慎升庵詩話卷六。

〔一八〕同〔九〕陳拾遺集。

〔一九〕同〔八〕。

〔二〇〕敦煌古籍叙録二八六頁。

〔二一〕四庫提要辨證卷二十。

〔二二〕唐集叙録第二頁。

〔二三〕宣統山東通志卷一四五：「研録山房詩鈔，李梃撰，梃有襪綫集。」卷一三九又曰：「東武詩存注云：梃少承家學，積書三萬軸，皆手親校讎。」由此可知，東武李氏研録山房，即李梃藏書室名。

〔二四〕同〔二〇〕。

〔二五〕同〔二二〕。

王無功文集序〔一〕

大唐太常丞吕才序

君諱績〔二〕，字無功，太原祁人也。高祖晉陽穆公〔三〕自南北歸，始家河汾焉。歷宋、魏，迄於周、隋，六代冠冕，皆歷國子博士，終於卿牧守宰〔四〕，國史、家諜詳焉。

君幼岐嶷，有奇思，八歲讀春秋左氏，日誦十紙。初，君祖安康獻公，周建德中，從武帝征鄴，爲前驅大總管。時諸將既勝，並虜獲珍物，獻公絲毫不顧，車載圖書而已，故家富墳籍，學者多依焉。〔五〕

其性特好學〔六〕，博聞彊記，與李播、陳永、吕才爲莫逆交〔七〕。陰陽曆數之術，無不洞曉。年十五，遊於長安，謁越公楊素。於時，賓客滿席。素覽刺引入，待之甚倨。君曰：「績聞周公接賢，吐餐握髮，明公若欲保崇榮貴，不宜倨見天下之士。」時宋公賀若弼在座，弼早與君長兄侍御史度相善。至是，起曰：「王郎是王度御史弟也，止看今日精神，足見賢兄有弟。」因提手引坐，顧謂越公曰：「此足方孔融，楊公亦不減李司隸。」素改容禮之。因與談文章，遂及時務。君瞻對閑雅，辯論精新，一座愕然，目爲「神仙童子」。初，君第三兄徵君通，嘗以仁壽三年因上十二策，大爲文帝所知賞，素時亦欽其識用。至是謂君曰：「賢兄十二策，雖天下不施行，誠是國家長算。」君曰：「知而不用，誰之過歟？」素有慚色。河東薛道衡曾見其登龍門憶禹賦，曰：「今之庾信也。」因以其所製平陳頌示之，一遍便暗誦。道衡大驚曰：「此王仲宣也。」由是，弱冠藉甚群公之間。〔八〕

大業末，應孝悌廉潔舉，射策高第〔九〕，除秘書正字。性簡傲〔一〇〕，飲酒至數斗不醉。常云：「恨不逢劉伶，與閉户轟飲。」因著醉鄉記及五斗先生傳，以類酒德頌〔一一〕。君〔一二〕雅善鼓琴，加減舊弄作山水操，爲知音者所賞。高情勝氣，獨步當時。及爲正字，端簪理笏，非其所好也，以疾罷，乞署外職，除揚州六合縣丞。君篤於酒德，頗妨職務。時天下將亂〔一三〕，藩部法嚴，屢被勘劾。君嘆曰：「網羅高懸，去將安所？」遂出受俸錢〔一四〕，積於縣門外〔一五〕，托〔一六〕以風疾，輕舟夜遁。

隋季版蕩，客遊河北。時竇建德始稱夏王，其下中書侍郎凌敬，學行之士也。與君有舊，君依之數月。敬知君妙於曆象，訪以當時休咎，君曰：「人事觀之足可，不俟終日，何遽問此？」敬曰：「王生要當贈我一言。」君曰：「以星道推之，關中福地也。」敬曰：「我亦爲然。」君遂去還龍門。建德敗後，君入長安見敬，曰：「曩時之言，何其神驗也！」

君既妙占算，兼長射覆。嘗過僕射裴寂，覆鸜鵒鳥，請君筮之。君布卦訖，曰：「剪落毛羽，覊滯樊籠，欲飛不舉，能鳴有言，此必鸜鵒也。」一座驚喜，又覆一寶釵，又筮之曰：「一身二足，玉錯金纏，上扶雲髮，下雜花鈿，此寶釵也。」其筮術之妙，率皆此類。

才嘗奇君多識，以爲非積學所致。君曰：「我學之精者爾，非不學也。」後才於岐州陳倉山行，忽見蓍一藂，非常端實。下馬數之，得四十九莖。因掘之，不過一尺，便得一龜，徑可尺餘。刳之將獻，遇君於長安，因以示君曰：「此龜是九江所出，先生以爲何如？」君撫龜嘆曰：「此龜十境位六班，炯徹千里，徑如墨，四緣張如花，扣之若鐘磬，是必陳倉蓍下皂龜也，卿讀龜書不遍爾。」才遂謝服。及才將著陰陽文書，謂才於此最後，然終須十二年乃了，卒如君言。

君又與河南董恒、河東薛收友善，二人並早卒，君追惜不已。後爲思友文及二人誄，詞甚感至。君舅河東裴晞覽而嘆曰：「不圖文誄之至於斯也。莊周讀此，亦當酸鼻。」〔十七〕

武德中，詔徵，以前揚洲六合縣丞待詔門下省。時省官例日給良醞酒〔一八〕三升。君第七弟静，時爲武皇千牛，謂君曰：「待詔可樂否？」曰：「待詔俸〔一九〕殊爲蕭瑟，但良醞三升，差可戀爾。」待詔〔二〇〕江國公，君之故人也。聞之曰：「三升良醞未足以絆王先生也。」特判日給王待詔一斗，時人號爲「斗酒學士」。

貞觀初，以疾〔二一〕罷歸，欲定長往之計，而困於貧。貞觀中，以家貧赴選。時太樂有府史焦革，家善釀酒，冠絶當時。君苦求爲太樂丞，選司以非士職，不授。君再三謝〔二二〕曰：「此中有深意，且士庶清濁，天下所知〔二三〕。不聞莊周羞居漆園，老聃耻在柱下也。」〔二四〕卒授之。數月而焦革死，革〔二五〕妻袁氏，猶時時送酒。〔二六〕歲餘，袁氏〔二七〕又死。君嘆曰：「天乃不令吾飽美酒。」遂挂冠歸〔二八〕。由是，太樂丞爲清流。君後追述焦革酒法，爲酒經一卷〔二九〕，術甚〔三〇〕精悉。兼採杜康、儀狄已來善爲酒人，爲酒譜一卷。太史令李淳風見而悦之曰：「王生可爲酒家之南、董。」

君歷職皆以好酒不終〔三一〕，鄉人或咍之〔三二〕，君自著無心子〔三三〕以喻志。君河中先有渚田〔三四〕十數頃，頗稱良沃。鄰渚又有隱士仲長子光，服食養性，君重其貞潔〔三五〕，願與相近，遂結廬河渚。縱意琴酒，慶弔禮絶，十有餘年。河渚東南隅有連砂盤石，地頗顯敞。君於其所爲杜康立廟〔三六〕。歲時致祭，以焦革配饗〔三七〕焉。貞觀中，京兆杜之松〔三八〕、清河崔公善繼〔三九〕爲本州刺史，皆請與君相見。君曰：「奈何悉欲坐召嚴君平耶？」竟不見。崔、杜高君調趣，卒不敢屈。歲時〔四〇〕贈以美酒、鹿脯，詩書往來不絶。君又嘗葛巾驅牛〔四一〕，躬耕東皋，每著書自稱東皋子。晚年〔四二〕，醉飲〔四三〕無節，鄉人或諫止之，則笑曰：「汝輩不解，理正當然。」或乘牛駕驢，出入郊郭，止宿酒店，動經數日〔四四〕。往往題壁〔四五〕作詩，好事者尋録〔四六〕諷詠，並傳於代。

初，武德中，有賀德仁爲蒲州治中，弟襄隨德仁任，因遊龍門。歲餘，襄文學見貴於時，而亦溺於酒德，自方陶潛、故叟。龍門人至今傳之，故號君爲小賀襄。君聞之笑曰：「我得方賀襄，是不減陶元亮、故倫許，復何所恨？」〔四七〕

貞觀十八年，終於家。詩若干〔四八〕。臨終自尅死日，遺命薄葬，兼預自作〔四九〕墓誌。君常乘壹紫驢，養二白犬。及君終後，驢鳴犬吠，有若悲號，數日皆死。鄉閭以爲非常〔五〇〕。

君所著詩賦、雜文二十餘卷〔五一〕，多並散逸，鳩訪未畢，且編成五卷〔五二〕，君又著隋書五十卷未就，君第四兄太原縣令凝續成之〔五三〕。君〔五四〕又著會心高士傳五卷，並酒經〔五五〕、酒譜二卷及注老子〔五六〕，並別成〔五七〕一家，不列於〔五八〕集云〔五九〕。

【會校】

〔一〕〔韓校〕本序載五卷本三種。各三卷本、唐文所載呂才東皋子集序，係陸淳所删，非呂氏原序也。

〔二〕君諱績　〔韓校〕黃、叢刊本作「君姓王氏諱績」，林、曹、孫、羅本、唐文作「君姓王氏諱勣」。「勣」字誤（詳見遊北山賦校〔一〕）。

〔三〕晉陽穆公　原二眉校：曹本、孫本並無「陽」字。〔韓校〕林、黃、羅、叢刊本、唐文亦無「陽」字。按績遊北山賦云「始則晉陽之開國」，杜淹文中子世家亦云，績高祖王虬「創家臨河汾，惟曰晉陽穆公」。故知「晉穆公」誤。

〔四〕皆歷國子博士終於卿牧守宰　原一校：陸本删此二句。〔韓校〕各三卷本、唐文亦無此二句。

〔五〕「君幼岐嶷」至「學者多依焉」　原一校：陸本皆删去，易以「君性好學博聞」。〔韓校〕各三卷本、唐文亦無此段，下接「君性好學，博聞强記」。

〔六〕其性特好學　〔韓校〕各三卷本、唐文作「君性好學」。

〔七〕莫逆交　原二眉校：陸本作「莫逆之交」。〔韓校〕各三卷本、唐文亦作「莫逆之交」。

〔八〕「年十五」至「藉甚群公之間」　原一校：陸本删去。〔韓校〕各三卷本、唐文均無此段。

〔九〕射策高第　〔韓校〕林、黄、曹、羅、叢刊本、唐文作「射高第」。孫本作「躬高第」，誤。

〔一〇〕性簡傲　原一校：「性」字上，陸本多「君」字。〔韓校〕各三卷本、唐文均多「君」字。

〔一一〕以類酒德頌　原一校：陸本「頌」下有「云」字。〔韓校〕各三卷本、唐文「頌」下亦有「云」字。

〔一二〕君　原一校：陸本無「君」字。〔韓校〕各三卷本、唐文均無「君」字。

〔一三〕將亂　原二眉校：陸本删「將」字。〔韓校〕各三卷本、唐文均無「將」字。

〔一四〕遂出受俸錢　原二眉校：孫本「出」下多「所」字，曹本、黄本並無「遂出」字。〔韓校〕羅本、唐文「出」亦多「所」字，叢刊本亦無「遂出」二字。

〔一五〕縣門外　原二眉校：孫本、曹本「縣」字下有「城」字。〔韓校〕林、黄、羅、叢刊本、唐文「縣」字下亦有「城」字，「門外」，各三卷本、唐文俱作「門前」。

〔一六〕托　〔韓校〕孫本作「記」，誤。

〔一七〕「時竇建德」至「亦當酸鼻」　原一校：陸本删去，接「去還龍門武德中」云云。〔韓校〕各三卷本、唐文均無此段。

〔一八〕良醖酒　原二眉校：陸本無「酒」字，曹本、孫本從之。〔韓校〕陳本、各三卷本、唐文亦無

「酒」字。

〔一九〕待詔俸　原二眉校：陸本「俸」字上有「禄」字。〔韓校〕陳本、各三卷本、唐文「俸」上亦有「禄」字，「待詔」上俱有「吾」字。

〔二〇〕待詔　〔韓校〕黄本作「侍中」。

〔二一〕以疾　原一校：陸本作「足疾」。〔韓校〕各三卷本、唐文均作「足疾」。

〔二二〕謝　〔韓校〕朱、陳本、各三卷本、唐文作「請」。

〔二三〕天下所知　原一校：「知」，孫本作「安」，「知」字義長。　原二眉校：陸本作「安」。〔韓校〕林、黄、曹、羅、叢刊本、唐文均作「安」。

〔二四〕莊周羞居漆園老聃耻在柱下也　原二眉校：黄、曹、孫本俱從陸本，作「莊周避漆園老聃耻柱下」。〔韓校〕：林、羅、叢刊本、唐文亦作「莊周避漆園老聃耻柱下」。

〔二五〕革　〔韓校〕各三卷本、唐文無此字。

〔二六〕時時送酒　原一校：陸本「送」下有「美」字。　原二行校：曹本作「好」。又「酒」旁注：孫本作「醞」。〔韓校〕林、黄、羅、叢刊本、唐文作「時送美酒」。

〔二七〕袁氏　〔韓校〕各三卷本、唐文無「氏」字。

〔二八〕遂挂冠歸　原二眉校：「冠」下，黄、曹、孫本從陸本作「歸田」。〔韓校〕林、羅、叢刊本、唐文亦作「遂挂冠歸田」。

〔二九〕追述焦革酒法爲酒經一卷　原二眉校：各本俱無「酒法爲」三字。〔韓校〕林、羅、叢刊本、唐文亦無「酒法爲」三字。

〔三〇〕術甚　原二眉校：各本作「其術」。〔韓校〕林、羅、叢刊本、唐文均作「其術」。

〔三一〕皆以好酒不終　原一校：陸本作「皆以好酒廢」。〔韓校〕林、黄、曹、叢刊本、唐文均作「皆以好酒廢」，孫、羅本作「皆以好酒」，奪「廢」字。

〔三二〕鄉人或哈之　原一校：陸本作「鄉里或哈之」。〔韓校〕各三卷本、唐文均作「鄉里或哈之」。

〔三三〕君自著無心子　原一校：陸本作「因著無爲子」。〔韓校〕各三卷本、唐文作「因著無心子」。按績集有無心子，「無爲子」誤。

〔三四〕君河中先有渚田　原一校「中」下注：删本作「汾」。原二眉校：各本無「君」字，作「河汾中先有渚田」云云。〔韓校〕林、羅、叢刊本、唐文亦作「河汾中先有渚田」。

〔三五〕貞潔　原二眉校：「潔」，各本俱從「素」。〔韓校〕林、羅、叢刊本、唐文均作「貞素」。

〔三六〕君於其所爲杜康立廟　原二眉校：各本作「君於其側遂爲杜康立廟」。〔韓校〕林、羅、叢刊本、唐文均作「君於其側遂爲杜康立廟」。孫本奪「其」字。

〔三七〕配饗　原二行校：各本無「饗」字。〔韓校〕林、羅、叢刊本、唐文亦無「饗」字。

〔三八〕杜之松　〔韓校〕原作「杜松之」，據卷四答刺史杜之松書並舊唐書經籍志、新唐書藝文志、元和姓纂改。

〔三九〕崔公善繼　〔韓校〕黄本作「崔善爲」，叢刊本作「崔君善繼」。「崔善爲」，誤。

〔四〇〕歲時　原二眉校：「歲」字上各本俱有「但」字。　〔韓校〕林、羅、叢刊本、唐文「歲」上均有「但」字。

〔四一〕嘗　原二行校：各本無「嘗」字。　〔韓校〕林、羅、叢刊本、唐文亦無「嘗」字。　驅牛　原二眉校：「驅」，各本作「聯」。　〔韓校〕林、羅、叢刊本、唐文亦作「聯」。

〔四二〕晚年　〔韓校〕各三卷本、唐文作「晚歲」。

〔四三〕醉飲　〔韓校〕孫本無「醉」字。

〔四四〕數日　原一校：删本作「歲月」。　〔韓校〕各三卷本亦作「歲月」，唐文作「數月」。

〔四五〕題壁　原二行校「壁」字旁注：各本作「詠」。　〔韓校〕林、羅、叢刊本、唐文亦作「詠」。

〔四六〕尋録　原二眉校：各本作「録之」。　〔韓校〕林、羅、叢刊本、唐文亦作「録之」。

〔四七〕「初武德中」至「復何所恨」　原一校：陸本删去，直接「貞觀十八年」云云。　〔韓校〕各三卷本、唐文亦無此數句，直接「貞觀十八年」。

〔四八〕詩若干　〔韓校〕各三卷本、唐文作「時年若干」。

〔四九〕自作　原二眉校：「作」，各本從「爲」。　〔韓校〕林、羅、叢刊本、唐文亦作「自爲」。

〔五〇〕「君常乘壹紫驢」至「鄉閭以爲非常」　原一校：陸本删去，直接「所作詩賦並多散逸」。

〔韓校〕各三卷本、唐文亦無此數句，下接「所作詩賦並多散逸」。

〔五一〕雜文二十餘卷　〔韓校〕各三卷本、唐文無此六字。

〔五二〕且編成五卷　〔韓校〕叢刊本作「且緝成三卷」。

〔五三〕「君又著隋書」至「續成之」　原一校：陸本删去。〔韓校〕各三卷本、唐文亦無此數句。

〔五四〕君　〔韓校〕各三卷本、唐文無此字。

〔五五〕並酒經　〔韓校〕各三卷本、唐文無此三字。

〔五六〕注老子　〔韓校〕唐文作「注莊子」。

〔五七〕別成　〔韓校〕朱本作「列成」，誤。

〔五八〕不列於　〔韓校〕朱本作「不刊於」。

〔五九〕云　〔韓校〕朱本「云」下有「爾」字。

目録

王無功文集卷第三……八九

王無功文集卷第四……一三一

王無功文集卷第五……一七一

附録三　集評

王無功文集卷第一

賦

遊北山賦 并序〔一〕

余〔二〕周人也，本家于祁。永嘉之際，扈遷〔三〕江左〔四〕。地實儒素，人多高烈。穆公銜〔五〕建元之恥，歸于洛陽；同州〔六〕悲永安之事，退居河曲。始則晉陽之〔七〕開國，終乃安康之〔八〕受田。墳壠〔九〕寓居，倏焉五葉；桑榆成列〔一〇〕，俄將百年。績〔一一〕南山故情，老而彌篤〔一二〕。東陂餘業，悠哉自寧。酒甕多於步兵，黍田廣於彭澤。皇甫謐之心事，隴畝終焉；仲長統之規模，園林幸足。獨居南渚，時遊北山。聊度日〔一三〕以爲娱，忽經年而忘返。西窮馬谷〔一四〕，北達牛溪。丘壑依然，風煙滿目。孫登默〔一五〕坐，對嵇阮而無言；王霸幽居，與妻孥而共去〔一六〕。窗臨水石，砌遶松篁。歌〔一七〕田園〔一八〕之去來，亦已久矣；望山林之故道，何其悠〔一九〕哉。詩者，志之所之；賦者，詩之流也。式抽短思而賦焉〔二〇〕。

天道悠悠，人生若浮。古來賢聖，皆成去留。八眉四乳，龍顔鳳頭。殷憂一代〔二一〕，零落千秋。暫時南面，相將北遊。玉殿金輿之大業，郊天祭〔二二〕地之洪休。榮深情厚〔二三〕，樂不供愁〔二四〕。何況數十年之宰相〔二五〕，五百里之公侯？兢兢業業，長思〔二六〕長憂。昔怪燕昭與漢武，今識圖仙之有由。人誰不願？直是難求。聞鼎湖而欲信，怪橋山之遽修。玉臺金闕，大海水之中流；瓊林〔二七〕碧樹，崑崙山之上頭。不得輕飛如石鷰，終是徒勞乘土牛。已矣哉！世事自此而可見，何爲而惘惘〔二八〕？棄卜筮而不占，餘〔二九〕將縱心而長往。任物孤遺，情之直上〔三〇〕。覺老釋之言煩〔三一〕，恨文宣之技〔三二〕癢。彼事業之遷斥，豈神明〔三三〕之宰掌？物無往而咸彰〔三四〕，生有資而必養。嗟大道之泯没〔三五〕，見人情之委枉。禮費日於〔三六〕千儀，易勞心於萬象〔三七〕。審機事之不息，知澆源之浸〔三八〕長。鳥何事而嬰〔三九〕羅，魚何爲而在網？生物詭隔，精靈忽怳〔四〇〕。莊周三月而不朝，瞿曇六年而遐想。有是夫，況吾之不如先達矣〔四一〕！請交息〔四二〕而自逸，聊習静而爲娱。

乃〔四三〕披林城〔四四〕，進陟巖區〔四五〕。連峰雜起，複障〔四六〕環紆。歷丹危而尋絶徑〔四七〕，攀翠險而覓條塗〔四八〕。聳飛情於霞〔四九〕道，振逸想〔五〇〕於煙衢。重林合沓而〔五一〕齊列，崩崖磊砢而相〔五二〕扶。睹森沉於絶磵，視晃朗於高嵎。自謂搏風飈而出〔五三〕埃壒，邈若朝玄宫而謁紫都。碧巒之下，青溪〔五四〕之曲。望隱隱而裁〔五五〕通，聽微微而不屬。眷然引領，兹焉頓足。步擁路〔五六〕而邅迴，視横煙而斷續。古藤曳紫，寒苔布緑。洞裏窺書，巖邊對局。仿佛靈應〔五七〕，依稀仙躅。爐〔五八〕何代而銷金，杯何年而溜玉？石室幽藹〔五九〕，沙場照燭。松落落而風迴，桂蒼蒼而露溽。月未側而先陰，霞方昇而已〔六〇〕旭。喜方外之浩曠〔六一〕，嘆人間〔六二〕之窘束。

況乃幽谷藏真，傍無四鄰。紫房半掩，玄壇尚新。逢閬風之逸客，值〔六三〕蓬萊之故人。忽據梧而策杖，亦披裘而負薪。荷衣薜帶，藜杖葛巾。出芝田而計畝，入桃源而問津。崑山〔六四〕若礪，渤澥揚塵。栽碧柰〔六五〕而何日，種瓊瓜而幾春？自然詭異，非徒隱淪。乃有〔六六〕上元仙骨，太清神手，走電奔雷，移空時朽〔六七〕；河間之業不齊貫，淮南之術無靈〔六八〕受。咒〔六九〕動南箕〔七〇〕，符迴北斗。偓佺贈藥，麻姑送酒。青龍就養〔七一〕於甲辰，玄牛自拘於乙丑。永懷世事，天長地久。顧瞻〔七二〕流俗，紅顏白首。儻千歲〔七三〕之可營，亦何爲而自輕？昔時君子，曾聞上征。忽逢真客，試〔七四〕問仙經。談九華之易就，叙三英之可成；拭丹鑪而調石髓，裛翠釜而出金精。珠流玉結，雪曜霜明。咸謂刀圭暫進〔七五〕，足使雲車下迎。紛吾人之狹〔七六〕見，攬〔七七〕群疑而自拂。使捉〔七八〕足而咸〔七九〕安，亦何爲乎此物？彼赤城與玄圃，豈憑虛而構窟〔八〇〕。但水月之非真，譬聲色之無佛。過矣劉向，吁〔八一〕嗟葛洪！指期繫〔八二〕影，依方捕風。誰能離世，何處逃空？假使遊八洞之金室，坐三清之玉宫。長懷企羨，豈非〔八三〕樊籠？徒勞海上，何事雲中？昔〔八四〕蔣元詡〔八五〕之三徑，陶淵明之五柳。君平坐〔八六〕卜於市門，子真躬耕於谷口。或托閭閈，或潛〔八七〕山藪，咸遂性而同樂，豈違方而別〔八八〕守？余亦無求〔八九〕，斯焉獨遊。

屬天下之多〔九〇〕事，遇山中〔九一〕之可留。聊將度日，忽已經秋。菊花兩岸，松聲一丘。不能役心而守〔九二〕道，故將委運而乘流。伊林磵〔九三〕之〔九四〕虛受〔九五〕，固樵隱之俱托。逢故客於中流〔九六〕，遇還童於絶壑。雲峰龜甲而重聚，霞壁〔九七〕龍鱗而結絡。水出浦而淺淺〔九八〕，霧含川而漠漠。是欣是賞，爰遊爰豫。結蘿幌而迎宵，敞茅軒而待曙。爾其雜枝〔九九〕相糾，長條交茹；葉動猿來，花驚鳥去。起〔一〇〇〕公子之殊賞，澹〔一〇一〕王孫之遠慮。山水幽尋？風雲路深。蘭窗左闢〔一〇二〕，茵蕪〔一〇三〕邪〔一〇四〕臨。石當階而虎踞，泉度〔一〇五〕牖而龍吟。月照南浦，煙生北林。閱丘壑之新趣，縱江湖之舊心。道集吾室，風吹我襟。松花柏葉之淳酎〔一〇六〕，鳳翮龍脣〔一〇七〕之素琴。白牛溪裏，崗〔一〇八〕巒四峙。信兹山之奥〔一〇九〕域，昔吾兄之所止。

許由避地，張超成市。察俗刪詩，依經正史。康成負笈而相繼，安國〔一一〇〕摳衣而未已。組帶青衿〔一一一〕，鏘鏘儗儗。階庭禮樂，生徒杞梓。山似尼丘，泉凝洙泗〔一一二〕。吾兄通，字仲淹。生於隋末，守道不仕。大業中隱於此溪〔一一三〕，續孔子〔一一四〕六經，近百餘卷。門人弟子〔一一五〕相趨成市〔一一六〕，故溪〔一一七〕今號王孔子之溪也〔一一八〕。忽焉四散，于〔一一九〕今二紀。地猶如昨，人多〔一二〇〕已矣。念昔日之良遊，憶當時之君子。佩蘭蔭竹，誅茅〔一二一〕席芷〔一二二〕。樹即環林，門成闕里〔一二三〕。姚仲由之正色，薛莊周之言理。此溪之集〔一二四〕門人，常以百數。河南〔一二五〕董恒、南陽程元、中山賈瓊〔一二六〕、河東薛收、太山姚義、太原温彦博、京兆杜淹等十餘人，稱爲俊穎〔一二七〕。而姚義多慷慨，同儕方之仲由；薛收以理達稱，方莊周，薛實妙言理也〔一二八〕。觸石橫肱，逢流洗耳。取樂經籍，忘懷憂喜。時挾冊〔一二九〕而驅羊〔一三〇〕，或投竿而釣鯉。何圖一旦，邈成千紀〔一三一〕。木壞山頽〔一三二〕，舟移谷徙。北崗之上，東巖之前，講堂猶在，碑石〔一三三〕宛然。想聞〔一三四〕道於中室〔一三五〕，憶橫經於下筵。壇場草樹，苑〔一三六〕宇風煙。昔文中〔一三七〕之僻處，諒遭時之喪亂。守〔一三八〕逸步而〔一三九〕須時，蓄奇聲而待旦。旅人小吉，明夷大難。建功則鳴鳳不聞，修書則獲麟爲斷。惜矣吾兄，遭時不平。没身之後，天下文明。坐門人於廊廟〔一四〇〕，瘞夫子於佳城。死而可作，何時復生？

式瞻虚館，載步前楹。眷眷長想，悠悠我情。俎豆衣冠之舊地，金石絲竹之餘聲。殁而不朽，知何所榮〔一四一〕。吾兄〔一四二〕仲淹，以大業十三年卒於鄉館〔一四三〕。時年四十二〔一四四〕。門人謚爲文中子〔一四五〕。及皇家受命〔一四六〕，門人多至公輔。而文中子〔一四七〕道未行〔一四八〕於時。余〔一四九〕因遊此溪，周〔一五〇〕覽故迹，蓋傷高賢之不遇也〔一五一〕。臨故墟而掩抑，指歸途而嘆息〔一五二〕。往往溪橫，時時路塞。忽登崇岫，依然舊識。地迥〔一五三〕心遥，山高視直。望煙火於桑梓，辨溝塍於鄉國。斜連〔一五四〕姑射之西，正是汾河〔一五五〕之北。悵矣懷抱，悠哉〔一五六〕川域。

憶昔過庭，童顏稚齡。何賞不極，何遊不經？弄春風於磵〔一五七〕户，詠秋月於山扃。北窗照雪，南軒〔一五八〕聚螢。綵衣〔一五九〕扇枕，緇布開〔一六〇〕經。何斯〔一六一〕樂之易失，倏銜哀而茹恤？天〔一六二〕未悔禍，遭家不秩。子敬先亡，公明早卒。餘〔一六三〕自此而浩蕩，又逢時之不仁。天地遂閉，雷雲漸屯。與沮溺而同耻〔一六四〕，共夷齊而隱身。幸收元吉，生〔一六五〕偶昌辰。容北海之嘉遁〔一六六〕，許南山之不臣。養拙辭官，含〔一六七〕和保真。豈若馮敬生〔一六八〕之誹世〔一六九〕，趙元叔〔一七〇〕之尤人！殷憂耻賤，憔悴傷貧。探井臼〔一七一〕而〔一七二〕無樂，歷山河而〔一七三〕苦辛〔一七四〕。豈如我家生事〔一七五〕，都盧〔一七六〕棄置，不念當歸，寧圖〔一七七〕遠志？坐青山而非〔一七八〕隱，遊渌潭〔一七九〕而似〔一八〇〕喜。舊知〔一八一〕山裏〔一八二〕絶氛〔一八三〕埃，登高日暮心悠哉。子平一去何時返？仲叔長遊遂不來。幽蘭獨夜〔一八四〕之琴曲，桂樹凌晨之酒盃。丘園散誕，窟〔一八五〕室徘徊。坐等枯〔一八六〕木，心如〔一八七〕死灰。亦有山羞野饌，蘭漿朮麨〔一八八〕，杞葉煎〔一八九〕羹，松根溜〔一九〇〕醥。既採藥而爲食，諒隨情而不矯。負鍤〔一九一〕春前，腰鎌歲杪。草漸密而饒獸〔一九二〕，樹彌深〔一九三〕而足鳥。地寂寞而森沉〔一九四〕，路縱横〔一九五〕而窈窕。野亭鶴唳，山梁雉鷕。遠遊之所，幽棲之次。或抱犢〔一九六〕而新來，乍聞鷄而始至。藿畦一兩，茅齋數四。山爲險而無人，嶺時平而有地。石菌〔一九七〕抽葉，金芝吐穗〔一九八〕。鏡厭〔一九九〕山精，刀驅木魅〔二〇〇〕。泉遶〔二〇一〕砌而魚躍，樹横〔二〇二〕窗而鳥萃〔二〇三〕。天網寬寬〔二〇四〕，人生豈難〔二〇五〕？飲河知足，巢林必安。亦何榮而〔二〇六〕拾紫，亦何羡於還丹？紅藜促節之杖，緑籜班文〔二〇七〕之冠。野餐二簋，園蔬一盤。送阮籍而長嘯，得劉伶〔二〇八〕而甚歡。曉入柴户，暮〔二〇九〕歸藥欄。老萊地僻，鄒生谷寒。楊柳則絛垂鍛沼〔二一〇〕，杏樹則花飛坐壇。賦成〔二一一〕鼓吹，詩如彈丸。紛攜始醉〔二一二〕之鳴鶴，對新婚之伯鸞。我有懷抱，蕭然自保。古人則難與同歸〔二一三〕，吾則此焉〔二一四〕將老〔二一五〕。磵溪沼渚〔二一六〕之蘋芰〔二一七〕，丘陵阪險〔二一八〕之桑棗。接果移棠〔二一九〕，栽〔二二〇〕苗散稻。不藏無用之器，不愛非常之寶。抵〔二二一〕玉驚禽，揮金薙草。接朋友於杯案，弄兒孫〔二二二〕於襁褓。樂山澤之浮遊，笑江潭〔二二三〕之枯槁。戒非佞佛，齋非媚道。言譽〔二二四〕無功，形骸自空。坐成老圃，居爲〔二二五〕下農。身與世〔二二六〕而相棄，賞隨山而不窮。披衣〔二二七〕竈北，逐食〔二二八〕墻〔二二九〕東。儻有白頭四皓，厖眉八公。小童乘日，仙〔二三〇〕人馭風。鄉老則杖頭安鳥，邦君則車邊畫熊。心期闇合，道術潛同〔二三一〕。解來相訪，愚公〔二三二〕谷中。

【會校】

〔一〕〔韓校〕本篇載五卷本三種、各三卷本、英華、唐文。唐寫本殘存「公子之殊賞」至篇終。英華署作者「王勣」，誤。唐音癸籤卷二十九：「唐詩人名誤者，王績。藝文志誤作勣，紀事又誤以爲有此兩人，皆非是。」（上海古籍出版社一九八一年版三〇〇頁）。

〔二〕余：原一校：删本作「吾」。原二行校：唐文同。〔韓校〕各三卷本、英華亦作「吾」，英華下注「一作余」。

〔三〕扈遷　原一校「遷」下注：删本作「從」。〔韓校〕各三卷本、英華、唐文亦作「扈從」，英華下注：一作「扈遷」。

〔四〕江左　〔原一校〕「左」下注：删本作「右」。原二眉校：全唐文作「左」，各本俱作「右」。〔韓校〕林、羅、叢刊本、英華亦作「右」。按唐文卷一三五杜淹文中子世家云，績九代祖「仕晉，遭愍、懷之難，遂東遷焉」，六代祖元則仕宋，「江左號爲王先生」，故當以「左」爲是。

〔五〕銜　原二眉校：全唐文作「感」。〔韓校〕英華亦作「感」，下注：一作「銜」。

〔六〕同州　〔韓校〕林本作「司州」，按杜淹文中子世家：「（晉陽）穆公生同州刺史彦。」作「司」者非。

〔七〕之　原一校：删本無「之」字。〔韓校〕各三卷本、英華亦無「之」字。英華下注：一有「之」字。

〔八〕之　原一校：删本無「之」字。原二眉校：全唐文有「之」字。〔韓校〕各三卷本、英華亦無「之」字。英華下注：一有「之」字。

〔九〕墳壠　〔韓校〕英華作「墳壠」，誤。

〔一〇〕列　原一校：删本作「蔭」。〔韓校〕各三卷本、英華、唐文亦作「蔭」，英華下注「一作列」。

〔一一〕績　〔韓校〕林、孫、羅本、英華俱作「勣」，誤，詳見〔一〕。

〔一二〕彌篤　〔韓校〕叢刊本作「彌蔦」，誤。

〔一三〕日　原二眉校：删本作「世」，孫本、曹本從之，全唐文從「日」。〔韓校〕林、黄、羅、叢刊本、英華亦作「世」，英華下注：一作「日」。

〔一四〕馬谷　〔韓校〕林本作「今谷」，誤。

〔一五〕默　原一校：删本作「獨」。原二行校：唐文同「默」。〔韓校〕各三卷本、英華亦作「獨」。

〔一六〕共去　〔韓校〕英華作「有興」，下注：二字一作「共去」。

〔一七〕歌　原二眉校：全唐文及各本俱從「類」。〔韓校〕林、羅、叢刊本、英華亦作「類」，英華下注：一作「歌」。

〔一八〕田園　〔韓校〕英華作「田叟」，「叟」下注：一作「園」。

〔一九〕悠　原一校：删本作「樂」。原二行校：唐文同「悠」。〔韓校〕各三卷本、英華亦作「樂」，英華下注：一作「悠」。

〔二〇〕而賦焉　原一校：删本作「即爲賦云」。原二行校：唐文同。〔韓校〕各三卷本、英華亦作「即爲賦云」，英華下注：四字一作「而賦焉」。

〔二一〕代　〔韓校〕各三卷本、英華、唐文俱作「世」，英華下注：一作「代」。

〔二二〕祭　原二眉校：全唐文及各本皆從「祀」。〔韓校〕林、羅、叢刊本、英華亦作「祀」，英華下注：一作「祭」。

〔二三〕榮深情厚　原一校「情厚」二字下注：刪本作「貴重」。　原二行校：唐文、各本同。〔韓校〕英華亦作「榮深貴重」，於「深貴」下注：二字一作「情厚」。林、羅、叢刊本作「榮深貴重」。

〔二四〕愁　〔韓校〕林本作「憂」。

〔二五〕宰相　原一校：刪本作「將相」。　原二行校：唐文、各本同。〔韓校〕林、羅、叢刊本、英華亦作「將相」，英華「將」下注：一作「宰」。

〔二六〕長思　原一校：刪本作「長懼」。　原二行校：各本同。　原二眉校：全唐文亦作「長思」。〔韓校〕林、羅、叢刊本、英華亦作「長懼」，英華「懼」下注：一作「思」。

〔二七〕瓊林　原二眉校：全唐文作「瑤林」。〔韓校〕各三卷本、英華亦作「瑤林」。

〔二八〕何爲而惘惘　原一校：刪本作「又何爲乎惘惘」。　原二行校：唐文、各本同。〔韓校〕陳本作「又何爲而惘惘」，林、羅、叢刊本、英華亦作「又何爲乎惘惘」。

〔二九〕餘　原一校：刪本無「餘」字。　原二行校：各本無。　原二眉校：依全唐文改「余」爲近。〔韓校〕陳、林、羅、叢刊本、英華亦無「餘」字，英華「占」下注：一有「餘」字。按「餘」爲「余」假字。

〔三〇〕任物孤遺情之直上　原一校：刪本作「任物孤遊遺情直上」。　原二行校：各本同。　原二眉校：全唐文亦作「任物孤遊遺情直上」。〔韓校〕林、羅、叢刊本、英華亦作「任物孤遊遺情直上」。

〔三一〕煩　〔韓校〕各三卷本、英華、唐文作「繁」，英華下注：一作「煩」。

〔三二〕技　〔韓校〕英華作「枝」，誤。

〔三三〕神明　原二眉校：全唐文及各本從「明神」。　〔韓校〕林、羅、叢刊本、英華亦作「明神」，英華下注：一作「神明」。

〔三四〕物無往而咸彰　原一校「往」下注：删本作「待」。　原二眉校：一作「物無待而成章」，唐文、各本同。　〔韓校〕林、羅、叢刊本、英華亦作「物無待而成章」。英華下注：一作「物無往而感彰」。

〔三五〕泯没　〔韓校〕林本作「泯泯」。

〔三六〕於　原二行校：孫本作「以」。　〔韓校〕羅本亦作「以」。「於」「以」通假（清吴昌瑩經詞衍釋卷一「於」字條）。

〔三七〕萬象　〔韓校〕曹、黄、叢刊本作「萬像」非是。

〔三八〕浸　原一校：删本作「寢」。　〔韓校〕曹本亦作「寢」。此通。

〔三九〕嬰　〔韓校〕唐文作「攖」，通。

〔四〇〕忽怳　〔韓校〕曹、黄、叢刊本、英華作「惚恍」，通。

〔四一〕矣　原一校：删本作「乎」。　原二行校：唐文、各本同。　〔韓校〕陳、林、羅、叢刊本、英華亦作「乎」。

〔四二〕交息　〔韓校〕朱、陳本、各三卷本、英華、唐文作「息交」。

〔四三〕乃　原二眉校：各本作「遂」。　〔韓校〕林、羅、叢刊本、英華、唐文亦作「遂」。

〔四四〕林城　原二眉校：「城」，依唐文作「樾」爲是。　〔韓校〕陳本、各三卷本、英華作「樾」，下注：一作「槭」。按「林城」對下「巖區」亦通，今存。

〔四五〕巖區　原一校：删本作「嶮嶇」。　原二行校：唐文從「嶔嶇」。　〔韓校〕曹、黄、孫、羅、叢刊本作「嶮嶇」，林本、英華作「嶔嶇」，通。英華下注：一作「巖區」。

〔四六〕複障　原二眉校：「障」，各本從「嶂」。　〔韓校〕陳、林、羅、叢刊本、英華、唐文亦作「嶂」。此通。

〔四七〕尋絶徑　〔韓校〕陳本作「循絶徑」，曹、叢刊本、英華作「尋捷徑」，英華「捷」下注：一作「絶」。

〔四八〕覓條塗　原一校：删本作「覓修塗」。　原二眉校：「條」，唐文作「修」，各本同。　〔韓校〕陳本、英華作「覓修塗」，林、羅、叢刊本作「覓修途」。「塗」「途」通。

〔四九〕霞　〔韓校〕英華作「遐」，下注：一作「霞」。

〔五〇〕逸想　原二行校：孫本獨作「響」。　〔韓校〕羅本亦作「響」。

〔五一〕而　原一校：删本作「以」。　原二行校：唐文、各本同。　〔韓校〕林、羅、叢刊本、英華亦作「以」。

〔五二〕相　原作「桑」。　原一校：「桑」，誤。刪本作「相」。　〔韓校〕陳本、各三卷本、英華、唐文均作「相」。審文意，原校屬是，故改。

〔五三〕出　原二眉校：曹本作「塵」，孫本作「浮」。　〔韓校〕羅本亦作「浮」，作「塵」者，似因下文「埃壒」而誤。

〔五四〕青溪　〔韓校〕英華、唐文作「清溪」。

〔五五〕裁　〔韓校〕各三卷本、英華、唐文作「纔」。此通。

〔五六〕路　原一校：刪本作「石」。　原二行校：各本皆作「石」。　〔韓校〕林、羅、叢刊本、英華、唐文亦作「石」，英華下注：一作「路」。

〔五七〕應　原二行校：各本從「蹤」。　〔韓校〕林、羅、叢刊本、英華、唐文均作「蹤」，英華下注：一作「應」。

〔五八〕爐　原一校：刪本作「竈」。　〔韓校〕各三卷本、英華、唐文均作「竈」，英華下注：一作「爐」。

〔五九〕幽藹　原作「幽蕩」。　原一校「蕩」下注：刪本作「藹」。　原二行校：各本同。　〔韓校〕陳、林、羅、叢刊本、英華、唐文均作「幽藹」。從改。

〔六〇〕已　〔韓校〕英華作「後」，下注：一作「已」。

〔六一〕曠　原一校：删本作「蕩」。　原二行校：各本同。　〔韓校〕林、羅、叢刊本、英華、唐文均作「蕩」。

〔六二〕人間　〔韓校〕英華作「人問」，誤。

〔六三〕值　〔韓校〕英華作「直」。此通。

〔六四〕山　原一校：删本作「丘」。　原二行校：各本同。　〔韓校〕林、羅、叢刊本、英華亦作「丘」，英華下注：一作「山」。

〔六五〕柰　〔韓校〕原作「㮈」，陳本、各三卷本、英華、唐文作「柰」。「柰」通「㮈」，「㮈」乃「㮈」形似之訛，故改。

〔六六〕乃有　「乃」下原無「有」字。　原二眉校：「乃」字下各本有「有」字。　〔韓校〕陳、林、羅、叢刊本、英華、唐文均有「有」字。據增。

〔六七〕移空時朽　原一校「移」下注：删本作「耘」；「時」下注：删本作「蒔」。　原二眉校：各本俱作「耘空蒔朽」。　〔韓校〕陳本「時」亦作「蒔」，林、羅、叢刊本、英華、唐文亦作「耘空蒔朽」。按「時」「蒔」此通。

〔六八〕靈　原一校：删本作「虚」。　原二行校：各本從「虚」。　〔韓校〕林、羅、叢刊本、英華、唐文亦作「虚」，英華「虚受」下注：一作「靈受」，後有「伊林闕而虚受」。審文意，英華注屬是，作「虚受」犯重。

〔六九〕咒　〔韓校〕英華作「祝」，下注：一作「咒」。按「祝」「咒」此通。

〔七〇〕南箕　〔韓校〕英華作「南極」。

〔七一〕養　原一校：删本作「食」。原二眉校：各本從「食」。〔韓校〕林、羅、叢刊本、英華、唐文亦作「食」，英華下注：一作「養」。

〔七二〕顧瞻　〔韓校〕英華作「瞻顧」，下注：一作「顧瞻」。

〔七三〕歲　原一校：删本作「秋」。原二眉校：唐文作「歲」，各本作「秋」。〔韓校〕林、羅、叢刊本、英華亦作「秋」，英華下注：一作「歲」。

〔七四〕試　〔韓校〕英華作「誡」，下注：一作「試」。

〔七五〕暫進　〔韓校〕英華作「暫近」，音近而誤。

〔七六〕狹　〔韓校〕英華作「徠」，形似而誤。

〔七七〕攬　原一校：删本作「攪」。原二行校：各本同。〔韓校〕林、羅、叢刊本、唐文亦作「攪」，英華作「覺」。

〔七八〕捉　原一校：删本作「投」。原二行校：各本同。〔韓校〕林、羅、叢刊本、英華、唐文亦作「投」。

〔七九〕咸　「咸」上原有「相」字。原一校：删本無「相」字。原二眉校圈去「相」字。並云：唐文無「相」字，應是衍字。〔韓校〕陳、林、羅、叢刊本、英華均無「相」字，英華「咸」下注：一作「相」。「咸」、「相」於文意俱通，二者疑有一衍，今從原校删「相」。

〔八〇〕窟　原作「屈」。　原一校：「屈」，譌，從删本作「窟」爲是。　原二行校於「屈」上加「穴」。〔韓校〕各三卷本、英華、唐文均作「窟」。　審文意，原校爲是，從之。

〔八一〕吁　〔韓校〕英華作「于」。　此通。

〔八二〕繫　原作「繁」。　原一校：删本作「繫」。　原二行校「繁」旁注：「繫」。　〔韓校〕陳本、各三卷本、英華、唐文均作「繫」。從改。

〔八三〕非　原一校：删本作「出」。　原二行校「非」旁注：「出」，各本同。　〔韓校〕林、羅、叢刊本、英華、唐文亦作「出」。

〔八四〕昔　〔韓校〕孫、羅、叢刊本下有「者」字，英華、唐文下有「日」。

〔八五〕蔣元詡　〔韓校〕原作「蔣元翊」，朱、陳本亦作「蔣元翊」，各三卷本、英華、唐文俱作「蔣元詡」。三輔決録云：「蔣元詡歸鄉里，荆棘塞門，舍中有三徑，不出。」後漢書楊震列傳注：「蔣詡，字元卿。」故改。

〔八六〕坐　原二眉校：唐文及黄、曹本皆從「坐」，孫本獨從「望」。　〔韓校〕羅本亦作「望」。

〔八七〕潛　原二眉校：唐文從「潛」，黄、曹、孫本從「歷」。　〔韓校〕林、羅、叢刊本、英華亦作「歷」，英華下注：一作「潛」。

〔八八〕别　原作「列」。　原一校：删本作「别」。　原二行校「列」旁注：「别」，唐文、各本同。

〔韓校〕林、羅、叢刊本、英華、唐文均作「别」，英華下注：一作「列」，審文意以「别」爲是，故改。

〔八九〕余亦無求　原一校：删本作「吾無所圖」。　原二行校「圖」旁注：孫本從「徒」。〔韓校〕林、黄、曹、叢刊本作「吾無所圖」，羅本、英華作「吾無所徒」，英華下注：一作「余無所求」。

〔九〇〕多　原二行校：一作「無」。　原二眉校：各本作「多」，唐文作「無」。〔韓校〕英華亦作「無」，下注：一作「多」。

〔九一〕「中」〔韓校〕英華作「東」，下注：一作「中」。審文意，作「東」未安。

〔九二〕守　原作「宫」。　原一校：「宫」譌，從删本作「守」爲是。　原二行校「宫」旁注：「守」。〔韓校〕陳本、各三卷本、英華、唐文均作「守」。原校屬是，據改。

〔九三〕磵　原一校：删本作「間」〔韓校〕各三卷本、英華均作「間」。

〔九四〕之　原一校：删本作「而」。　原二行校：唐文同「之」。〔韓校〕各三卷本、英華均作「而」，英華下注：一作「之」。

〔九五〕虚受　原二眉校：唐文作（伊林磵之）「虚受」，各本從「虚度」。〔韓校〕林、羅、叢刊本亦作「虚度」。

〔九六〕逢故客於中流　原一校「故」下注：删本作「去」；「流」下注：删本作「溪」。　原二行校「流」旁注：唐文作「溪」。〔韓校〕各三卷本、英華作「逢去老於中溪」，英華「去老」下注：

一作「故客」;「中溪」下注：一作「中流」。

〔九七〕壁　〔韓校〕英華作「岫」，下注：一作「壁」。

〔九八〕淺淺　原一校：删本作「潺潺」。原二行校：唐文同。〔韓校〕各三卷本、英華亦作「潺潺」，英華下注：一作「淺淺」。今按：此通。

〔九九〕枝　原一校：删本作「樹」。〔韓校〕各三卷本、英華、唐文均作「樹」。

〔一〇〇〕起　〔韓校〕林本作「超」，誤。

〔一〇一〕澹　〔韓校〕原作「談」。唐寫本作「澹」，英華作「贍」，下注：一作「談」。以「澹」爲是，故改。

〔一〇二〕闢　原作「僻」。原二眉校：唐文作「闢」，各本同。〔韓校〕林、羅、叢刊本、唐寫本、英華亦作「闢」，據改。英華下注：一作「辟」。「闢」、「辟」此通。

〔一〇三〕茵蕪　原一校：删本作「茵閣」。原二行校：唐文同。〔韓校〕各三卷本、英華亦作「茵閣」，陳本作「茵廡」，唐寫本作「園廡」。

〔一〇四〕邪　〔韓校〕各三卷本、唐寫本、英華、唐文作「斜」，英華下注：一作「邪」。此通。

〔一〇五〕泉度　〔韓校〕英華作「泉映」。

〔一〇六〕淳酎　原作「淳耐」。原一校：「耐」誤，從删本作「酎」爲是。原二行校：唐文同。〔韓校〕陳本、各三卷本、唐寫本、英華均作「醇酎」。「酎」字是：「淳」「醇」此通。

〔一〇七〕脣　〔韓校〕唐寫本作「肩」。

〔一〇八〕崗　原二眉校：唐文作「峰」，各本同。〔韓校〕林、羅、叢刊本、英華亦作「峰」，英華下注：一作「崗」。

〔一〇九〕奥　〔韓校〕英華作「宜」，下注：一作「奥」。

〔一一〇〕安國　原一校：删本作「根矩」。原二行校：唐文同。〔韓校〕各三卷本、唐寫本、英華均作「根矩」。按：安國，孔安國。根矩，邴原字。邴原、鄭玄（字康成）皆漢末著名學者，時有「鄭邴之學」之稱（詳見三國志魏志邴原傳）。上句既言康成，此句以根矩爲長。今姑存「安國」，辨以備參。

〔一一一〕衿　原作「矜」，原二行校改爲「衿」。原二眉校：「矜」，訛，從唐文作「衿」。〔韓校〕陳本、各三卷本、唐寫本、英華亦作「衿」。審文意，原校改屬是。從之。

〔一一二〕泉凝泗涘　原二行校改「凝」爲「疑」。原二眉校：「凝」，唐文作「疑」，「泗涘」，各本作「洙泗」。〔韓校〕各三卷本、唐寫本、英華均作「疑」。「泗涘」，各三卷本、英華均作「洙泗」，唐寫本作「洫泗」，英華下注：「一作泗涘」。「凝」「疑」此通。「洫泗」誤。

〔一一三〕隱於此溪　原二眉校：曹、孫本注作「隱居此溪」。〔韓校〕林、黄、羅、叢刊本、唐寫本、英華亦作「隱居此溪」。

〔一一四〕孔子　〔韓校〕各三卷本、英華作「孔氏」。

〔一一五〕弟子　〔韓校〕朱本奪「子」字，陳本奪此二字。

〔一六〕相趨成市　〔韓校〕英華作「相趨相成」，注：一作「相超成市」。誤。

〔一七〕故溪　〔韓校〕唐寫本、英華「故」下有「此」字，英華下注：一作「故溪」。

〔一八〕今號王孔子之溪也　〔韓校〕唐寫本作「今號爲王子溪也」，英華作「今號王子溪焉」，下注：一作「今號王孔子之溪也」。

〔一九〕于　〔韓校〕英華作「十」，誤。

〔二〇〕多　原一校：删本作「今」。　原二行校：各本作「今」。　〔韓校〕林、羅、叢刊本、英華亦作「今」，英華下注：一作「多」。

〔二一〕誅茅　〔韓校〕黄、曹、叢刊本作「詠茅」，誤。

〔二二〕芷　原二行校：孫本作「莛」。　〔韓校〕曹、羅本、英華亦作「莛」，英華下注：一作「芷」。通。

〔二三〕樹即環林門成闕里　原作「樹即環珮林成闕里」，原一校「珮」下注：删本作「林」；「林」下注：删本作「門」。　原二眉校：唐文作「樹即環林門成闕里」，各本同。　〔韓校〕朱本亦作「樹即環佩林成闕里」，陳本作「樹即環佩門成闕里」，林、羅、叢刊本、唐寫本、英華作「樹即環林門成闕里」，英華「林」下注：一作「曲」；「門」下注：一作「林」。按環林，辟雍也。於義爲安，故據各三卷本、唐寫本、英華、唐文改。

〔二四〕之集　〔韓校〕林、曹、黄、叢刊本無此二字；孫、羅本、英華無「之」字。

〔二五〕河南　原二行校上增「唯」字，下注：唐文、各本。〔韓校〕林、羅、叢刊本、唐寫本、英華均作「唯河南」。

〔二六〕中山賈瓊　原二眉校：「賈」，曹本作「費」。〔韓校〕林、黄、叢刊本亦作「費」，唐寫本「賈」上無「山」字。按唐文卷一三五杜淹文中子世家載，王通弟子有中山賈瓊。故知「費瓊」誤。

〔二七〕稱爲俊穎　原二眉校：唐文亦作「稱爲俊穎」，曹、孫本作「相爲後來題目」。〔韓校〕林、羅、叢刊本、英華亦作「相爲後來題目」，英華下注：六字亦作「稱爲俊穎」，唐寫本作「相爲俊疑」。按「疑」字誤。

〔二八〕而姚義多慷慨同儕方之仲由薛收以理達稱方莊周薛實妙言理也　原二眉校：唐文、曹、孫本作「以姚義慷慨方之仲由薛收理識方之莊周薛實妙玄理耳」。〔韓校〕林、黄、羅、叢刊本亦作「以姚義慷慨方之仲由薛收理識方之莊周薛實妙玄理耳」。英華除「以姚義」作「而姚義」外，餘與林、黄、羅、叢刊本同；唐寫本「以理達稱」下有「見」字，「妙言理」下無「也」字。英華「而姚義」下注：一有「多」字；「慷慨」下注：一有「同儕」二字；「理識」下注：一作「以理達稱」；「耳」下注：一作「也」。

〔二九〕册　原一校：删本作「策」。〔韓校〕各三卷本、英華、唐文均作「策」。二字此通。

〔三〇〕驅羊　〔韓校〕孫、羅本作「驅牛」。

〔三一〕「紀」　原一校：删本作「祀」。　原二眉校：唐文亦作「紀」，各本作「祀」。〔韓校〕林、羅、叢刊本、唐寫本亦作「祀」。

〔三三〕木壞山頹　〔韓校〕孫本獨作「水壞山頹」，羅本校孫本云：「木」，原誤作「水」，今據全唐文正。

〔三三〕石　原一校：删本作「書」。原二眉校：唐文作「石」，各本作「書」。〔韓校〕林、羅、叢刊本、唐寫本、英華亦作「書」。英華下注：一作「石」。

〔三四〕聞　原二行校：各本作「問」。〔韓校〕林、羅、叢刊本、英華、唐文亦作「問」，英華下注：「一作聞」。

〔三五〕中室　〔韓校〕唐寫本二字下衍一「室」字，英華作「中壼」，下注：一作「中室」。

〔三六〕苑　原二行校旁注：「院」，唐文、各本同。〔韓校〕林、羅、叢刊本、唐寫本、英華亦作「院」，英華下注：一作「苑」。

〔三七〕文中　〔韓校〕唐寫本作「文仲」。舊唐書王績傳云，兄通「號文中子」。知「文仲」誤。

〔三八〕守　原一校：删本作「局」。原二行校：唐文、各本同。〔韓校〕林、羅、叢刊本、唐寫本、英華亦作「局」。

〔三九〕而　〔韓校〕唐寫本作「以」。

〔四〇〕廊廟　〔韓校〕林本作「廟廊」。

〔四一〕知何所榮　原一校：删本作「我何所營」。原二眉校：唐文作「知何所營」，各本作「我何所營」。〔韓校〕林、羅、叢刊本、英華亦作「我何所營」，唐寫本作「知何營」，英華下注：一作「知何所營」。

〔四二〕吾兄　〔韓校〕孫本獨作「吾見」。羅本校孫本云：「兄」，原誤作「見」，據全唐文正。

〔四三〕卒於鄉館　〔韓校〕各三卷本、英華無「館」字。

〔四四〕時年四十二　原二眉校：唐文作「時年三十三」；曹、黃、孫本作「余時年三十三」。〔韓校〕林、羅、叢刊本、英華亦作「余時年三十三」，唐寫本作「時年三十二」。上下文均指王通，「余」，顯屬衍文。

〔四五〕文中子　原作「文仲子」，原二行校「仲」字旁注：「中」。〔韓校〕朱、陳本、各三卷本、唐寫本、英華、唐文亦作「中」。據改。

〔四六〕受命　〔韓校〕唐寫本作「受籙命」。

〔四七〕文中子　〔韓校〕朱、陳、黃、曹、孫、羅、叢刊本作「文中之」，林本、唐寫本作「文中子之」。

〔四八〕道未行　〔韓校〕唐文作「道不行」。

〔四九〕余　〔韓校〕各三卷本無此字；英華下注：一作「吾」。

〔五〇〕周　〔韓校〕孫本獨作「同」，羅本校孫本云：原誤作「同」，據全唐文正。

〔五一〕也　原二行校：唐文同，各本作「耳」。〔韓校〕林、羅、叢刊本、唐寫本、英華亦作「耳」。

〔五二〕嘆息　原二眉校：「息」，唐文作「惜」。〔韓校〕各三卷本、英華亦作「惜」，英華下注：一作「息」。

〔一五三〕地迥　原二眉校：「迥」，孫本作「敻」。〔韓校〕羅本亦作「迥」。

〔一五四〕斜連　原一校：刪本作「前臨」。原二行校：各本同。原二眉校：唐文作「斜臨」。〔韓校〕林、羅、叢刊本、英華亦作「前臨」，英華下注：一作「斜連」。

〔一五五〕汾河　原一校：刪本作「河汾」。〔韓校〕各三卷本、唐寫本亦作「河汾」，英華注：一作「河汾」。

〔一五六〕哉　原二眉校：唐文作「哉」，各本作「然」。〔韓校〕林、羅、叢刊本、英華亦作「然」。

〔一五七〕磵　〔韓校〕唐寫本作「澗」。此通。

〔一五八〕南軒　〔韓校〕唐寫本作「西軒」。

〔一五九〕綵衣　〔韓校〕唐寫本作「緑衣」。

〔一六〇〕開　原一校：刪本作「聞」。原二眉校：唐文作「問」。〔韓校〕各三卷本、英華作「問」，英華下注：一作「聞」。

〔一六一〕斯　原作「期」。原一校：刪本作「斯」。原二行校：唐文作「斯」。原二眉校：各本並作「斯」。〔韓校〕陳、林、羅、叢刊本、唐寫本亦作「斯」，審文意，當以「斯」爲是，故改。

〔一六二〕天　〔韓校〕唐寫本「天」上有「而」字。

〔一六三〕餘　原一校：刪本作「吾」。原二行校旁注：「余」，唐文。原二眉校：各本並從「吾」。

〔韓校〕陳本、唐寫本作「余」，林、羅、叢刊本、英華作「吾」。按「餘」假作「余」。史記屈原列傳：「餘何畏懼乎？」索隱：「楚辭『餘』並作『余』。」

〔一六四〕耻　原二行校旁注：「趣」，唐文。　原二眉校：各本並從「趣」。〔韓校〕林、羅、叢刊本、英華亦作「趣」，英華下注：一作「旺」。審文意，「旺」非是。

〔一六五〕生　〔韓校〕林、黄、孫、羅、叢刊本、唐寫本、英華、唐文作「坐」，英華下注：一作「生」。按，坐，正也，對上句「幸」字，其義爲長，今姑存「生」。

〔一六六〕遁　原一校：從删本作「遯」爲是。　〔韓校〕黄、孫、羅、叢刊本、唐文亦作「遯」。「遯」爲「遁」本字，不當斷誤。

〔一六七〕含　原一校：删本作「全」。　原二眉校：唐文從「含」，各本從「全」。〔韓校〕林、羅、叢刊本、唐寫本、英華作「全」，英華下注：一作「含」。

〔一六八〕馮敬生　原二眉校：「生」，唐文從「通」。〔韓校〕陳本、各三卷本、英華均作「馮敬通」，英華下注：一作「生」。按：馮敬通，即馮衍，後漢書有傳。當指其人。然馮敬通，亦可呼作馮敬生，今姑存「生」。

〔一六九〕誹世　原作「訓世」。　原一校「訓」下注：從删本作「誹」爲是。〔韓校〕陳本、各三卷本、英華亦作「誹世」，英華下注：一作「訓」。唐寫本作「誹代」。按「代」避唐諱，審文意及唐寫本，原校屬是，故改。

〔一〇〕趙元叔　〔韓校〕原作「趙元淑」，曹本作「趙元叔」。按：趙元淑，隋人，事與本賦所云不合；趙元叔，即東漢末之趙壹，著有刺世嫉邪賦、窮鳥賦等，事與本賦所云相契，故據曹本改。

〔一一〕探井臼　原二眉校：「探」，唐文作「操」。〔韓校〕唐寫本作「掬井臼」。按：後漢書馮衍傳云：「兒女常自操井臼。」似以「操井臼」爲切，今姑存「探」字。

〔一二〕而　原一校：刪本作「之」。　原二眉校：唐文從「而」，各本從之。〔韓校〕林、羅、叢刊本、英華亦作「之」，英華下注：「一作而」。

〔一三〕而　〔韓校〕唐寫本作「之」。

〔一四〕苦辛　原作「若辛」。　原二行校「若」旁注：「苦」。〔韓校〕陳本、各三卷本、唐寫本、英華、唐文作「苦辛」。據改。

〔一五〕生事　原二眉校：唐文同，各本從「身事」。〔韓校〕林、羅、叢刊本、英華亦作「身事」，英華注：一作「生事」。

〔一六〕都盧　〔韓校〕英華「盧」下注：一作「廢」。

〔一七〕寧圖　〔韓校〕唐寫本作「寧憂」。

〔一八〕非　原一校：刪本作「方」。〔韓校〕各三卷本、英華作「方」，英華下注：一作「非」。

〔一九〕淥潭　原二眉校：唐文及各本作「碧潭」。〔韓校〕林、羅、叢刊本、英華亦作「碧潭」，英華下注：一作「綠潭」。按「綠」「淥」此通。

〔一〇〕似　原一校：刪本作「已」。原二行校：唐文同。〔韓校〕各三卷本、英華亦作「已」，英華下注：一作「似」。

〔一一〕舊知　〔韓校〕英華作「舊之」。按：音近而誤。

〔一二〕山裏　原一校：刪本作「出處」。〔韓校〕各三卷本、英華亦作「出處」，英華下注：一作「山裏」。

〔一三〕氛　〔韓校〕唐文作「塵」。

〔一四〕獨夜　原作「燭夜」。原一校「燭」下注：刪本作「獨」。原二行校「燭」旁注：「獨」，並刪「燭」。〔韓校〕陳本、各三卷本、英華、唐文亦作「獨夜」，英華「獨」下注：一作「燭」。唐寫本作「白雪」。審文意，當以「獨夜」爲是，故改。

〔一五〕窟　〔韓校〕唐寫本作「堀」，此通。

〔一六〕枯　〔韓校〕英華作「梧」，下注：一作「枯」。

〔一七〕如　原一校：刪本作「同」。原二眉校：唐文作「如」，各本作「同」。〔韓校〕林、羅、叢刊本、英華亦作「同」。

〔一八〕朮麨　原作「水麨」。原一校「水」下注：刪本作「木」。原二行校「水」旁注：「木」。〔韓校〕陳本、各三卷本、英華、唐文亦作「木」，英華下注：一作「水」。唐寫本作「朮麨」。

「木」、「水」欠通，當爲「朮」形似之誤，今據唐寫本改。

〔一八九〕煎　原作「前」。　原一校：從删本作「煎」爲是。　原二行校改「前」爲「煎」。　〔韓校〕陳本、各三卷本、唐寫本、英華、唐文作「煎」。從改。

〔一九〇〕溜　〔韓校〕唐寫本作「釀」。

〔一九一〕銛　原作「錚」。　原一校：删本作「銛」。　原二行校：唐文同。　原二眉校：各本俱從「銛」。　〔韓校〕陳、林、羅、叢刊本、唐寫本、英華均作「銛」。從改。

〔一九二〕猷　原二眉校：唐文作「猷」，各本作「蟬」。　〔韓校〕英華作「蟬」，下注：一作「猷」。按：以「猷」爲是。

〔一九三〕深　原二行校：唐文作「深」，各本作「高」。　〔韓校〕林、羅、叢刊本、英華亦作「高」，英華下注：一作「深」。

〔一九四〕森沉　〔韓校〕英華作「森深」，「深」下注：一作「沉」。

〔一九五〕縱橫　〔韓校〕孫、羅本作「從横」。「縱」「從」通。

〔一九六〕抱犢　〔韓校〕唐寫本作「飲犢」。按：元和郡縣圖志卷十一河南道七抱犢山條：「昔有遁隱者，抱一犢於其上墾種。」本句當用此典。

〔一九七〕菌　原作「藺」。　原二行校旁注：「菌」，唐文、各本同。　〔韓校〕陳、林、羅、叢刊本、唐寫本、英華作「菌」。從改。

〔一九八〕金芝吐穗　原一校「吐」下注：刪本作「壯」。　原二眉校：孫本作「吐」，黄、曹本作「壯」。〔韓校〕叢刊本亦作「壯」。「芝」，孫本作「枝」，羅本校孫本云：原誤作「枝」，據全唐文正。今按：「壯」亦誤。

〔一九九〕厭　原二眉校：唐文亦作「厭」，各本作「執」。　〔韓校〕林、羅、叢刊本、英華亦作「執」，英華下注：一作「厭」。羅本校孫本云：「執，全唐文作厭。案：似以作厭爲得。庾信賦：厭山精而照鏡。」羅説是。庾信語，見小園賦（英華卷九七）。

〔二〇〇〕木魅　〔韓校〕英華作「水魅」，形似而誤。

〔二〇一〕泉遶　〔韓校〕孫本、唐寫本作「泉饒」；羅、叢刊本、英華、唐文作「泉饒」，羅本校孫本云：原誤作「饒」，據全唐文正。按：「遶」「繞」通。

〔二〇二〕横　〔韓校〕唐寫本作「當」。

〔二〇三〕萃　原作「卒」，原二行校旁注：「萃」，唐文、各本同。　〔韓校〕朱、陳、林、羅、叢刊本、唐寫本、英華亦作「萃」。據改。

〔二〇四〕寛寛　原一校：刪本作「何寛」。　原二行校：唐文同。　〔韓校〕陳、曹、黄、羅、叢刊本、英華亦作「何寛」，羅本校孫本云：原作「天網寛寛」，據全唐文正。　唐寫本作「寃寃」。按：「寃寃」當是「寛寛」形近之誤。

〔二〇五〕人生豈難　原作「人心豈難」。　原一校「豈難」下注：刪本作「幾難」。　〔韓校〕林、曹、黄、孫、叢刊本、英華亦作「人生幾難」，下注：一作「人心豈難」。羅本、唐寫本、唐文作「人生豈難」，羅本校孫本云：原作「人生幾難」，據全唐文正。今從之。

〔一〇六〕而 〔原一校〕：删本作「於」。〔韓校〕各三卷本、唐寫本、英華、唐文均作「於」。

〔一〇七〕班文 〔韓校〕唐寫本作「班皮」。

〔一〇八〕劉伶 〔韓校〕黄本、唐寫本、英華作「劉靈」。劉靈即劉伶。「伶」「靈」古字通用。

〔一〇九〕暮 原作「春」。原一校：删本作「暮」。原二行校：唐文同。〔韓校〕各三卷本、英華亦作「暮」，出句言「曉」，對句當以「暮」爲是，故改。

〔一一〇〕條垂鍛沼 原作「垂條鍛沿」。原一校「沿」下注：删本作「沼」爲是。原二行校「垂條」旁注：「條垂」，「沿」旁注「沼」。原二眉校：唐文及各本作「條垂鍛沼」。〔韓校〕陳、林、羅、叢刊本、英華作「條垂鍛沼」，唐寫本作「條垂鍛治」。按：此句用嵇康柳下鍛鐵之典（見世説新語簡傲篇）。「沿」、「治」當是「沼」或「治」之誤，故改。

〔一一一〕成 〔韓校〕英華作「或」，下注：一作「成」。

〔一一二〕始醉 原二行校「醉」旁注：「晬」，唐文。〔韓校〕羅本亦作「晬」，羅本校孫本云：「晬」，原誤作「醉」，據全唐文改。按：「晬」字義長，今姑存「醉」。

〔一一三〕難與同歸 原一校：删本作「與子同歸」。〔韓校〕各三卷本、唐寫本、英華亦作「與子同歸」，英華「與子」下注：一作「難與」。

〔二四〕此焉　〔韓校〕唐寫本作「此賢」蓋與上句作「與子」爲對也。

〔二五〕老　原作「死」。　原一校：删本作「老」。　原二行校：「老」，唐文。　〔韓校〕陳本、各三卷本、唐寫本、英華作「老」。從之。

〔二六〕渚　原一校：删本作「沚」。　原二行校：唐文作「沚」。　〔韓校〕各三卷本、英華亦作「沚」，英華下注：一作「者」。「者」，當係「渚」之誤。

〔二七〕蘋芠　〔韓校〕原作「蘋艾」，據唐寫本改。

〔二八〕阪險　原一校「阪」下注：删本作「坂」。　原二行校「險」旁注：「隰」，唐文。　〔韓校〕黄、曹、叢刊本、英華亦作「坂」。「坂」「阪」通。

〔二九〕移棠　〔韓校〕林、孫、羅本、英華作「移桑」，英華「桑」下注：一作「棠」。

〔三〇〕栽　〔韓校〕原作「裁」，據各三卷本、唐寫本、英華、唐文改。

〔三一〕抵　〔韓校〕孫、羅本俱作「抵」。

〔三二〕兒孫　原二眉校：各本俱作「兒童」。　〔韓校〕林、羅、叢刊本、唐寫本、英華、唐文亦作「兒童」，英華「童」下注：一作「孫」。

〔三三〕江潭　〔韓校〕唐寫本作「江湖」。

〔三四〕言譽　〔原二行校〕「言」旁注：「無」，唐文、各本同。　〔韓校〕林、羅、叢刊本、唐寫本、英華亦作「無譽」。

〔二五〕爲　原一校：删本作「然」。　原二行校旁注：「然」，唐文。　〔韓校〕各三卷本亦作「然」，唐寫本無此字，英華作「成」，下注：一作「爲」。「成」與上句犯重，誤。

〔二六〕世　〔韓校〕唐寫本作「代」。避太宗諱也。

〔二七〕披衣　〔韓校〕孫、羅本作「扳衣」。

〔二八〕逐食　〔韓校〕孫、羅本作「逐日」。

〔二九〕墻　〔韓校〕叢刊本作「場」。

〔三〇〕仙　〔韓校〕唐寫本作「征」。

〔三一〕同　〔韓校〕唐寫本作「通」。

〔三二〕愚公　原作「遇公」。　原二行校「遇」旁注：「愚」。　〔韓校〕陳本、各三卷本、唐寫本、英華、唐文作「愚公」。審文意，當以「愚公」爲是，故改。

元正賦〔一〕

若夫四時定歲，三元〔二〕啓正。無許都之日蝕，值荆州之雪晴〔三〕。風雲淑暢，宇宙融明。磔鷄厭疫，懸〔四〕羊助生〔五〕。趙國則庶人鳩獻，漢郡則治中鶴警〔六〕。爾其儺燈夜驚，齋筵夙設。送終奉始之義〔七〕，餞二筵三之節。土風則白鹿〔八〕爲娱，斗柄則青龍主悦。改容〔九〕端表，門新户潔。況復春來氣序和，家家少長相經〔一〇〕過。旦〔一一〕朝參賀密，年前婚嫁〔一二〕多。少〔一三〕婦裝金翠，遊童盛綺羅。椒花頌逐迴文寫，柏葉樽宜長命歌。遥憶二京風光好，玉城正殿年光早。旌旆曄曄千門路，冠蓋紛紛兩宫道。天子拜安平，儲宫迎太保。大農司〔一四〕飲食之節，尚書奏會朝〔一五〕之草〔一六〕。錫酒則酃渌新知，加飯則彫胡始造〔一七〕。逼側駢填，威儀〔一八〕折旋。樂調百戲，觴稱萬年。西京馬騎和鍾鼓，東國魚龍雜管絃。日〔一九〕斜班束帛，彤闈黯將夕。但願皇家四海平，每歲常朝〔二〇〕萬方客。別〔二一〕有故國〔二二〕人，獨守寒鄉春。昨夜竹聲驚百魅，今旦〔二三〕桃符安四鄰。歲酒經三〔二四〕老，年盤貴五辛。老夫無所欲，光陰苦難足。試看蟄鷰〔二五〕何日還，坐望歸鴻已相續。莫愁來歲晚，但悵〔二六〕前塗促。年年歲歲有元正，何年何歲〔二七〕罷逢迎。聊獻雀而相賀，且吞鷄而自營。取樂長往〔二八〕，棲身〔二九〕太平。何必觀〔三〇〕后〔三一〕障之紗緯〔三二〕，仰皇帷之織成〔三三〕？辭御牀而表德，坐重筵而發名。乃爲歌曰：

獻歲風光早，芳春節會多。徑潘三月内，恣意飽經過〔三四〕。

【會校】

〔一〕〔韓校〕本篇僅載五卷本三種、唐寫本。

〔二〕三元　〔韓校〕唐寫本作「三年」。初學記卷四歲時部下：元日「亦云三元」。故知「三年」誤。
〔三〕雪晴　〔韓校〕唐寫本作「處平」。
〔四〕懸　〔韓校〕唐寫本此字闕。
〔五〕助生　〔韓校〕唐寫本作「肋生」。按藝文類聚卷四元正條引裴玄新語曰：「正朝，縣官殺羊，懸其頭於門，又磔鷄以副之……以助生氣。」故知「肋生」誤。
〔六〕警　〔韓校〕原作「驚」，唐寫本作「警」。按二字雖可互假，然下句「夜驚」，故從唐寫本改「警」。
〔七〕義　〔韓校〕唐寫本作「儀」。此通。
〔八〕鹿　〔韓校〕原作「廉」，朱、陳本亦作「廉」，據唐寫本改。
〔九〕改容　〔韓校〕唐寫本作「正容」。
〔一〇〕經　〔韓校〕唐寫本作「徑」。此通。
〔一一〕旦　〔韓校〕唐寫本作「正」。
〔一二〕婚嫁　〔韓校〕唐寫本作「嫁娶」。
〔一三〕少　〔韓校〕唐寫本作「小」。
〔一四〕司　〔韓校〕唐寫本作「問」。

〔一五〕會朝　〔韓校〕原作「會期」，朱、陳本亦作「會期」，據唐寫本改。
〔一六〕草　〔韓校〕唐寫本作「
〔一七〕錫酒則酃渌新知加飯則彫胡始造　〔韓校〕「酃」原作「醽」；「飯」，原作「飲」。唐寫本二句作「酒則渌酃新加飯則雕胡始造」。按藝文類聚卷四元正引晉咸康起居注曰「十二月庚子，詔曰：正會日，百僚增禄，賜醽酒人二升」，據此存「賜」字。酃、渌，二美酒合稱，出湘東酃湖、豫章渌水（用盛弘之荆州記説），故參唐寫本正作「酃」。雕胡，菰米也，可作飯。藝文類聚卷八二引宋玉賦「主人女爲炊雕胡飯」，故從唐寫本改「飯」。
〔一八〕儀　〔韓校〕唐寫本作「儫」。
〔一九〕日　〔韓校〕唐寫本無此字。
〔二〇〕朝　〔韓校〕原作「期」，據陳本、唐寫本改。
〔二一〕别　〔韓校〕原作「則」，據陳本、唐寫本改。
〔二二〕國　〔韓校〕唐寫本作「園」。
〔二三〕旦　〔韓校〕原作「且」，據朱、陳本、唐寫本改。
〔二四〕三　〔韓校〕唐寫本「三」下闕「老年盤貴五辛」六字。
〔二五〕鷙鷰　〔韓校〕原作「鶩鷰」，據唐寫本改。
〔二六〕悵　〔韓校〕唐寫本作「恨」。

〔二七〕何年何歲　〔韓校〕原作「何年何月」，朱、陳本亦作「何年何月」，與上句「年年歲歲」不合，據唐寫本改。

〔二八〕取樂長往　〔韓校〕唐寫本作「取長樂住」。

〔二九〕棲身　〔韓校〕唐寫本作「棲方」。

〔三〇〕觀　〔韓校〕唐寫本作「欽」。

〔三一〕后　〔韓校〕唐寫本闕此字。

〔三二〕紗緯　〔韓校〕唐寫本字糊，似作「衫褘」。

〔三三〕織成　〔韓校〕原作「緘成」，朱、陳本亦作「緘成」，據唐寫本改。

〔三四〕經過　〔韓校〕唐寫本作「相過」。

三月三日　并序〔一〕

余以大業四年，獲遊京邑。暮春三月，暫騁娱遊。新停隱士之船，即赴群工〔二〕之席。賞閑興洽，接袂方轅。西望昆池，東臨灞岸。帷屏竟野，士女盈川。寶馬香車，星流雲布。氣鮮風暖，誠如褚爽之詞；絡繹繽紛〔三〕，正是張衡之説。不能默〔四〕爾，聊〔五〕爲賦焉。同博奕之猶〔六〕賢，沿波流〔七〕之順俗。終非白玉〔八〕，未可抱之而悲；近等黄花，猶當嗑然而笑云爾〔九〕。

年去年來已復春，三月三日倚〔一〇〕河湑。正是遨遊名地〔一一〕，爲禊飲辰。傾兩京之貴族，聚三都之麗人。自須祓禊〔一二〕，非徒解神〔一三〕。潘尼已向天淵〔一四〕渚，袁紹應過薄洛津。舊嫌晦日〔一五〕年芳早，情知上巳風光好。誰家園裏泛〔一六〕紅花，何處堤傍〔一七〕無緑〔一八〕草。翠幕臨流灞池曲〔一九〕，朱帷曜野〔二〇〕横橋道。橋〔二一〕石岸而誅茅，入砂場而藉藁。豔豔風光〔二二〕，欣欣懷抱〔二三〕。南鄰戚屬，北里〔二四〕豪家，舊來常蕩，平居自奢。逢上林〔二五〕之卷霧，值〔二六〕章臺之吐霞〔二七〕。塵半濕〔二八〕而街静〔二九〕，氣全收而野華。蒲梢果下之龍騎，繡軸珠輪之犢車〔三〇〕。錦則鳳凰銜葉〔三一〕，綾則鴛鴦戴花。粉色傾新市，衣香滿狹斜〔三二〕。歷酆城而轉蓋，臨渭浦而停笳。坐帷撑犀角〔三三〕，行牀〔三四〕鋪象牙。洛都故事，陳留風俗。障額鈎枝，釵梁填粟。玉盤盛果，金瓶泛醁。案列〔三五〕萬錢，盃流九曲。戲分群聚〔三六〕，人多座促。争梟帝女之壺，鬭彩曹王之局〔三七〕。六博退而梟盡，樗蒲停而馬足。新投素卵〔三八〕，始泛玄醪。洞簫徐引，仙琴〔三九〕對操。喧趙瑟〔四〇〕而絃急，促秦箏而柱高。連歌合舞，節鼓鳴鼗。方響銀纏架，琵琶金屑槽。席闌賞洽，情盤樂恣。徙榻渠邊，回筵水次。臨石磧而争洗，倚橋欄[四一]而半醉。浪動鳧[四二]移，沙平雁萃。萍着浦而偏密，荇連汀而漸稀。樹泊漁舟[四三]，莎侵釣地。沉玉轄而初設，貫銀鈎而欲墜。網飭[四四]茱萸，竿裝翡翠。振鱗挑尾[四五]，穿鰓的鼻[四六]。

金門舊學，王署新賢。修太玄於暮齒，擅中黄於早年[四七]。校書芸閣之[四八]上，射策蘭臺之前。鳴儔北闕，合集東川。暫疑林[四九]竹徑，真成都柳泉[五〇]。琴[五一]樽促賞，少長同筵。九班麟角之仙筆，五色魚羅之綵牋。杜篤題新賦，張華掞雅篇。問東晳而知博，談子房而著玄。李膺猶捧手，王澄倨[五二]仰眠。

羽林名騎，期門謁者，勇振行間，聲高帳下。鐵骹[五三]文鏃，銀鞍鏤瓦。新彎柘月之弧，始被蘭池之馬。既措盃而水緑，亦鳴鞭而汗赭。射堂高望，修衢迥尋。弓聲中絶，箭道平臨。暈張堋滿，塵驚埒深。始銅穿而石漏，終雁斷而猿吟。帶周遭玉，鞘縫恰金。

大堤諸絶豔，中城之少女。總角當壚，初笄弄杼。臨鏡臺而憶昔，出香街而嘯侶。錦袖争垂，花鈿半舉。浮絳棗而相逐，槧紅蘭而延佇。照影窺潭，湔衫傍渚。新開避忌之席，更作招魂之所。相呼攜手共留連，著晚風光最可憐。棠梨別館低[五四]斜日，鳷鵲重樓含暮煙。樹下遺香粉，砂頭送紙錢。尋春須得遍，但住〔五五〕莫言旋。紫騮停策，青牛駐轊。看射雉於平皐，送乘羊於御坂。悵望原隰，徘徊林畹。詎念城遥，寧知伴遠？聞鳥啼而訝夕，憶蠶飢而慮晚。

別有公子盛光儀，羽蓋相將連騎馳。出入芙蓉苑，經過連勺陂。争傳塞下梅花在，强報閨中桑葉萎。鬭鷄〔五六〕宣曲路，泛鷁昆明池。浪影文青雀，泥光濺緑羆〔五七〕。若非五陵遊俠少，定是三秦輕薄兒。玉笛吹楊柳，金冠飾〔五八〕鵕鸃。

念此日之嬉戲，亦無窮之賞托。但是津傍悉泛舟，若個山頭不投幕！俎席交時，煙霞綺錯。何縣何州，無林無壑？俗非溱洧，風成鄴洛。年年歲歲，傾城傾郭。祇爲春光動性靈，剩使娛遊不暫停。南度橋邊無數醉，東流水上幾人醒！隱士船中藥，秦王劒裏銘。若嫌鄭國桃花浦，爲向山陰蘭葉亭。

【會校】

〔一〕〔韓校〕本篇載五卷本三種，孫、羅本、唐文。唐寫本殘存篇首迄「真成柳泉琴」。孫、羅本、唐文題爲三日賦。孫、羅本無「并序」二字，唐寫本作「并叙」。「序」「叙」通。

〔二〕工　〔韓校〕唐寫本作「公」。

〔三〕續　〔韓校〕唐寫本作「儐」，「續」、「儐」通。

〔四〕默　〔韓校〕唐寫本作「點」，形近而誤。

〔五〕聊　〔韓校〕唐寫本作「所」。

〔六〕猶　〔韓校〕唐寫本作「獨」，誤。

〔七〕沿波流　原作「取彼流」。　原二眉校：「彼流」，唐文作「波流」。　〔韓校〕朱、陳、孫、羅本均作「取波流」，此據唐寫本改。

〔八〕終非白玉　〔韓校〕唐寫本作「洛白□玉」。

〔九〕猶當嗑然而笑云爾　〔韓校〕唐寫本作「始當嗑然而笑云」。

〔一〇〕倚　〔韓校〕唐寫本作「傍」。

〔一一〕正是遨遊名地　〔韓校〕原作「正是□□地名」，朱、陳、孫、羅本、唐文作「正是地名」，唐寫本作「正是遨遊地名」，疑「地名」當爲「名地」，據唐寫本增「遨遊」，並乙正末二字。

〔一二〕祓禨　〔韓校〕唐寫本作「秗禨」。　按「秗」，或爲「祅」之誤。

〔一三〕解神　原作「解伸」。　原二眉校：「伸」，唐文作「紳」。　〔韓校〕孫、羅本作「解紳」，陳本、唐寫本作「解神」。　按庾信春賦：「三日曲水向河津，日晚河邊多解神。」「紳」、「伸」當是「神」形近而誤，故據陳本、唐寫本改。

〔一四〕天淵　〔韓校〕唐寫本作「天泉」，避高祖諱也。

〔一五〕日　〔韓校〕唐寫本「日」下有「光」字，疑爲衍文。

〔一六〕泛　〔韓校〕唐寫本作「乏」。「泛」、「乏」此通。
〔一七〕堤傍　〔韓校〕唐寫本作「堤頭」。
〔一八〕绿　〔韓校〕唐寫本作「淥」。此通。
〔一九〕臨流灞池曲　〔韓校〕唐寫本作「參差臨灞池」。
〔二〇〕曜野　〔韓校〕：唐寫本作「曜目」。
〔二一〕橋　〔韓校〕陳本闕佚此字。唐寫本作「過」。
〔二二〕風光　〔韓校〕唐寫本作「風色」。
〔二三〕懷抱　〔韓校〕唐寫本作「望抱」。
〔二四〕北里　〔韓校〕唐寫本二字下闕「豪家舊來」四字。疑錯入下行。參校〔二七〕。
〔二五〕上林　〔韓校〕唐寫本「林」字闕。
〔二六〕值　〔韓校〕孫、羅本、唐文作「直」。此通。
〔二七〕之吐霞　〔韓校〕唐寫本「之」與「吐霞」間，有「侯家舊來」四字。參閱五卷本三種、孫、羅本、唐文，四字疑當在寫本上行「北里」下。「吐」，唐寫本作「土」，誤。
〔二八〕濕　〔韓校〕唐寫本作「混」。
〔二九〕静　〔韓校〕唐寫本作「散」。
〔三〇〕繡軸珠輪之犢車　〔韓校〕唐寫本「之」與「犢車」間，有「粉色傾新市衣香滿狹」九字，參閱五卷本三種、孫、羅本、唐文，當在寫本後一行「鴛鴦戴花」與「歷鄄城而轉蓋」之間。

〔三一〕銜葉　〔韓校〕唐寫本作「銜花葉」，「花」字與下句犯重，疑爲衍文。

〔三二〕粉色傾新市衣香滿狹斜　「狹」原作「處」，據唐寫本錯入上行之「粉色傾新市衣香滿狹」字改。唐寫本錯行。九字下，更脱「斜」字。參見校〔三〇〕。

〔三三〕坐帷撐犀角　〔韓校〕唐寫本作「坐帳□犀角」，闕「撐」字。

〔三四〕行牀　〔韓校〕唐寫本作「門牀」。

〔三五〕案列　〔韓校〕唐寫本作「俎列」。

〔三六〕戲分群聚　〔韓校〕唐寫本作「戲用聚」，疑有脱奪。

〔三七〕局　原作「扃」。　原二行校旁注：「局」。　〔韓校〕陳、孫、羅本、唐文作「局」。審文意，當以「局」爲是，故改。

〔三八〕新投素卵　〔韓校〕唐寫本作「新素卵」，疑有脱奪。

〔三九〕琴　原二眉校：「琴」唐文作「瑟」。　〔韓校〕孫、羅本亦作「瑟」。

〔四〇〕趙瑟　原二眉校：唐文作「趙琴」。　〔韓校〕孫、羅本亦作「趙琴」。

〔四一〕橋欄　〔韓校〕唐寫本「橋」字闕。

〔四二〕梟　原作「梟」。　原二行校旁注：「梟」。　〔韓校〕陳、孫、羅本、唐寫本、唐文亦作「梟」。據改。

〔四三〕樹泊漁舟　〔韓校〕此句下，唐寫本緊接「荷鰓的鼻」四字，無「莎侵釣地」到「穿腮」三十字。

〔四四〕網飭　〔韓校〕陳、孫、羅本、唐文作「網飾」。「飭」爲「飾」假字。

〔四五〕挑尾　〔韓校〕陳、孫、羅本、唐文作「掉尾」。

〔四六〕穿鰓的鼻　〔韓校〕陳、孫、羅本、唐文作「穿腮約鼻」，唐寫本作「荷鰓的鼻」。

〔四七〕早年　〔韓校〕唐寫本作「孺年」。

〔四八〕之　〔韓校〕唐寫本無此字。

〔四九〕林　〔韓校〕唐寫本無此字。

〔五〇〕都　〔韓校〕唐寫本無此字。

〔五一〕琴　唐寫本以下闕。

〔五二〕傴　原二眉校：唐文作「偃」。〔韓校〕陳、孫、羅本亦作「偃」。

〔五三〕鐵骹　原二眉校：「骹」，唐文作「骸」。〔韓校〕孫、羅本亦作「骸」。

〔五四〕低　〔韓校〕孫、羅本、唐文作「衹」。

〔五五〕住　〔韓校〕原作「任」，據陳、孫、羅本、唐文改。

〔五六〕鬪鷄　原二眉校：「鬪」，唐文作「聞」。〔韓校〕陳、孫、羅本亦作「聞」。

〔五七〕羆　原作「熊」。原二眉校：唐文作「羆」。〔韓校〕孫、羅本亦作「羆」。「熊」失韻，故從孫、羅本改。

〔五八〕飭 〔韓校〕陳、孫、羅本、唐文作「飾」，「飭」爲「飾」假字。

鶯賦〔一〕

龍星掌歲，鳳律移灰。弱條垂柳，殘花落梅。鶯俟煖而初囀，鸎排喧〔二〕而始來。驚玉户之全掩，喜珠簾之半開。出入金龍殿，瞻視銅雀臺。何兹禽〔三〕之微薄，識自然之寒暑？恒連棲兮並處，繞翠檻而對語。還將擇木之意，自覓安巢之所。昔年居屋，桂楝蘭枌〔四〕。今來舊地，谷變陵分。若非歷陽隨水没，定是吴宫遭火焚。逢海上之新伴，憶秋前之故群。頡頏騫翥，差池羽翼。漢黨胡朋〔五〕，丹頭素臆。並忘情而馴擾，俱順時而動息。止陝延睨，依廬表德。避戊巳而銜泥，接雲霞而求食。壁深巢闇，檐高路直。匪陋蓬宇，誰矜杏梁？網羅是避，鷹鸇是防。彼宗類之繁衍，實軒庭之末光。若乃漢家温室，秦帝阿房，紫樓青觀，金閨玉房，何歲不集，何年不翔？縈趙女之歌肆，狎燕姬之舞行。聲喧葉序，影亂花牀。故能剪爪蒙識，風詩入喻。傳石璽而無疑，宿瑶筐而不懼。位列司分之職，名擅高禖〔六〕之賦。亂曰：

昔窺前殿，花飛絮迴。今過上苑，雁度鴻來。光陰遞代，摇落悲哉！眼看巢户，還〔七〕應北開。

【會校】

〔一〕〔韓校〕本篇載五卷本三種、羅本、唐文。

〔二〕喧 原二眉校：「喧」，唐文作「寒」。〔韓校〕羅本作「寒」。

〔三〕禽 〔韓校〕羅本、唐文作「會」，誤。

〔四〕蘭粉 〔韓校〕原作「蘭粉」，與前二字「桂棟」失對，據陳、羅本、唐文改。

〔五〕朋 原作「明」。原二眉校：「明」，唐文作「朋」。〔韓校〕陳、羅本、唐文亦作「朋」。審文意，當以「朋」爲是，故改。

〔六〕「禖」〔韓校〕原作「媒」，從陳、羅本、唐文改。禮記月令：仲春之月「玄鳥至，至之日，以太牢祀于高禖」。鄭注「變媒言禖，神之也。」據此「禖」雖「媒」之變，而用作祀神，以「禖」爲安。

〔七〕「還」〔韓校〕原作「遝」，據陳、羅本、唐文改。

河渚賦 闕

獨居賦 闕

孤松賦　闕

登龍門憶禹賦　闕

酒賦　闕

王無功文集卷第二

詩

靈龜 四言〔一〕

靈龜君子，有悔也言：明不若昧，進不若退。彼靈龜兮，潛伏平坻。文列八卦，色合四時。出遊芳蓮，入負神蓍。吐故吸新，何慮何思？赫赫王會，峨峨天府。謀猷所資，吉凶所聚。爾有前鑒，爾既餘〔二〕將。爾有嘉識，爾既餘〔三〕輔。爰施長綱，載沉密羅。于沼于沚，于江于沱。既剔既剥，是鑽是灼。姑取供用，焉知其佗？嗚呼靈龜，孰謂爾哲？本緣末喪，命爲才絶。山木自寇，膏火自滅。敢陳明辭，以告來裔。

【會校】

〔一〕原二行校題下注：各本無。〔韓校〕本篇載五卷本三種。

〔二〕餘〔韓校〕陳本作「余」，「餘」爲「余」假字。

〔三〕餘〔韓校〕同〔二〕。

郊園〔一〕

汾川勝地，姑射名辰。月照山客，風吹俗人。琴聲送冷，酒氣迎春。閉門常樂，何須四鄰？

【會校】

〔一〕原二行校題下注：各本無。〔韓校〕本篇僅載五卷本三種。

被徵謝病〔一〕

漢朝徵隱士，唐年訪逸人。還言北山曲，更坐東河濱。枌榆三晉地，煙火四家鄰。白豕祠鄉社，青羊祭宅神。拓〔二〕畦侵院角，甃水上渠漘。卧病劉公幹，躬耕鄭子真。横裁桑節杖〔三〕，竪剪竹皮巾。鶴警〔四〕琴亭夜，鶯啼酒甕春。顔回惟樂道，原憲豈傷貧？藉草邀新友，班荆接故人。市門逢賣藥，山圃值肩薪。相將共無事，何處犯囂塵！

【會校】

〔一〕原二行校題下注：西清詩話引「横裁桑節杖」六句，唯「竪翦」作「直翦」耳；孫本所引。他本無。〔韓校〕本詩全篇僅載五卷本三種。羅本、唐詩僅據西清詩話引「横裁桑節杖」六句。題中「被徵」二字，孫、羅本、唐詩作「被召」。

〔二〕拓　〔韓校〕原作「柘」，據陳本改。

〔三〕横裁桑節杖　〔韓校〕原作「横栽桑節杖」，據陳、孫、羅本、唐詩改。

〔四〕警　〔韓校〕陳本作「驚」，假字。

春日山莊言志〔一〕

平子試歸田，風光溢眼前。野樓全跨迴，山閣半臨煙。入屋欹生樹，當階逆涌泉。剪茅通磵底，移柳向河邊。崩砂猶有處，卧石不知年。入谷開斜道，横溪渡小船。鄭玄唯解義，王列〔二〕鎮尋仙。去去人間遠，誰知心自然！

【會校】

〔一〕原二行校題下注：各本無。〔韓校〕本篇載五卷本三種。

〔二〕王列　〔韓校〕陳本作「王烈」，葛洪神仙傳亦作「王烈」，此姑存「列」字。

夜還東溪中口號〔一〕

石苔應可踐，叢枝幸易攀。青溪歸路直，乘月夜歌還。

【會校】

〔一〕〔韓校〕本篇載五卷本三種、各三卷本、英華、唐詩。原二行校題下注：黄本、孫本標題「夜還東溪」，曹本同。〔韓校〕林、羅、叢刊本、英華、唐詩亦題爲「夜還東溪」。

獨　坐〔一〕

托〔二〕身千載下，聊思〔三〕萬物初。欲令無作〔四〕有。翻覺實成虚。周文方定策，秦帝即焚書。寄語無爲者，知君晤有餘。

【會校】

〔一〕原二行校題下注：各本無。孫本載首四句。〔韓校〕本詩全篇載五卷本三種。羅、叢刊本、唐詩、韻語陽秋摘首四句。

〔二〕托　〔韓校〕唐詩作「寄」。

〔三〕思　〔韓校〕孫、羅本、唐詩作「遊」。

〔四〕作　〔韓校〕原作「所」，據朱、陳、孫、羅本、唐詩、韻語陽秋（歷代詩話本）改。

題黄頰山壁〔一〕

別有青溪道，斜亘碧巖隈。崩榛横古蔓，荒石擁寒苔。野心長寂寞，山徑本幽迴。步步攀藤上，朝朝負藥來。幾看松葉秀，頻值菊花開。無人堪作伴，歲晚獨悠哉！

【會校】

〔一〕〔韓校〕本篇載五卷本三種、曹、黄、孫、羅、叢刊本、唐詩。

原二行校題下注：黄、曹、孫本標題「黄頰山」。〔韓校〕羅本、叢刊本、唐詩亦題爲「黄頰山」。題中「壁」，朱本作「璧」，誤。

詠　懷〔一〕

桑榆汾水北，煙火濁河東。未必尋歸路，居然息轉蓬。故鄉行處〔二〕是，虚室坐間同。日落西山暮，方知天下空。

【會校】

〔一〕原二行校題下注：各本無。〔韓校〕本篇載五卷本三種。孫、羅本、唐詩、韻語陽秋録「故鄉行處是」以下四句。

〔二〕行處　〔韓校〕孫、羅本、唐詩、韻語陽秋作「行雲」。非是。

山　夜〔一〕

仲尼初返魯，藏史欲辭周。脱落四方事，棲遑〔二〕萬里遊。影來徒自責，心盡更何求？禮樂存三代，煙霞主一丘。長歌明月在，獨坐白雲浮。物情勞倚伏，生涯任去留。百年一如此，世事方悠悠！

【會校】

〔一〕〔韓校〕原二行校題下注：各本無。本篇載五卷本三種。

〔二〕棲遑〔韓校〕陳本作「棲皇」，「遑」與「皇」此通。

山中別李處士播〔一〕

爲向東溪道，人來路漸賒〔二〕。山中春酒熟，何處得停家？

【會校】

〔一〕〔韓校〕本篇載五卷本三種、黄、曹、孫、羅、叢刊本、大典、唐詩。原二行校題下注：各本標題「山中別李處士」。〔韓校〕羅、叢刊本、唐詩亦題爲「山中別李處士」。

〔二〕漸賒〔韓校〕大典作「更賒」。

春初〔一〕

春來日漸長，醉客喜年光。稍覺池亭好，偏聞〔二〕酒甕香。

【會校】

〔一〕〔韓校〕本篇載五卷本三種、黄、曹、孫、羅、叢刊本、唐詩。原二行校題下注：各本作「初春」。〔韓校〕羅、叢刊本、唐詩亦題爲「初春」。

〔二〕偏聞 〔韓校〕黄、曹、孫、羅、叢刊本、唐詩作「偏宜」。

遊山贈仲長先生子光〔一〕

試出南河曲，還起北山期。連峰無暫斷，絶嶺㸦〔二〕相疑。結藤摽〔三〕往路，刻樹記來時。沙場聊憩路，石壁旋題詩。葉秋紅稍下，苔寒緑更滋。幽尋多樂處，勿怪往還遲。

【會校】

〔一〕原二行校題下注：各本無。〔韓校〕本篇僅載五卷本三種。

〔二〕㸦 〔韓校〕原作「牙」，陳本作「互」，據朱本改。「㸦」、「互」通。

〔三〕摽 〔韓校〕陳本作「標」。此通。

春晚園林〔一〕

不道嫌朝隱，無情受陸沉。忽逢今旦樂，還逐少時心。捲書藏篋笥，移榻〔二〕就園林。老妻能勸酒，少子解彈琴。落花隨處下，春鳥自須吟。兀然成一醉，誰知懷抱深？

【會校】

〔一〕原二行校題下注：各本無。〔韓校〕本篇僅載五卷本三種。

〔二〕榻 〔韓校〕原作「塌」，據朱、陳本改。

贈薛學士方士〔一〕

昔歲尋周孔，令春訪老莊。途經丹水岸，路出白雲鄉。窈窕開皇道，深沉指太方。物情争逐鹿，人事各亡羊。月明〔二〕看桂樹，日下覓扶桑。寄語悠悠者，誰知此路長！

【會校】

〔一〕原二行校題下注：各本無。〔韓校〕本篇載五卷本三種。

〔二〕月明　原作「月日」。原二行校旁注：疑「中」字。〔韓校〕陳本作「月明」。據改。

春莊走筆〔一〕

野客元圖静，田家本惡諠。枕山通箘閣，臨磵創茅軒。約略栽新柳，隨宜作小園。草依三徑合，花接四鄰繁。野婦調中饋，山朋〔二〕促上樽。曉羹猶未糝，春酒不須温。賣藥開東鋪，租田〔三〕向北村。夢中逢櫟社，醉里覓桃源。猪肝時入饌，犢鼻即裁褌。自覺勳名薄，方知道義尊。所嗟同志少，無處可忘言。

【會校】

〔一〕原二行校題下注：各本無。〔韓校〕本篇載五卷本三種。

〔二〕山朋　〔韓校〕原作「山明」，據陳本改。

〔三〕租田　原作「粗田」。原二行校改作「租田」。〔韓校〕陳本亦作「租田」。從之。

泛船河上〔一〕

初晴何以慰？薄暮理輕舟。白雲銷向盡，黄河曲復流。隨風依北岸，逐浪向南洲。波瀾浩淼淼，懷抱直悠悠。自覺生如寄，方知世若浮。蓬萊何處在？坐使百年秋。

【會校】

〔一〕原二行校題下注：各本無。〔韓校〕本篇載五卷本三種。

薛記室收過莊見尋率題古意以贈〔一〕

伊昔遭〔二〕喪亂，歷數當閏餘〔三〕。豺狼塞衢路，桑梓成丘墟。餘〔四〕及爾皆亡，東西各異居。爾爲培風鳥〔五〕，我爲涸轍魚。逮〔六〕承雲雷後，欣逢天地初。東川〔七〕聊下釣，南畝試揮鋤。資税幸不及，伏臘常有儲。散誕時須酒，蕭條懶向書。朽木不可雕，短翮將焉攄？故人有深契，過我蓬蒿廬。曳履〔八〕出門迎，握手登前除。相看非舊顔〔九〕，忽若〔一〇〕形骸疏。追悼〔一一〕宿昔事，切切心相於〔一二〕。憶我少年時，攜手遊〔一三〕東渠。梅李夾兩岸，花枝何扶疏。同志亦不多，西莊有姚徐。嘗愛陶淵明，酌醴焚枯魚。嘗學公孫弘，策杖牧群豬。追念甫如昨，奄忽成空虚。人生詎能幾？蹙迫〔一四〕常不舒。賴有北山僧，教我以真如。使我視聽遺〔一五〕，自覺塵累祛。何事須筌蹄？今已得兔魚。舊遊儻多暇，同此釋紛拏。

【會校】

〔一〕〔韓校〕本篇載五卷本三種、各三卷本、英華、唐詩。

〔二〕遭　〔韓校〕林、孫、羅本、英華、唐詩作「逢」。

〔三〕當閏餘　原一校：删本作「閏當餘」。原二眉校：各本同。〔韓校〕羅、叢刊本、唐詩亦作「閏當餘」，林本、英華作「適當餘」，英華「適」下注：集作「閏」。

〔四〕餘　原一校：删本作「吾」，原二行校旁注：「余」。原二眉校：孫本同，各本作「吾」。〔韓校〕陳、羅本、亦作「余」，英華下注：集作「余」。林、叢刊本、唐詩、英華亦作「吾」，孫、羅本下注：一作「吾」。「餘」爲「余」假字。

〔五〕培風鳥　原一校「培」下注：删本作「背」。〔韓校〕各三卷本、英華、唐詩亦作「背」，孫、羅本、英華、唐詩「背」下注：一作「培」。按莊子逍遥遊云「而後乃今培風」，集解訓「培」爲「憑」。憑風、背風，義同。

〔六〕逮　原作「建」。　原二行校：各本作「逮」。並改「建」爲「逮」。　〔韓校〕陳、林、羅、叢刊本、英華、唐詩亦作「逮」。從改。

〔七〕東川　原作「東州」。　原一校「州」下注：刪本作「川」。　原二行校「州」旁注：「川」。〔韓校〕陳本、各三卷本、英華、唐詩亦作「東川」。英華下注：集作「州」。按「川」字是，從改。

〔八〕履　原二行校：各本作「裾」。　〔韓校〕林、羅、叢刊本、英華、唐詩亦作「裾」。「履」字爲是。

〔九〕相看非舊顔　〔韓校〕英華下注：一作（相）「顔忽若非」。

〔一〇〕忽若　〔韓校〕林本、英華作「對接」，英華下注：集作「忽若」。孫、羅本、唐詩俱下注：一作「對接」。

〔一一〕追悼　原二行校「悼」下注：各本作「道」。　〔韓校〕林、羅、叢刊本、英華、唐詩亦作「道」，英華下注：集作「悼」。

〔一二〕相於　〔韓校〕曹本作「相依」。失韻，非是。

〔一三〕遊　〔韓校〕林本作「登」，誤。

〔一四〕蹙迫　原二眉校：孫本作「歲歲」。　〔韓校〕林、羅本、英華、唐詩亦作「歲歲」，孫、羅本、唐詩下注：一作「蹙迫」，英華下注：集作「蹇迫」。

〔一五〕遺　原一校：删本作「遺」。　原二眉校：孫本作「遺」。　〔韓校〕林、黄、曹、叢刊本、唐詩亦作「遺」。

題酒店壁〔一〕

昨宵〔二〕瓶始盡，今朝甕即開。夢中占夢罷，還向酒家來。

【會校】

〔一〕〔韓校〕　本篇載五卷本三種、黄、曹、孫、羅、叢刊本、唐詩。

〔二〕昨宵　原二眉校：「宵」，黄、曹、孫本作「夜」。　〔韓校〕羅、叢刊本、唐詩亦作「夜」。

醉後口號〔一〕

阮籍醒時少，陶潛醉日多。百年何足度？乘興且長歌。

【會校】

〔一〕〔韓校〕本篇載五卷本三種、黄、曹、孫、羅、叢刊本、唐詩。　原二行校題下注：各本無「口號」二字。　〔韓校〕羅、叢刊本、唐詩亦無「口號」二字。

過程處士飲率爾成詠〔一〕

莫道山中泉石好，莫畏人間行路難。蜀郡鑪家何必鬧，宜城酒店舊來寬。杯至定知懸怪晚，飲盡衹應速唱看。但使百年相續醉，何愁萬里客衣單！

【會校】

〔一〕原二行校題下注：各本無。〔韓校〕本篇載五卷本三種。

劇題卜鋪壁〔一〕

旦逐劉伶去，宵隨畢卓眠。不應長賣卜，須得杖頭錢。

【會校】

〔一〕〔韓校〕本篇載五卷本三種，黄、曹、孫、羅、叢刊本、唐詩。原二行校題下注：各本作「戲題」。〔韓校〕黄、曹、孫、羅、叢刊本、唐詩作「戲題」。「卜鋪」，孫本作「小鋪」，羅本校孫本：「卜」，原誤作「小」，據全唐詩改。

贈程處士〔一〕

百年長擾擾，萬事悉悠悠。日光隨意落〔二〕，水勢〔三〕任情流。禮樂因〔四〕姬旦，詩書傳〔五〕孔丘。不如高枕卧〔六〕，時取醉銷〔七〕愁。

【會校】

〔一〕〔韓校〕本篇載五卷本三種、各三卷本、英華、大典、唐詩。英華署作者「王續」，誤。

〔二〕落　〔韓校〕英華作「樂」，下注：集作「落」。審文意，「樂」誤。

〔三〕水勢　原二眉校：曹、黄、孫本作「河水」。〔韓校〕林、羅、叢刊本、英華、唐詩亦作「河水」。

〔四〕因　原二眉校：曹、黄、孫本作「囚」。〔韓校〕林、羅、叢刊本、英華、唐詩亦作「囚」。英華下注：集作「因」。

〔五〕傳　原二眉校：曹、黄、孫本作「縳」。〔韓校〕林、羅、叢刊本、英華、唐詩亦作「縳」，英華下注：集作「傳」。

〔六〕高枕卧　原二眉校：曹本亦作「高枕卧」，黄、孫本作「高枕枕」，一作「高枕上」。〔韓校〕林、羅、叢刊本、英華、唐詩作「高枕枕」，大典作「高枕上」，羅本、唐詩下注：一作「高枕上」。

〔七〕銷　〔韓校〕各三卷本、英華、唐詩俱作「消」。此通。

嘗春酒〔一〕

野杯〔二〕浮鄭酌，山酒漉〔三〕陶巾。但令千日醉，何惜兩三春！

【會校】

〔一〕〔韓校〕本篇載五卷本三種、黄、曹、孫、羅、叢刊本、唐詩。

〔二〕杯　原二眉校：各本作「觴」。〔韓校〕羅、叢刊本、唐詩亦作「觴」。

〔三〕漉　原作「灑」。原二眉校：各本作「漉」。〔韓校〕朱、陳、羅、叢刊本、唐詩亦作「漉」。蕭統陶淵明傳云：「值其釀熟，取頭上葛巾漉酒。」本句即用此典，故改。

解六合承還〔一〕

我家滄海白雲邊，還將别業對林泉。不用功名喧一世，直取煙霞送百年。彭澤有田惟種黍，步兵從宦豈論錢？但使百年相續醉〔二〕，何辭夜夜甕間眠？

【會校】

〔一〕原二行校題下注：各本無。〔韓校〕本篇載五卷本三種。

「承」〔韓校〕陳本作「丞」。「承」假作「丞」。周禮小行人「爲承而擯」注：「猶丞也。」

〔二〕但使百年相續醉　原二行校删「使百年相續」五字，旁注：「願朝朝長得。」

獨酌〔一〕

在生〔二〕知幾日，無狀遂〔三〕空名。不如多釀酒，時向竹林傾。

【會校】

〔一〕〔韓校〕本篇載五卷本三種、黄、曹、孫、羅、叢刊本、唐詩。

〔二〕在生　原二眉校：孫本作「浮生」。〔韓校〕羅本、唐詩亦作「浮生」。孫、羅本，唐詩「浮」下注：一作「在」，曹本「在」下注：一作「浮」。

〔三〕遂　原二行校旁注：「逐」。〔韓校〕黄、曹、孫、羅、叢刊本、唐詩作「逐」。

秋夜喜遇姚處士義〔一〕

北場耘霍〔二〕罷，東皋刈〔三〕黍歸。相逢秋月滿，更值夜螢飛。

【會校】

〔一〕〔韓校〕本篇載五卷本三種、曹、黄、孫、羅、叢刊本、唐詩。原二行校題下注：各本標題作「秋夜喜遇王處士」。〔韓校〕羅、叢刊本、唐詩亦題爲「秋夜喜遇王處士」。

〔二〕耘霍　〔韓校〕陳本作「耘藿」，黄、曹、孫、羅、叢刊本、唐詩作「芸藿」。「霍」、「藿」，「耘」、「芸」，此通。

〔三〕刈　〔韓校〕曹本作「割」。

山中獨坐〔一〕

試逐遊山去，聊觀避俗情。引流還當井，憑樹即爲楹。酒中添藥氣，琴裏作松聲。石鑪煎玉髓，土釜出金精。水碧連年服，雲丹計日成。還看市朝路，無處不營營！

【會校】

〔一〕原二行校題下注：各本無。〔韓校〕本篇載五卷本三種。

題畫幛背〔一〕

雲霞圖幛子，山水畫屏風。不應須對許，坐慣青溪中。

【會校】

〔一〕原二行校題下注：各本無。〔韓校〕本篇載五卷本三種。

山夜調琴〔一〕

促軫乘明月，抽弦對白雲。從來山水韻，不使俗人聞。

【會校】

〔一〕〔韓校〕本篇載五卷本三種、黄、曹、孫、羅、叢刊本、唐詩。

田家三首〔一〕

阮籍生年〔二〕懶，嵇康意氣疏。相逢一飽醉〔三〕，獨坐數行書。小池聊養鶴，閑田且牧猪〔四〕。草生元亮徑，花暗子雲居。倚杖〔五〕看婦織，登壠課兒鋤。迴頭尋仙〔六〕事，併是一空虚。

又

家住箕山下，門枕潁川濱。不知今有漢，唯言昔避秦。琴伴前庭月，酒勸後園春。自得中林士，何忝上皇人。

又

平生唯酒樂，作性不能無。朝朝訪鄉里，夜夜遣人酤。家貧留客久，不暇道精粗。抽簾持益炬，拔簀更燃〔七〕爐。恒聞飲不足，何見有殘壺？

【會校】

〔一〕原本僅録第一首。原二行校增抄二、三首全文。〔韓校〕朱、陳本亦衹録第一首，而各三卷本、英華、唐詩具録三首，且題爲「田家三首」。今據補。

原二行校題下注：一作王勃詩。〔韓校〕林、黄、叢刊本、唐詩題下亦注：一作王勃詩。今按王勃集中無此三章。且詩述隱遁，以績作爲是。

原二行校又云：一作「山家」。〔韓校〕孫、羅本、英華、唐詩「田」下亦注：一作「山」。

〔二〕年　原二眉校：曹、黄本作「平」。原二行校：孫本：一作「涯」，一作「平」。〔韓校〕孫、羅本、唐詩作「涯」，下注：一作「年」，一作「平」；英華下注：一作「涯」。按：原二行校「孫本一作涯，一作年」，與孫本不符。

〔三〕飽醉　原二行校：孫本作「醉飽」。〔韓校〕林、黄、羅、叢刊本、唐詩亦作「醉飽」。

〔四〕牧猪　〔韓校〕曹本作「收猪」，誤。

〔五〕杖　原二行校：孫本作「牀」。〔韓校〕陳、黄、曹、羅、叢刊本、唐詩亦作「牀」。英華「杖」下注：一作「牀」。

〔六〕尋仙　〔韓校〕英華下注：一作「看代」。

〔七〕更燃　〔韓校〕英華作「自燃」。

看釀酒〔一〕

六月調神麴，正朝汲美泉。從來作春酒，未省不經年。

【會校】

〔一〕〔韓校〕本篇載五卷本三種、黄、曹、孫、羅、叢刊本、唐詩。

贈學仙者〔一〕

採藥層城遠，尋師海路賒。玉壺横日月，金闕斷煙霞。伶〔二〕人何處在？道士未還家。誰知彭澤意，更道〔三〕步兵耶〔四〕？春釀煎松葉〔五〕，秋蘇〔六〕泛〔七〕菊花。相逢寧可醉，定不學丹砂！

【會校】

〔一〕〔韓校〕本篇載五卷本三種、各三卷本、英華、唐詩。

〔二〕伶　原一校：删本作「仙」。原二眉校：各本作「仙」爲是。〔韓校〕朱、陳本亦作「伶」，林、羅、叢刊本、英華、唐詩亦作「仙」。按「伶人」，郭璞山海經叙：「鈞天之庭，豈伶人之所躡。」五卷本似據此，然此伶人亦指樂官，以「仙」爲切，姑存「伶」字。

〔三〕道　原二眉校：一作「覓」。〔韓校〕黄、孫、羅、叢刊本、英華、唐詩亦作「覓」，俱下注：一作「道」。

〔四〕耶　原一校：删本作「那」。〔韓校〕黄、孫、羅、叢刊本、唐詩作「那」。除叢刊本外，俱下注：一作「邪」；林本、英華作「家」，下注：一作「那」。「家」與上韻重，似非。「耶」與「邪」此通。

〔五〕松葉 〔韓校〕林本闕此二字。

〔六〕秋蘇 原一校「蘇」下注：刪本作「杯」。原二眉校：各本作「杯」。〔韓校〕林、羅、叢刊本、英華、唐詩亦作「秋杯」。

〔七〕泛 原一校：刪本作「浸」。原二眉校：各本作「浸」。〔韓校〕林、羅、叢刊本、英華、唐詩亦作「浸」。

春園興後〔一〕

比日尋常醉，經年獨未醒。迴瞻後園柳，忽值數行青。定是春來意，低頭更好聽。歌鶯遼亂動，蓮葉遶池生。散腰追阮籍，招手喚劉伶。鬲〔二〕架窺前〔三〕空，未餘幾小瓶。風光須用却，留此待誰傾！

【會校】

〔一〕題下注：各本無。〔韓校〕本篇載五卷本三種。

〔二〕鬲 〔韓校〕陳本作「隔」。此通。

〔三〕前 〔韓校〕陳本此字下闕佚「空未餘幾」四字。

階前石竹〔一〕

上天布甘雨，萬里咸均平。自顧微且賤，亦得蒙滋榮。萋萋結〔二〕綠枝，曄曄垂〔三〕朱英。常恐零露降，不得全其生。嘆息聊自思，此生豈我情！昔我未生時，誰者令〔四〕我萌？棄置勿重陳，委化何所營〔五〕？

【會校】

〔一〕原二行校題下注：各本標題「石竹詠」，並缺首四句。〔韓校〕本詩全篇載五卷本三種、羅本、唐詩第十二函第九册補遺。叢刊本、唐詩第一函第八册，缺首四句亦題爲「石竹詠」。羅本校：據全唐詩補遺增「上天布甘雨，萬里咸均平。自顧微且賤，亦得蒙滋榮」。

〔二〕結　〔韓校〕孫本作「給」，羅本校孫本：原作「給」，誤，據全唐詩改。

〔三〕垂　〔韓校〕原作「乘」，據黄、曹、孫、羅、叢刊本、唐詩改。

〔四〕令　原作「今」。　原二行校：各本作「令」。〔韓校〕陳、羅、叢刊本、唐詩亦作「令」。據改。

〔五〕何所營　〔韓校〕黄、曹、孫、羅、叢刊本、唐詩第一函第八册作「何足驚」。

春日直疏〔一〕

春夜猶自長，高窗來月明。耿耿不能寐，振衣步前楹。懷抱暫無擾，自覺形神清。遐想太古事，俯察今世情。淳薄何不同，運數之所成。嘆息萬〔二〕重陳，已聞晨鷄鳴。迴首東南隅，□□□□□。誰知忘機者，寂泊存其精！

【會校】

〔一〕原二行校題下注：各本無。〔韓校〕本篇載五卷本三種。

〔二〕萬　〔韓校〕陳本作「方」。

贈梁公〔一〕

我欲〔二〕圖世樂，斯樂難可常。位大招譏嫌，禄極生禍殃。聖莫若周公，忠豈踰霍光。成王已興誚，宣帝恒負芒〔三〕。范蠡何智哉！單舟戒輕裝。疏廣〔四〕豈不懷，杖策〔五〕還故鄉。朱門雖足悦，赤族亦可傷。履霜成堅冰，知足勝不祥。我本〔六〕窮家子，自言此見長。功成皆能退，在昔〔七〕誰滅亡！

【會校】

〔一〕〔韓校〕本篇載五卷本三種、各三卷本、英華、唐詩。

〔二〕欲 〔韓校〕林本作「亦」，孫、羅本作「學」。

〔三〕恒負芒 原二行校「恒」下注：各本作「如」。〔韓校〕林、羅、叢刊本、英華、唐詩亦作「如負芒」，英華下注：一作「恒如芒」。

〔四〕疏廣 原作「疏曠」。原二眉校：各本作「疏廣」。〔韓校〕陳、林、羅、叢刊本、英華、唐詩亦作「疏廣」。漢書卷七一疏廣傳載，宣帝時，廣任太子太傅，稱病辭官返鄉。本詩即用此典，故改。

〔五〕杖策 〔韓校〕各三卷本、英華、唐詩作「策杖」。

〔六〕本 原二行校：各本作「今」。〔韓校〕林、羅、叢刊本、英華、唐詩亦作「今」。吕才王無功文集序云，續先祖「歷宋、魏，迄於周、隋，六代冠冕」，本非「窮家子」，作「今」近是。

〔七〕在昔 原一校：删本作「自古」。〔韓校〕林、黄、曹、叢刊本亦作「自古」，孫、羅本、英華、唐詩俱下注：一作「自古」。

山園〔一〕

幽人養性靈，長嘯坐山扃。二月蘭心紫，三春柳色青。卷簾看水石，開牖望園亭。琴曲唯留古，書名〔二〕半是經。風煙長入詠，几杖悉爲銘。切直平生盡，何爲勞是形？

【會校】

〔一〕原二行校題下注：各本無。〔韓校〕本篇載五卷本三種。孫、羅本、唐詩據周氏涉筆録「琴曲」二句。

〔二〕名　〔韓校〕孫、羅本、唐詩作「多」。

春日還莊〔一〕

居人姓仲長，端坐悦年光。地形疑谷口，川勢似河陽。傍山移草石，横渠種稻粱。滋蘭依舊畹，接菓着新行。自持茅作屋，無用杏爲梁。蓬埋張仲徑，藜〔二〕破管寧牀。浴蠶温織室，分蜂暖蜜房。竹密連階暗，花飛滿宅香。坐棠思邵伯，看柳憶嵇康。自得終焉趣，無論懷故鄉。

【會校】

〔一〕原二行校題下注：各本無。〔韓校〕本篇載五卷本三種。

〔二〕藜　原作「蓺」。原二行校改爲「藜」。〔韓校〕陳本亦作「藜」。從之。

尋苗道士山居〔一〕

抱琴欲隱去，杖策訪幽潛。青溪無限曲，丹障幾重簾。水聲全繞砌，樹影半橫檐。甑塵炊暫拂，鑪香盡更添。短茅新縛薦，細藋始編檐。寫咒桃爲板，題經竹作籤。紫文千歲蝠，丹書五月蟾。三山今近遠，飛路幸相兼。

【會校】

〔一〕原二行校題下注：各本無。〔韓校〕本篇載五卷本三種。

端坐詠思〔一〕

張衡賦四愁，梁鴻歌五噫。慷慨□□□，憔悴將焉如？紛吾獨無悶，高卧喜閑居。世途何足數，人事本來虛。三王無定策，五帝有殘書。咄嗟建城市，倏忽觀丘墟。明治若不足，昏暴常有餘。寄言忘懷者：歸來任卷舒。

【會校】

〔一〕原二行校題下注：各本無。〔韓校〕本篇載五卷本三種。

山中採藥〔一〕

採藥北巖陰，乘興獨幽尋。澗尾泉恒細，山腰溪轉深。石横疑路斷，雲暗覺峰沉。暮薄歸來去，松丘横夜琴。

【會校】

〔一〕原二行校題下注：各本無。〔韓校〕本篇載五卷本三種。

晚秋夜坐〔一〕

園亭物候奇，舒嘯樂無爲。芰荷高出岸，楊柳下攲池。蟬噪〔二〕黏遠舉，魚驚鈎暫移。蕭蕭懷抱足，何藉世人知？

【會校】

〔一〕原二行校題下注：各本無。〔韓校〕本篇載五卷本三種。

〔二〕噪　〔韓校〕原作「蜍」，據陳本改。

野望〔一〕

薄暮東皋望〔二〕，徙倚將〔三〕何依？樹樹皆秋〔四〕色，山山唯落暉。牧人驅犢返，獵馬帶禽歸。相顧無相識，長歌懷採薇〔五〕。

【會校】

〔一〕〔韓校〕本篇載五卷本三種、各三卷本、唐詩。林本題作「望野」，下注：「見唐詩品彙。」按上海古籍出版社影明汪宗民本唐詩品彙卷五六題作「野望」，林氏或據他本。

〔二〕薄暮東皋望　原一校：刪本作「東皋薄暮望」。〔韓校〕各三卷本、唐詩亦作「東皋薄暮望」。

〔三〕將　原一校：刪本作「欲」。〔韓校〕各三卷本、唐詩亦作「欲」。

〔四〕秋　原二眉校：一作「春」。〔韓校〕林本作「春」，孫、羅本、唐詩「秋」下注：一作「春」。

〔五〕採薇　〔韓校〕各三卷本、唐詩作「采薇」。「採」與「采」通假。

在邊三首〔一〕

客行秋未歸，蕭索意多違。雁門霜雪苦，龍城冠蓋稀。穹廬還作室，短褐更爲衣。自憐書信斷，空瞻鴻雁飛。

又

羈旅滯胡中，思歸道路窮。猶擎蘇武節，尚抱李陵弓。漠北平無樹，關南迥有風。長安知遠近，徒想灞池東。

又

昔歲銜王命，今秋獨未旋。節毛風落盡，衣袖雪霑鮮。瀚海平連地，狼山峻入天。何當攜侍子，相逐拜甘泉。

【會校】

〔一〕原二行校題下注：各本無。〔韓校〕本組詩載五卷本三種。

九月九日贈崔使君善爲〔一〕

野人迷節候，端坐隔塵埃。忽見黄花吐，方知素序〔二〕迴。映巖千段發，臨浦萬株開。香氣徒盈把，無人送酒來。

【會校】

〔一〕〔韓校〕本篇載五卷本三種、黄、曹、孫、羅、叢刊本、唐詩。原二行校題下注：刪本無「贈崔使君善爲」六字。原二眉校：孫本標題同。〔韓校〕黄、曹、叢刊本亦無「贈崔使君善爲」六字；孫、羅本、唐詩俱下注：一本無下六字。

〔二〕序 原二眉校：各本作「節」。〔韓校〕羅、叢刊本、唐詩亦作「節」。

附 崔使君善爲答〔一〕

崔善爲

秋來菊花氣，深山客重尋。露葉疑涵玉，風花似散金。摘來還泛酒，獨坐即徐斟。王弘貪自醉，無復覓楊林。

【會校】

〔一〕〔韓校〕陳本、曹本及黄本附録、叢刊本附録、紀事亦載，除陳本外，諸本均題爲「答王無功九日」。唐詩崔善爲詩題同諸本。

冬夜載酒於鄉館尋崔使君善爲〔一〕

思君夜漸闌，載酒一相看。野館含煙冷，山衣犯〔二〕雪寒。停車聊捧袂，倒屣共臨盤。今夕山陰賞，誰知逢道安！

【會校】

〔一〕原二行校題下注：各本無。〔韓校〕本篇載五卷本三種。

〔二〕犯　〔韓校〕原作「紀」，據陳本改。

附　崔　答〔一〕

崔善爲

頒條忝貴鄉〔二〕，懸榻久相望。處士同楊鄭，邦君謝李彊。詎知方擁篲，逢子敬惟桑。明朝蓬户側，會自謁任棠。

【會校】

〔一〕〔韓校〕陳本、黄本附録、叢刊本附録、紀事亦載，除陳本外，諸本俱題爲「答王無功冬夜載酒鄉館」。唐詩崔善爲詩題同諸本。

〔二〕鄉　原二行校改「郡」。

讀真隱傳見披裘公及漢濱老父因題四韻〔一〕

被褐延陵徑，耕田漢水陰。由來驩擊壤，何處視遺金？季子停驂謝，張温下道尋。世人無所識，誰知方寸心？

【會校】

〔一〕原二行校題下注：各本無。〔韓校〕本篇載五卷本三種。

性不好治産興後言懷〔一〕

自有人間分，何須郭外田？和光遊聚落，獨與入山泉。河曲編蕭坐，靈臺結絮眠。還應多藏客，辛苦没殘年。

【會校】

〔一〕原二行校題下注：各本無。〔韓校〕本篇載五卷本三種。

山家夏日九首〔一〕

寂寞坐山家，蕭條翫物華。樹倚〔二〕全擁石，蒲長半侵砂。池光連壁動，日影對窗斜。石榴兼布葉，金葼唯作花。落藤斜引蔓，伏笋暗抽牙。高卧長無客，方知人事賒！

又

隱士長松璺，先生〔三〕孤竹丘。溪深常抱凍，磵冷鎮含秋。九春寧解褐，五月自披裘。誰信湯年旱，山燋金石流？

又

山中舊可安，無處不盤桓。嶺澁攀藤易，巖崎策杖難。藥供無限食，石起自然壇。樹密檐偏冷，泉深階鎮寒。松根聊入釀，竹實試調丹。孔淳書數帙，朝朝還自看。

又

巖居何啻好，野性本規閑。青松生户側，奔泉湧砌間。老父循渾沌，稚子服编斕〔四〕。自得爲巢許，無勞買却山。

又

追凉剩不歸，高卧隱松闈。野竹欄階種，巖花入户飛。磵幽人路斷，山曠鳥啼稀。不特嫌周粟，時時須採薇。

又

山中〔五〕有弊廬〔六〕，竹樹近扶疏。傍巖開竈井，横磵引庭除。障子遊仙畫，屏風章草書。誰言非面俗，更欲賦閑居。

又

幽居枕廣川，長望鬱芊芊。北巖採樵路，東坡種藥田。磵泉通院井，山氣雜厨煙。向夕林庭曠，蕭條鳴一絃。

又

山居自可安〔七〕，樂道不爲難。甲乙題書卷，梧桐數藥丸。樹蔭連户静，泉影度窗寒。抱琴聊倚石，高眠〔八〕風自彈。

又

避暑長巖東，蕭條趣不窮。密藤成斗帳〔九〕，疏樹即檐櫳〔一〇〕。槿花礙前浦，荷香欄〔一一〕上風。寄言覆苔客，無事果園中。

【會校】

〔一〕原二行校題下注：各本無。　〔韓校〕本篇載五卷本三種。

〔二〕倚　〔韓校〕陳本作「奇」。

〔三〕先生　〔韓校〕原作「先王」，朱本亦作「先王」，據陳本改。

〔四〕斒斕　〔韓校〕陳本作「斑斕」，「斒」與「斑」通。

〔五〕山中　〔韓校〕朱、陳本作「山人」。

〔六〕弊廬　〔韓校〕陳本作「敝廬」，「弊」與「敝」通。

〔七〕可安　〔韓校〕原作「安可」，據陳本改。

〔八〕高眠　〔韓校〕原作「高眼」，據陳本改。

〔九〕帳　原作「悵」。　原二行校改爲「帳」。　〔韓校〕陳本即作「帳」。據改。

〔一〇〕櫳　〔韓校〕原作「攏」，據陳本改。

〔一一〕欄　〔韓校〕陳本作「闌」。此通。

洛水南看漢王馬射〔一〕

君王馬態驕，蹀躞過河橋。雨息銅街静，塵飛金埒遥。鐵絲纏箭脚，玉片抱弓腰。日□矜百中，唯看楊柳條。

【會校】

〔一〕原二行校題下注：各本無。　〔韓校〕本篇載五卷本三種。

王無功文集卷第三

詩

駕過觀獵〔一〕

天巡總禁營，詰旦擁戈城。旗常紛出没，彀騎鬱縱横。圍塵千里暗，獵火四山明。獸竭郊原〔二〕迴，禽殫〔三〕灌莽平。割鮮同飲至，振旅以休兵。動作威容備，周旋軍令成。金鐃清御道，玉鼓節神行。别有磻溪叟，無日戰逢迎。

【會校】

〔一〕原二行校題下注：各本無。〔韓校〕本篇載五卷本三種。

〔二〕原　原作「園」。原二行校旁注：疑「原」。〔韓校〕陳本即作「原」，據改。

〔三〕禽殫　〔韓校〕原作「禽彈」，據陳本改。

山中獨坐自贈〔一〕

幽人似不平，獨坐北山楹。攜妻梁處士，別婦許先生。擯俗勞長嘆，尋山倦遠行。空山斜照落，古樹寒煙生。解組陶元亮，辭家向子平。是非何處在？潭泊苦縱橫。

【會校】

〔一〕原二行校題下注：各本無。　〔韓校〕本篇載五卷本三種。

自　答〔一〕

公子澹無爲，非關懷□移。老萊猶有婦，王霸豈無兒？人世何勞鬲〔二〕？生涯故可知。溪流無限水，樹長自然枝。竹林橫□□，梧桐倚惠施。楊朱〔三〕那早計？煩此泣途岐。

【會校】

〔一〕原二行校題下注：各本無。　〔韓校〕本篇載五卷本三種。

〔二〕鬲　原二行校改爲「隔」。〔韓校〕陳本亦作「隔」，按「鬲」爲「隔」假字。

〔三〕楊朱　原作「揚朱」，原二行校改爲「楊朱」。〔韓校〕陳本即作「楊朱」。據改。

過鄭處士山莊二首〔一〕

鑿溪南浦曲，栽援〔二〕北巖阿。野膳調藜茌，山衣緝薜蘿。釣潭因舊迹，樵路起新歌。欲知幽賞處，青青松桂多。

又

僻處開三徑，幽居無四鄰。橫文彪子褥，碎點鹿胎巾。斷籬棲夜雉，荒砌起朝麕。薄暮東溪上，猶言在渭濱。

【會校】

〔一〕原二行校題下注：各本無。〔韓校〕本篇載五卷本三種。

〔二〕栽援　原二行校「援」旁注：疑「樹」。〔韓校〕朱本作「裁援」。

病後醮宅〔一〕

公幹苦沉綿，居山畏不延。白驢迎蒯子，青牛下葛仙。度符南竈曲，寫咒北階前。龍行初禁火，鳥步即淩煙。凈席三天坐，香鑪五帝筵。埋沙禳〔二〕疫氣，鎮石禦凶年。鬼用泥爲壁，神將紙作錢。山精愁鏡厭，野魅怯燈然。今日揚雄宅，應堪草太玄。

【會校】

〔一〕原二行校題下注：各本無。〔韓校〕本篇載五卷本三種。

〔二〕禳　原作「穰」，原二行校改爲「禳」。〔韓校〕陳本即作「禳」。據改。

初　春〔一〕

前日出園遊，林花都未有。今朝下堂望〔二〕，池冰〔三〕開已久。雪避〔四〕南軒梅，風催北庭柳。遥呼竈前妾，却報機中婦。年光恰恰來，滿甕營春酒。

【會校】

〔一〕〔韓校〕本篇載五卷本三種、各三卷本、文粹、唐詩、紀事。原二行校題下注：孫本作「春日」。〔韓校〕羅本、唐詩、紀事亦題爲「春日」，並下注：一作「初春」。

〔二〕望 原二眉校：曹本、黃本作「望」，孫本作「來」。〔韓校〕羅本、唐詩、紀事亦作「來」，下注：一作「望」（孫本亦有此注）。

〔三〕冰 原作「水」。原二行校改爲「冰」，旁注：孫本作「冰」。〔韓校〕陳、林、黃、羅、叢刊本、文粹、唐詩即作「冰」。從之。

〔四〕避 原二眉校：孫本作「被」。〔韓校〕羅本、唐詩、紀事亦作「被」，孫、羅本、唐詩下注：一作「避」。

過山觀尋蘇道士不見題壁四首〔一〕

暫出東陵〔二〕路，過訪北巖〔三〕前。蔡經〔四〕新學道，王烈舊成仙。駕鶴來無日，乘龍去幾年。三山〔五〕銀作地〔六〕，八洞玉爲天。金精飛欲盡，石髓溜應堅。自悲生世促，無暇待桑田。

又

上月芝蘭徑，中巖紫翠房。金壺新煉〔七〕乳，玉釜始煎香。六局黄公術，三門赤帝方。吹砂聊作鳥，動石試爲羊。緱氏還程〔八〕促，瀛洲會日長。誰知北巖〔九〕下，延首詠霓裳。

又

結衣尋野路，負杖入山門。道士言無宅，仙人更有村。斜溪横桂樹〔一〇〕，小徑入桃源。玉牀塵稍冷，金鑪火尚温。心疑遊北極，望似陟西崑。迎秋還舊里〔一一〕，蕭條訪子孫。

又

真經知那是，仙骨定何爲？許邁心長切，嵇康命自〔一二〕奇。桑疏金闕迥，苔重石梁危。照水燃犀角，遊山費虎皮。鴨桃聞已種，龍竹未經騎。爲向天仙道，棲遑君詎知！

【會校】

〔一〕〔韓校〕本組詩載五卷本三種、各三卷本、英華、唐詩。原二行校題下注：刪本作「遊仙四首」。〔韓校〕各三卷本、英華、唐詩亦題爲「遊仙四首」。英華下注：「尋蘇道士效作。」

〔二〕陵　原二行校：各本作「陂」。〔韓校〕林、羅、叢刊本、唐詩亦作「陂」，英華作「坡」，下注：一作「波」。「坡」乃「陂」之異體，作「波」誤。

〔三〕北巖　孫本作「此巖」，羅本校孫本：「北」，原作「此」，據全唐詩正。

〔四〕蔡經　〔韓校〕林本作「蔡京」，誤。蔡經見葛洪神仙傳。

〔五〕三山　〔韓校〕羅本作「三仙」，誤。

〔六〕地　原一校：刪本作「土」。原二眉校：黄本作「土」，曹、孫本亦作「地」。〔韓校〕叢刊本亦作「土」。

〔七〕煉　〔韓校〕曹、黄、孫、羅、叢刊本、英華、唐詩作「練」，非是。

〔八〕程　原作「成」。原二行校旁注：「程」。原二眉校：各本俱從「程」。〔韓校〕陳、林、羅、叢刊本、英華、唐詩均作「程」。據改。

〔九〕巖　原二行校：孫本一作「阜」。原二眉校：曹、黄本一作「阜」。〔韓校〕羅、叢刊本、唐詩亦下注：一作「阜」。

〔一〇〕樹　原二行校：各本作「渚」。〔韓校〕林、羅、叢刊本、英華、唐詩亦作「渚」。

〔一一〕迎秋還舊里　原二行校：各本作「逆愁歸舊里」。〔韓校〕林、羅、叢刊本、英華、唐詩亦作「逆愁歸舊里」。

〔一二〕自　原二行校：各本作「似」。〔韓校〕林、羅、叢刊本、英華、唐詩亦作「似」。

過鄉學〔一〕

杖藜尋學舍，摳衣向講堂。杏壇花正落，槐市葉新長。聚徒疑魯國，遊人即鄭鄉。先生坐不議，弟子入成行。邴原〔二〕供灑掃，劉俊脱衣裳。組帶填中塾，青襟溢下庠。佩猳情已變，術蟻〔三〕藝應光。寄語安眠者：無爲糞土牆。

【會校】

〔一〕原二行校題下注：各本無。〔韓校〕本篇載五卷本三種。

〔二〕邴原　〔韓校〕原作「邴元」，三國志魏書卷十一作邴原，據改。

〔三〕蟻　原作「皚」。　原二眉校：「應從蟻」。　原二行校改爲「蟻」。〔韓校〕陳本亦作「蟻」。審文意，原二行校屬是。

春莊酒後〔一〕

郊扉乘曉闢，山醞及年開。柏葉投新釀，松花潑舊醅。野妻臨甕倚，村豎捧瓶來。竹瘤〔二〕還作杓，樹癭即成杯。北潭因醉往，南畝帶星迴。田家多酒伴，誰怪玉山頹！

【會校】

〔一〕原二行校題下注：各本無。〔韓校〕本篇載五卷本三種。

〔二〕瘤 〔韓校〕原作「溜」，據陳本改。

題酒店樓壁絶句八首〔一〕

洛陽無大宅，長安乏主人。黄金消〔二〕欲〔三〕盡，祇爲酒家貧。

又

竹葉連糟〔四〕翠，蒲桃〔五〕帶麴紅。相逢不令盡，别後爲誰空？

又

對酒但知飲，逢人莫强牽。倚爐便得睡，横甕足堪眠。

又

欲識幽人伴，非是俗情量。有業開屠肆，無名坐餅行。

又

或問遊人道，那能獨步憂？飲時含救藥，醉罷不能愁。

又

此日長昏飲，非關養性靈。眼看人盡醉，何忍獨爲醒？

又

有客須教〔六〕飲，無錢可別酤。來時長道貰，慚愧酒家壺〔七〕。

又

仲任書卷盡，平君卜〔八〕數充。相逢何以慰？細酌對春風。

【會校】

〔一〕原二行校題下注：各本題作「過酒家五首」，選第一、第二、第三、第六、第七五首。〔韓校〕本組八首全載五卷本三種。林本只載第六首，黃、曹、孫、羅、叢刊本、唐詩載以上五首。羅、叢刊本、唐詩亦題爲「過酒家五首」，下注：一作「題酒店壁」。

〔二〕消　〔韓校〕陳、黃、曹、孫、羅、叢刊本、唐詩作「銷」。此通。

〔三〕欲　原二行校：各本作「未」。〔韓校〕羅、叢刊本、唐詩亦作「未」。

〔四〕槽　原二行校改爲「糟」。〔韓校〕黃、曹、孫、羅、叢刊本、唐詩亦作「糟」。按槽、酒槽，瀝酒器，亦通，姑存「槽」字。

〔五〕蒲桃　〔韓校〕黃、曹、孫、羅、叢刊本、唐詩作「蒲萄」，通。

〔六〕教　原作「交」。原二眉校：各本作「教」。〔韓校〕陳、羅、叢刊本、唐詩亦作「教」。據改。

〔七〕壺　原二眉校：曹、孫本作「胡」。〔韓校〕羅、叢刊本、唐詩亦作「胡」，孫、羅本、唐詩下注：一作「壺」。

〔八〕平君　疑爲「君平」之倒文，嚴君平也。卜　原作「不」。原二行校改爲「卜」。〔韓校〕原二行校是，從之。

食後〔一〕

田家無所有，晚食遂爲常。菜剪三〔二〕秋緑，飧炊百日黄。胡麻山麨樣，楚豆野麋〔三〕方。始曝〔四〕松皮脯，新添杜若漿。葛花消酒毒，萸蔕發羹香。鼓腹聊乘興，寧知逢世昌！

【會校】

〔一〕〔韓校〕本篇載五卷本三種、黄、曹、孫、羅、叢刊本、唐詩。

〔二〕三　原作「二」。原一校：從删本作「三」爲是。〔韓校〕陳、黄、曹、孫、羅、叢刊本、唐詩亦作「三」。從之。

〔三〕麇　原二行校旁注：一作「麇」。〔韓校〕黄、曹本亦作「麇」。

〔四〕曝　原二眉校：各本作「暴」。〔韓校〕羅、叢刊本、唐詩亦作「暴」。「曝」乃「暴」之俗體。

採藥〔一〕

野情貪藥餌，郊居倦蓬蓽。青龍護〔二〕道符，白犬遊仙術〔三〕。腰鎌〔四〕戊巳旦〔五〕，負鍤丙〔六〕辛日。時時斷障横〔七〕，往往孤峰出。行披葛仙經〔八〕，坐檢神農帙。龜蛇採二苓〔一〇〕，赤白尋雙术〔一一〕。地凍根難盡，叢枯苗易失。從容肉作名，薯蕷膏成質。家豐松葉酒，器〔一二〕貯參花密〔一三〕。且復歸去來，刀圭養〔一四〕衰〔一五〕疾。

【會校】

〔一〕〔韓校〕本篇載五卷本三種、各三卷本、英華、唐詩。英華署作者「王續」，誤。

〔二〕護　〔韓校〕英華作「復」，下注：集作「護」。

〔三〕仙術　〔韓校〕英華作「山迷」，於「迷」下注：集作「術」。按「迷」字不韻，「山迷」誤。

〔四〕腰鎌　〔韓校〕「鎌」，原作「連」，據各三卷本、英華、唐詩改。

〔五〕旦　原二行校：各本作「月」。〔韓校〕林、羅、叢刊本、英華、唐詩亦作「月」，英華下注：集作「旦」。

〔六〕丙　原二行校：各本作「庚」。〔韓校〕林、羅、叢刊本、英華、唐詩亦作「庚」，英華下注：集作「丙」。

〔七〕横　原二行校：各本作「遮」。〔韓校〕林、羅、叢刊本、英華、唐詩亦作「遮」。孫、羅本、英華、唐詩下注：一作「横」。

〔八〕葛仙經　〔韓校〕林本、英華作「葛仙注」。

〔九〕坐檢神農　原一校：「神農」，删本作「農皇」。原二眉校：孫本作「神農」。〔韓校〕林本、英華作「坐驗農皇」，黄、曹、叢刊本作「坐檢農皇」，孫、羅本、英華、唐詩下注：一作「坐檢神農」。

〔一〇〕苓　原作「靈」。原二行校：各本作「苓」。〔韓校〕林、羅、叢刊本、英華、唐詩亦作「苓」。據改。

〔一一〕术　〔韓校〕曹本作「木」，誤。

〔一二〕器　〔韓校〕英華作「蕉」。下注：集作「器」。

〔一三〕密　〔韓校〕通「蜜」。

〔一四〕養　原二行校：各本作「輔」。〔韓校〕林、羅、叢刊本、英華、唐詩亦作「輔」，英華下注：集作「養」。

〔一五〕衰　原二眉校：孫本作「哀」，黄、曹本作「衰」。〔韓校〕羅本亦作「哀」。按以「衰」爲是。

山中避暑〔一〕

幽人自可憐，避暑更蕭然。片雲堪度雨，小樹即生煙。巖雪頻經夏，溪冰定幾年？橫階看卧石，隔牖聽飛泉。地使炎涼變，人疑歲序遷。詎知來遁俗，更似得逃年？

【會校】

〔一〕原二行校題下注：各本無。〔韓校〕本篇載五卷本三種。

春桂問答〔一〕

問春桂，桃李正芬〔二〕華，年光隨處滿，何事〔三〕獨無花？春桂答，春花詎能久？風霜摇落時，獨秀君知不〔四〕？

【會校】

〔一〕〔韓校〕本篇載五卷本三種、各三卷本、文粹、唐詩。各三卷本、文粹、唐詩均有「二首」兩字。

〔二〕芬　原二眉校：孫本云：一作「芳」。〔韓校〕羅本、唐詩亦下注：一作「芳」。

〔三〕事　原作「處」。　原二行校：各本作「事」。〔韓校〕林、羅、叢刊本、文粹、唐詩亦作「事」。據改。

〔四〕知不　原作「不知」。　原二行校：各本作「知不」。並乙正之。〔韓校〕陳本作「知否」；林、羅、叢刊本、文粹、唐詩亦作「知不」。「不」「否」通。「不知」失韻，據原二行校乙正。

圍棋〔一〕

飽食端居暇，披襟弈思專。彫盤蜃脛飾，帖局象牙緣。裂地四維舉，分麾兩陣前。攢眉思上策，屈指計中權。勁卒衡〔二〕圍度，奇軍略地旋。魚鱗張九拒，鶴翅擁三邊。逐征何待應，爭鋒豈厭先。雙關防易斷，隻眼畏難全。將嬌多受辱，敵恥屢摧堅。驟睹成爲敗，頻看絶更連。許知愁越復，恤弱貴邢遷。誹俗韋弘嗣，邀名葛稚川。分陰雖可重，小道詎宜捐？相公攡屐日，樵客爛柯年。唐堯猶不棄，孔父尚稱賢。博術存書録，壺經著禮篇。寄言陸士衡，無嗤王仲宣。

【會校】

〔一〕原二行校題下注：孫本摘「雙關防易斷」一聯及「魚鱗張九拒」一聯，並云「圍棋長篇，見韻語陽秋」，各本無。〔韓校〕本詩全篇載五卷本三種。羅本、唐詩亦據韻語陽秋録「魚鱗張九拒」一聯及「雙闕防易斷」一聯，亦題爲「圍棋長篇」。

〔二〕衡　原二行校旁注：疑「衝」。〔韓校〕行校説是，今姑存之。

詠　隱〔一〕

獨有幽棲趣，能令俗網賒。耕夫田作業，巢叟樹爲家。晚谷柔殘黍，春園掃落花。恝然乘興往，何必御雲車？

【會校】

〔一〕原二行校：各本無。〔韓校〕本篇載五卷本三種。

贈李徵士大壽〔一〕

孔淳辭散騎，眭昶〔二〕避〔三〕中郎。幅巾朝帝罷，策杖〔四〕去官忙。附車還趙郡，乘船向武昌。九徵書未已，十辟譽彌彰。副君迎綺季〔五〕，天子送嚴光。灞陵幽徑近，磻溪隱路長。編蓬還作室，績草便〔六〕爲裳。會稽置樵處，蘭陵賣藥行。著〔七〕書維〔八〕道德，傳〔九〕教正〔一〇〕農桑。別有懷幽〔一一〕侶，由來高讓王。前年辭厚幣，今歲返家鄉〔一二〕。有書横石架，無氈〔一三〕坐土牀。蘭英猶足釀，竹實本兼〔一四〕糧。澗寒松〔一五〕轉直，山秋菊自香〔一六〕。管寧存祭禮，王霸列〔一七〕朝章。去去相隨去，披裘驕盛唐！

【會校】

〔一〕〔韓校〕本篇載五卷本三種、各三卷本、英華、唐詩。

原二行校題下注：「士」，各本作「君」。〔韓校〕林、羅、叢刊本、英華、唐詩「士」亦作「君」。英華下署作者「王纘」，誤。

〔二〕眭昶　原作「畦昶」。原一校「畦」下注：從删本作「陸」爲是。原二行校改爲「陸」。〔韓校〕陳本、各三卷本、英華、唐詩亦作「陸」。按陸昶，南朝武將，其生平無詩所云「避中郎」事。魏書眭夸傳云「眭夸，一名昶……高尚不仕，寄情丘壑」，崔浩奏徵昶爲中郎，「旋辭官還鄉」。正與本句合。「畦」當屬「眭」形似而誤，故改。

〔三〕避　原二眉校：各本作「謝」。〔韓校〕林、羅、叢刊本、英華、唐詩亦作「謝」。

〔四〕策杖　〔韓校〕各三卷本、英華、唐詩作「杖策」。

〔五〕綺季　〔韓校〕孫本作「綺李」，羅本校孫本：原作「李」，誤，今改。

〔六〕便　原二行校：各本作「更」。〔韓校〕林、羅、叢刊本、英華、唐詩亦作「更」。

〔七〕著　原一校：删本作「看」。〔韓校〕各三卷本、英華、唐詩亦作「看」。

〔八〕維　原二行校：各本作「惟」。〔韓校〕林、羅、叢刊本、英華、唐詩亦作「惟」。

〔九〕傳　原二行校：各本作「開」。〔韓校〕林、羅、叢刊本、英華、唐詩亦作「開」。

〔一〇〕正　原二行校：各本作「止」。〔韓校〕林、羅、叢刊本、英華、唐詩亦作「止」。

〔一一〕懷幽　原二行校：各本作「幽懷」。〔韓校〕林、羅、叢刊本、英華、唐詩亦作「幽懷」。

〔一二〕家鄉　原二眉校：各本作「寒鄉」。〔韓校〕林、羅、叢刊本、英華、唐詩亦作「寒鄉」。

〔一三〕氊　原作「甑」。原二行校：各本作「氊」。〔韓校〕陳、林、羅、叢刊本、英華、唐詩亦作「氊」。據改。

〔一四〕兼　原二眉校：各本作「無」。〔韓校〕林、羅、叢刊本、英華、唐詩亦作「無」。

〔一五〕寒松　〔韓校〕各三卷本、英華、唐詩作「松寒」。

〔一六〕山秋菊自香　原二眉校：各本作「山菊秋自香」。〔韓校〕林、羅、叢刊本、英華亦作「山菊秋自香」。

〔一七〕列　原二行校：各本作「重」。〔韓校〕林、羅、叢刊本、英華、唐詩亦作「重」。

春夜過翟處士正師飲酒醉後自問答二首〔一〕

樽酒泛霞流〔二〕，相將臨歲華。酣歌吹樹葉，醉舞拂燈花。對飲情何已，思歸月漸斜。明朝解醒處，爲道向誰家？

又

春來物候妍，夜飲但留連。晚鎗〔三〕交鬢側，殘樽倚膝前。縱橫抱琴舞，狼籍枕書眠。解酲須及暑，路遠莫言旋。

【會校】

〔一〕原二行校題下注：各本無。〔韓校〕二詩載五卷本三種。

〔二〕霞流　〔韓校〕陳本作「流霞」。

〔三〕晚鎗　〔韓校〕原作「晚搶」，朱本亦作「晚搶」，據陳本改。

晚年叙志示翟處士正師〔一〕

弱齡慕奇調，無事不兼修。望氣登重閣，占星上小樓。明經思待詔，學劍覓封侯。棄繻頻北上，懷刺幾西遊。中年逢喪亂，非復昔追求。失路青門隱，藏名白社遊。風雲私所愛，屠博暗爲儔。解紛曾霸越，釋難頗存周。晚歲聊長想，生涯太若浮。歸來南畝上，更坐北溪頭。古岸多盤〔二〕石，春泉足細流。東隅誠已謝，西景懼難收。無謂退耕近，伏念已經秋。庾袞〔三〕逢處跪〔四〕，陶潛見人〔五〕羞。三晨寧舉火，五月鎮披裘。自有居常樂，誰知我世憂〔六〕？

【會校】

〔一〕〔韓校〕本篇載五卷本三種、各三卷本、唐詩、紀事。林本無「正師」二字。

〔二〕盤　原二行校：各本作「磐」。〔韓校〕林、羅、叢刊本、唐詩、紀事亦作「磐」。此通。

〔三〕庾袞　原作「庾欒」。原一校「欒」下注：從删本作「袞」爲是。原二眉校：黃本、曹本作「庾袞」，孫本作「庚桑」。〔韓校〕叢刊本作「庾袞」，陳、林、羅本、唐詩、紀事作「庚桑」。按晉書庾袞傳載「與弟子樹籬，跪以授條」；麥熟自捃，又「跪而把之」，正與本句合，故改。

〔四〕逢處跪　原一校「處」下注：删本作「桑」。原二眉校：黃本、曹本作「逢桑跪」，孫本作「逢處跪」。〔韓校〕叢刊本亦作「逢桑跪」。

〔五〕人　原二行校：孫本同，曹、黃本作「吏」。〔韓校〕叢刊本亦作「吏」，孫、羅本、唐詩「人」下注：一作「吏」。

〔六〕誰知我世憂　原二行校：曹、黃本作「誰知身後憂」，孫本作「誰知身世憂」。〔韓校〕林、羅、叢刊本、唐詩、紀事亦作「誰知身世憂」。

盧新平宅賦古題得策杖隱士〔一〕

策杖尋隱士，行行路漸賒。石梁橫澗斷，土室映山斜。孝然縱〔二〕有舍，威輦遂無家。置酒燒枯葉，披〔三〕書坐落花。新垂〔四〕滋水釣，舊結茂陵罝〔五〕。歲歲長如此，方知輕世華。

【會校】

〔一〕〔韓校〕本篇載五卷本三種、各三卷本、英華、大典、唐詩。原二行校題下注：刪本題作「策杖尋隱士」。〔韓校〕各三卷本、英華、唐詩亦題爲「策杖尋隱士」。

〔二〕縱　原二行校：一作「疑」。〔韓校〕林本亦作「疑」，孫、羅本、唐詩「縱」下注：一作「疑」，英華「縱」下注：集作「疑」。

〔三〕披　〔韓校〕叢刊本作「被」，此通。

〔四〕垂　原作「乘」。原二行校：從刪本作「垂」爲是，並刪「乘」爲「垂」。〔韓校〕林、羅、叢刊本、英華、唐詩亦作垂。據改。

〔五〕罝 〔韓校〕林本作「罟」。

被舉應徵別鄉中故人〔一〕

皇明照區域〔二〕，帝思屬風雲。燒山出隱士，治道送徵君。自惟蓬艾影，叨名蘭桂芬。使君留白璧，天子降玄纁。山鷄終失望，野鹿暫辭群。川氣含丹日，鄉煙間白雲。停驂無以贈，握管遂成文。

【會校】

〔一〕原二行校題下注，各本無。〔韓校〕本篇載五卷本三種。

〔二〕區域 〔韓校〕原作「區城」，據陳本改。

獨坐〔一〕

問君樽酒外，獨坐更何須？有客談名理，無人索地租。三男婚令族，五女嫁賢夫。百年隨分了，未羨陟方壺。

【會校】

〔一〕〔韓校〕本篇載五卷本三種、黄、曹、孫、羅、叢刊本、唐詩。

同蔡學士君知詠雲〔一〕

固陽陰正密，侍族□方和。巫山臣作賦，汾水帝爲歌。繪色還成錦，輕飛更作羅。無衣昔有詠，飄轉獨如何？

【會校】

〔一〕原二行校題下注：各本無。〔韓校〕本篇載五卷本三種。

贈山居黄道士〔一〕

潔身何必是，避俗豈能全？動息都無鬲〔二〕，浮沉最可憐。嵇山高士傳，莊叟讓王篇。逃名遂得志，□□若爲傳。

【會校】

〔一〕原二行校題下注：各本無。〔韓校〕本篇五卷本三種。

〔二〕鬲　原二行校改爲「隔」。〔韓校〕陳本亦作「隔」。此通。

新園旦坐〔一〕

林宅資餘搆，園亭今創營。接梨過半箸〔二〕，從此近全生。鑿沼三泉〔三〕漏，爲山九仞成。草香羅户穴，茅茹結檐楹。松栽一當伴，柳種五爲名。獨對三春酌，無人來共傾。

【會校】

〔一〕原二行校題下注：各本無。〔韓校〕本篇載五卷本三種。

〔二〕接梨過半箸　〔韓校〕陳本闕此五字。

〔三〕三泉　〔韓校〕原作「泉三」。與下句「九仞」失對，據陳本改。

未婚山中叙志〔一〕

物外知何事？山中無所有。風鳴静夜琴，月照芳樽〔二〕酒。直置百年内，誰論千載後！張奉〔三〕聘賢妻，考萊〔四〕藉嘉偶。孟光儻未嫁，梁鴻正須婦。

【會校】

〔一〕〔韓校〕本篇載五卷本三種、各三卷本、英華、唐詩。原二行校題下注：各本作「山中叙志」。〔韓校〕林、羅、叢刊本、英華、唐詩亦題爲「山中叙志」。孫、羅本、唐詩下注：一本題上有「未婚」二字，英華下注：集作「未婚山中叙志」。

〔二〕芳樽　原二行校「樽」下注：各本作「春」。〔韓校〕林、羅、叢刊本、唐詩亦作「芳春」；英華作「方春」，「春」下注：集作「罇」。

〔三〕張奉　原二行校「奉」旁注：一作「鳳」。〔韓校〕林本、英華亦作「鳳」，英華下注：集作「奉」。孫、羅本、唐詩亦下注：一作「鳳」。魯迅輯校本謝承後漢書張奉傳，載其妻袁氏與之偕隱度日事，本句即用此典，故存「奉」字。

〔四〕考萊　原一校「考」下注：删本作「老」。原二行校改爲「老」。〔韓校〕陳本、各三卷本、英華、唐詩亦作「老萊」。按「考」「老」轉注，同義互訓。

閲家書〔一〕

張氏前鈔本，班家舊賜餘。尚應千許帙，何啻五盈車？縫悉龜文印，題皆龍爪書。牙籤過半在，玉軸已全疏。蘗繫防黏蠹，芸香辟紙魚。下帷堪發憤，閉户足爲儲。爲向楊雄説：無勞羨石渠。

【會校】

〔一〕原二行校題下注：各本無。〔韓校〕本篇載五卷本三種。

古意六首〔一〕

幽人在何所？紫巖有仙躅。月夜〔二〕横寶琴，此外將安欲？材抽〔三〕嶧山幹，徽〔四〕點崐丘玉。漆抱蛟龍唇，絲纏鳳凰足。前彈廣陵罷，後以明光〔五〕續。百金買一聲，千金傳一曲。世無鍾子期，誰知〔六〕心所屬？

又

竹生大夏〔七〕溪，蒼蒼富奇質。緑葉吟風勁，翠莖犯雪〔八〕密。霜霰〔九〕封其柯〔一〇〕，鴛鸞〔一一〕食其實。寧知軒轅後，更有伶倫出？刀斧俄見尋，根株坐相失。裁爲十二管，吹作雄雌律〔一二〕。有用雖自傷，無心復招疾。不如山上〔一三〕草，離離保終吉。

又

寶龜尺二寸，由來宅深水。浮游五湖内，宛轉三江裏。何不深復深，輕然至溱洧？溱洧源流狹，春秋不濡軌。漁人遞往還，網罟相縈藟。一朝失運會，刳腸血流〔一四〕死。枯〔一五〕骨輪廟堂，鮮腴籍籩簋。棄置誰怨尤？自我招此否。餘靈寄明卜，復來欽所履。

又

松生北巖下，由來人徑絶。布葉捎〔一六〕雲煙，插〔一七〕根擁巖穴。自言生得地，獨負凌寒〔一八〕潔。何時畏斤斧，幾度經霜雪。風驚西北枝，雹損〔一九〕東南節。不知歲月久，稍覺條枝〔二〇〕折。藤蘿上下碎，枝幹縱横裂。行當糜〔二一〕爛盡，坐共灰塵滅。寧關匠石顧，豈爲王孫折？衰盛自有期〔二二〕，聖賢未嘗屑。寄言悠悠者，無爲嗟大耋。

又

桂樹何蒼蒼，秋來花〔二三〕更芳。自然〔二四〕歲寒性，不知露與霜。幽人重其德，徙〔二五〕植臨前堂。連拳〔二六〕八九樹，偃蹇二三行。枝枝自〔二七〕相糾，葉葉還相當。去來雙鴻鵠，棲息兩鴛鴦。榮陰〔二八〕誠不厚，斤斧亦勿傷。赤心許君時，此意那可忘！

又

采〔二九〕鳳欲將歸，提羅〔三〇〕出郊訪。羅張大澤已，鳳入重雲颺。朝棲崑閬木，夕飲蓬壺漲。問鳳那遠飛？賢君坐相望。鳳言何〔三一〕深德，微禽安足尚〔三二〕？但使雛卵全，無令繒繳〔三三〕放。皇臣力牧舉，帝樂簫韶暢。自有來巢時，明年阿閣上。

【會校】

〔一〕〔韓校〕本組詩全載五卷本三種、各三卷本、唐詩、紀事。文粹載一、五、六凡三首。

〔二〕月夜　〔韓校〕孫、羅本、唐詩作「月下」。

〔三〕抽　原作「袖」。　原一校：從删本作「抽」爲是。　原二行校改爲「抽」。　〔韓校〕陳本、各三卷本、文粹、唐詩、紀事亦作「抽」。據改。

〔四〕徽　原作「微」。　原一校：從删本作「徽」爲是。　原二行校改爲「徽」。〔韓校〕陳本、各三卷本、文粹、唐詩、紀事亦作「徽」。據改。

〔五〕明光　原二行校：一作「光明」。〔韓校〕孫、羅本、唐詩亦下注：一作「光明」。明光，即吴均續齊諧記所載之楚明光曲，作「光明」誤。

〔六〕誰知　〔韓校〕朱本作「知誰」。

〔七〕夏　原作「廈」。　原一校：删本作「夏」。　原二眉校：曹、黄本作「夏」，孫本亦作「廈」。〔韓校〕陳、林、叢刊本、唐詩、紀事亦作「夏」。吕氏春秋仲夏紀適音篇載，黄帝樂官伶倫曾至大夏之西、阮隃之北，取竹截爲十二管，依雌雄鳳凰鳴叫之聲定音律，本句即用此典，故改。

〔八〕雪　原二行校：各本作「霄」。　〔韓校〕林、羅、叢刊本、唐詩、紀事亦作「霄」。以「雪」爲是。

〔九〕霰　原作「霞」。　原二行校：各本作「霰」，並改爲「霰」。　〔韓校〕陳、林、羅、叢刊本、唐詩亦作「霰」。據改。

〔一〇〕柯　原作「阿」。　原二行校：從各本作「柯」爲是。　〔韓校〕陳、林、羅、叢刊本、唐詩、紀事亦作「柯」。據改。

〔一一〕鴛鸞　〔韓校〕陳本、各三卷本作「鵷鸞」，羅本校云：唐詩紀事作「鴛鸞」，誤。按：「鵷鸞」，古詩文中多通作「鴛鸞」，未可言誤。

〔一二〕雄雌律　〔韓校〕孫、羅本作「雌雄律」。

〔一三〕上　原一校：刪本作「下」。　原二眉校：孫本作「上」，黄、曹本作「下」。

〔一四〕刳腸血流　原作「刳蕩血流」。　原二眉校：「蕩」，各本作「腸」。　原一校：「血流」，刪本作「流血」。　原二行校：「黄、曹本同」。　〔韓校〕陳、林、羅、叢刊本、唐詩、紀事亦作「刳腸血流」。按莊子外物：「（神龜）智能七十二鑽而無遺筴，不能避刳腸之患。」藝文類聚鱗介部引作「刳剔之患」。「蕩」當爲「腸」或「剔」之形誤。

〔一五〕枯　原二行校：各本作「豐」。　〔韓校〕林、羅、叢刊本、唐詩、紀事亦作「豐」。

〔一六〕捎　原作「梢」。　原二行校：孫本作「捎」。　〔韓校〕陳、羅本、唐詩作「捎」，紀事作「稍」。以捎爲勝。捎，拂也，對下句「擁」，故改。

〔一七〕插　原作「挣」。　原二行校：各本作「插」，並改爲「插」。　〔韓校〕陳、林、羅、叢刊本、唐詩、紀事亦作「插」。據改。

〔一八〕凌寒　原二眉校：「寒」，各本作「雲」。　〔韓校〕林、羅、叢刊本、唐詩、紀事亦作「凌雲」，非是。

〔一九〕損　原二行校：各本作「隕」。　〔韓校〕林、羅、叢刊本、唐詩、紀事亦作「隕」。

〔二〇〕條枝　原二行校：曹、黄本作「枝條」，孫本作「枝幹」。〔韓校〕林、羅本、唐詩、紀事作「枝幹」。

〔二一〕縻　原二行校：各本作「糜」。並删「縻」字。〔韓校〕陳、林、羅、叢刊本、唐詩亦作「糜」。此通。

〔二二〕期　原二行校：各本作「時」。〔韓校〕林、羅、叢刊本、唐詩、紀事亦作「時」。

〔二三〕花　原作「荷」。原二行校：各本作「花」。〔韓校〕陳、林、羅、叢刊本、文粹、唐詩、紀事亦作「花」。據改。

〔二四〕然　原二行校：各本作「言」。〔韓校〕林、羅、叢刊本、文粹、唐詩、紀事亦作「言」。按：以「然」爲是。

〔二五〕徙　原作「從」。原二眉校：各本作「徙」。原二行校改爲「徙」。〔韓校〕陳、林、羅、叢刊本、文粹、唐詩、紀事亦作「徙」。據改。

〔二六〕拳　原二行校：一作「踡」。〔韓校〕孫、羅本、唐詩亦下注：一作「蜷」，文粹作「攣」。「拳」、「蜷」通假，作「攣」誤。

〔二七〕自〔韓校〕文粹作「白」，誤。

〔二八〕陰　原二行校：各本作「蔭」。〔韓校〕林、羅、叢刊本、文粹、唐詩、紀事亦作「蔭」。此通。

〔二九〕采〔韓校〕各三卷本、唐詩作「彩」，文粹作「綵」，三字此通。

〔三〇〕羅　原作「蘿」。　原一校：删本作「羅」。〔韓校〕陳本、各三卷本、文粹、唐詩、紀事亦作「羅」。據改。

〔三一〕何　原二行校：各本作「荷」。〔韓校〕陳本、林、羅、叢刊本、唐詩亦作「荷」。按：「何」此訓儋，通「荷」。

〔三二〕尚　原作「向」。　原一校：從删本作「尚」爲是。〔韓校〕各三卷本、文粹、唐詩、紀事亦作「尚」。「向」字不韻，故改。

〔三三〕繒繳　原作「贈繳」。　原二行校改爲「繒繳」。〔韓校〕林、黄、曹、叢刊本、紀事作「繒繳」，陳、孫、羅本、文粹、唐詩作「矰繳」。「繒」、「矰」此通，「贈」字誤，故改。

九月九日〔一〕

九日〔二〕重陽節，三秋季月殘。菊花催晚氣〔三〕，萸〔四〕房避早寒。霜濃鷹擊遠，霧重雁飛難。誰憶龍山外，蕭條邊興闌？

【會校】

〔一〕原二行校題下注：各本無。〔韓校〕本篇載五卷本三種。唐詩補遺作崔善爲詩。

〔二〕九日　原作「九月九日」。　原二行校「九月」旁注：疑衍。〔韓校〕朱本亦作「九月九日」，據陳本、唐詩補遺刪「九月」。

〔三〕菊花催晚氣　〔韓校〕原作「□□菊花催晚」，陳本作「菊花催晚□」，據唐詩補遺補改。

〔四〕萸　〔韓校〕原作「茱萸」，朱本亦作「茱萸」，據陳本、唐詩刪「茱」。

登壠坂二首〔一〕

客行登壠坂，長望一思歸。地險關山密，天平鴻雁稀。轉蓬無定去，驚葉但知飛。目極征途遠，勞情歌式微。

又

壠坂三秦望，遊人萬里悲。何關嗚咽水，自是斷腸時。風高黄葉散，日下白雲滋。悵望東飛翼，憂來不自持。

【會校】

〔一〕原二行校題下注：各本無。　〔韓校〕本組詩載五卷本三種。

建德破後入長安詠秋蓬示辛學士〔一〕

遇坎聊知止〔二〕，逢風或〔三〕未歸。孤根何處斷？輕葉强能飛。

【會校】

〔一〕〔韓校〕本篇載五卷本三種、各三卷本、唐詩、紀事。原二行校題下注：孫本同，曹、黄本無「建德破後」四字。〔韓校〕林、叢刊本亦無「建德破後」四字，唐詩下注：一本無「建德破後」四字。

〔二〕止　〔韓校〕孫本作「上」，羅本校孫本云：原誤作「上」，據全唐詩正。按羅説是。

〔三〕或　原二眉校：一作「忽」。〔韓校〕林本、紀事亦作「忽」。

附　辛　答〔一〕

辛學士

托根雖異所，飄葉早相依。因風若有便，更共入雲飛。

【會校】

〔一〕〔韓校〕陳、曹、羅本及黄本附録、叢刊本附録、唐詩、紀事亦載，曹、黄、叢刊本俱題爲答無功入長安詠秋蓬，唐詩題爲答王無功入長安詠秋蓬見示。

在京思故國見鄉人遂以爲問〔一〕

旅泊多年歲，忘〔二〕去不知回。忽逢門外〔三〕客，道發故鄉來〔四〕。斂眉俱〔五〕握手，破涕共銜杯。殷勤訪朋〔六〕舊，屈曲問童孩。衰宗多弟侄，若個賞池臺？舊園今在否？新樹也應栽？柳行疏密布？茅齋寬窄裁？經移何處竹？別種幾株梅？渠當無絶水？石計總生苔？院果誰先熟？林花那後開？羈心祇欲問，爲報不須猜。行當驅下澤，去剪故田萊〔七〕。

【會校】

〔一〕〔韓校〕本篇載五卷本三種、各三卷本、唐詩。原二行校「國」旁注：各本作「園」。〔韓校〕林、羅、叢刊本、唐詩亦作「園」，林、孫、羅本、唐詩無「遂以爲」三字。

〔二〕忘　原一校：從刪本作「老」爲是。原二行校改爲「老」。〔韓校〕各三卷本、唐詩亦作「老」。按「忘」差通，姑存。

〔三〕門外　〔韓校〕林本作「問前」，黄、孫、羅、叢刊本作「門前」。「問前」誤。

〔四〕道發故鄉來　原闕一、四字。　原二行校：各本作「道發故鄉來」。〔韓校〕林、羅、叢刊本、唐詩亦作「道發故鄉來」。據補。

〔五〕俱　原二行校：孫本作「須」。〔韓校〕羅本亦作「須」。按「俱」字爲勝。

〔六〕朋　〔韓校〕林本作「故」。

〔七〕去剪故田萊　原一校：末句以删本增。　原二眉校：「田」，孫本作「園」。〔韓校〕朱本作「去剪故田來」，下注：末句從舊本增補。「田」，羅本、唐詩作「園」。「萊」，林本作「來」。

附　答王無功思故園見鄉人問〔一〕

朱仲晦

我從銅州來，見子上京客。問我故鄉事，慰子羈旅色。子問我所知，我對子應識。朋遊總强健，童稚各長成。華宗盛文史，連牆富池亭。獨子園最古，舊林間新坰。柳行隨堤勢，茅齋看地形。竹從去年移，梅是今年榮。渠水經夏響，石苔終歲青。院果早晚熟，林花先後明。語罷相嘆息，浩然起深情。歸哉且五斗，餉子東皐耕。

【會校】

〔一〕〔韓校〕原未附此詩。原二眉校録入。今附焉。林、曹本及黄本附録、叢刊本附録亦載。唐詩朱仲晦下亦收此詩，題爲答王無功問故園。

遊山寺〔一〕

赤城仙觀啓，青山梵宇裁。中天疏寶座，半景出香臺。雁翼金橋轉，魚鱗石道迴。經文連樹刻，仙影對巖開。別有迷方者，終慚無礙才。摳衣〔二〕祇杖錫，斂袂謁浮杯。暫識嵴閣嶺，聊詢劫燼灰。持花龍女至，獻果象王來。講坐真乘闡，談筵外法摧。方希除八難〔三〕，從此滌三災。

【會校】

〔一〕原二行校題下注：各本無。〔韓校〕本篇載五卷本三種。

〔二〕摳衣　〔韓校〕朱本作「樞衣」，誤。

〔三〕八難　原作「入難」。原二行校改爲「八難」。〔韓校〕「難」，陳本亦作「八難」。據改。

觀石壁諸龕禮拜成詠〔一〕

萬里疏煙壁，千龕對日宮。瞻顔猶不暇，合掌更難窮。嶺路橫擕斷，山心暗鑿通。真如何處泊？坐費計人功。

【會校】

〔一〕原二行校題下注：各本無。〔韓校〕本篇載五卷本三種。

久客齋府病歸言志〔一〕

君王邸茅〔二〕寬，修竹正檀欒。構山臨下杜，穿渠入上蘭。天人多晏喜，賓寀盛鵷鸞。玉舄鎮花簟，金環□果盤。鬬鷄新市望，走馬章臺看。別有恩光重，恒嗟報答難。沉綿赴漳浦，羈旅別長安。玄渚蘆花白，黄山黎葉丹。故人儻相念，應知歸路寒。

【會校】

〔一〕原二行校題下注：各本無。〔韓校〕本篇載五卷本三種。齋府，陳本作「齊府」。

〔二〕邸茅 〔韓校〕陳本闕佚此二字。

裴僕射宅詠妓〔一〕

妖姬飾净粧，窈窕出蘭房。日照當軒影，風吹滿路香。早時歌扇薄，今世〔二〕舞衫長。不應須〔三〕曲誤，持此試周郎。

【會校】

〔一〕〔韓校〕本篇載五卷本三種、各三卷本、英華、唐詩、初學記、紀事。原二行校題下注：各本標題作「詠妓」。〔韓校〕林、羅、叢刊本、英華、唐詩、初學記、紀事亦題爲「詠妓」。英華、紀事下署作者「王勣」，唐詩下注「一作王勣詩」，俱誤。

〔二〕世 原二行校：各本作「日」。〔韓校〕林、羅、叢刊本、英華、唐詩、初學記、紀事亦作「日」。按：各本似爲避太宗諱改「世」爲「日」。

〔三〕須 原二行校：從删本、曹本、黄本作「令」爲是，孫本作「合」。〔韓校〕林、叢刊本、英華、唐詩、初學記、紀事作「令」，羅本作「合」。按：「須」亦通。存之。

秋園夜坐〔一〕

秋來木葉黄，半夜坐林塘〔二〕。淺溜含新凍，輕雲護早霜。落螢飛未起，驚鳥亂無行。寂寞知何事？東籬菊稍芳。

【會校】

〔一〕原二行校題下注：各本無。〔韓校〕本篇載五卷本三種。

〔二〕林塘　〔韓校〕原作「林唐」，據陳本改。

王無功文集卷第四

書

答刺史杜之松書〔一〕

月日〔二〕。博士陳龕至，奉處分，借家禮，並帙封送至，請領也。又承欲相召〔三〕講禮，聞命驚笑不能已〔四〕。豈〔五〕明公前眷〔六〕或徙〔七〕？與下走相知，不然〔八〕也。下走〔九〕意疏體放，性有由然〔一〇〕；棄俗〔一一〕遺名，與日已久〔一二〕。淵明對酒，非復禮義能拘；叔夜攜琴，惟以煙霞自適。登山臨水，邈矣忘歸；談虛語玄，忽焉終夜。僻居南渚，時來北山〔一三〕。兄弟以俗外相期，鄉閭以狂生見待。歌去來之作〔一四〕，不覺情親；詠招隱之詩，唯憂句〔一五〕盡。帷天席地，友月交〔一六〕風。新年則柏葉爲樽，仲秋則菊花盈把。羅含[一七]宅内，自有幽蘭數藂[一八]；孫綽[一九]庭前，空對長松一樹。高吟[二〇]朗嘯，挈榼攜壺，直與同志者爲群，不知老之將至。欲令復整理簪屨[二一]，修束精神，揖讓邦君之門，低昂刺史之座，遠談糟粕，近棄醇醪，必不能矣！亦將恐芻狗[二二]貽夢，櫟社[二三]見嘲。去矣君侯，無落吾事。王君白[二四]。

【會校】

〔一〕〔韓校〕本篇載五卷本三種、各三卷本、英華、唐文。

〔二〕月日　〔韓校〕曹本作「月明」，誤。

〔三〕召　原二行校：各本、唐文作「招」。〔韓校〕林、羅、叢刊本、英華亦作「招」，英華下注：集作「召」。此通。

〔四〕不能已　原一校：删本作「不能已已」。原二行校：唐文同。〔韓校〕各三卷本、英華亦作「不能已已」。

〔五〕豈　原二眉校：曹、黄本無「豈」字，孫本有，唐文有。〔韓校〕叢刊本亦無「豈」字。

〔六〕前眷　〔韓校〕孫、羅本作「前春」。

〔七〕徙　原二行校改爲「徒」。〔韓校〕陳本、各三卷本、英華、唐文亦作「徒」，英華下注：集作「徙」。

〔八〕然　原二行校：删本、唐文作「熟」。　〔韓校〕各三卷本、英華作「熟」。

〔九〕走　原一校：删本作「下走」。　原二眉校：唐文亦作「下走」。　原二行校增「下」字。〔韓校〕各三卷本、英華亦作「下走」。按：文選卷四十一報任少卿書李善注：「走，猶僕也。」

〔一〇〕性有由然　原一校「性」下注：删本作「抑」。　原二行校：唐文作「性有由然」，各本作「抑有由焉」。　〔韓校〕林、羅、叢刊本、英華亦作「抑有由焉」。英華「抑」下注：集作「性」；「焉」下注：集作「然」。

〔一一〕棄俗　〔韓校〕孫、羅、叢刊本、英華、唐文二字上有「兼」字。

〔一二〕與日已久　原二眉校：「與」，唐文作「爲」；「日已久」，各本作「爲日久矣」。　〔韓校〕林、羅、叢刊本、英華亦作「爲日久矣」，英華下注：集作「與日已久」。

〔一三〕北山　原作「北主」。　原一校「主」下注：以删本作「山」爲是。　原二行校：唐文作「山」。〔韓校〕陳本、各三卷本、英華亦作「北山」，英華下注：集作「莊」。北山，乃績隱居之地（詳見本書卷一遊北山賦），今從原校。

〔一四〕作　原作「詩」。　原二行校：唐文從「作」。　原二眉校：各本皆從「作」。　〔韓校〕陳、林、羅、叢刊本、英華亦作「作」。　去來之作，指陶淵明歸去來兮辭，非詩也，且「詩」字與下句犯重，故改。

〔一五〕句　〔韓校〕孫、羅本作「旬」。文選卷六魏都賦李善注：「旬，時也。」本句用淮南小山招隱士之意，正合時暮之意，作「旬」義長，「句」蓋「旬」形近之誤歟？今姑存「句」字。

〔一六〕交　〔韓校〕英華下注：一作「朋」。

〔一七〕羅含　〔韓校〕曹本作「羅舍」。晉書卷九十二羅含傳：「及致仕還家，階庭忽蘭菊叢生。」本句即用此典。作「舍」誤。

〔一八〕藂　原二行校改爲「叢」。原二眉校：從唐文作「叢」。〔韓校〕各三卷本、英華亦作「叢」。此通。漢書息夫躬傳：「藂棘棧棧。」

〔一九〕孫綽　〔韓校〕原作「孫楚」，朱、陳本、各三卷本亦作「孫楚」，英華、唐文作「孫綽」，英華下注：集作「楚」。晉書孫楚傳及現存孫楚詩文、軼事，不聞「空對長松」事。世説新語卷上語言篇載，孫綽「齋前種一株松」，鄰居高世遠語孫曰：「松樹子非不楚楚可憐，但永無棟梁用耳。」本句即用此典，故據英華、唐文改。

〔二〇〕吟　原作「琴」。原一校：删本作「吟」。原二眉校：唐文作「吟」，各本亦作「吟」。〔韓校〕陳、林、羅、叢刊本、英華亦作「吟」。從之。

〔二一〕屨　原二眉校：孫本作「履」。〔韓校〕羅本亦作「履」，英華下注：一作「履」。

〔二二〕芻狗　〔韓校〕朱本闕「芻」。

〔二三〕櫟社　原二眉校：唐文作「櫟社」，各本作「社櫟」。〔韓校〕林、羅、叢刊本亦作「社櫟」。

〔二四〕王君白　原二行校：唐文無「王君白」三字。

附　杜使君答書〔一〕

杜之松

辱書，知不降顧，悵恨何已〔二〕！僕幸恃故情，庶迴高躅。豈意康成道重，不許太守稱官；老萊家居〔三〕，羞與諸侯爲友！延佇不獲，如何如何；寄路獨全〔四〕，幸甚幸甚！

敬想結廬人境，植杖山阿。林壑地之所豐，煙霞性之所適。蔭丹桂，藉白茅，濁酒一杯，清琴數弄〔五〕，誠足〔六〕樂也。此真高士，何謂狂生？僕憑藉國恩，濫尸貴部。官守有限，就學無因，延頸下風，我勞何極！前因行縣，實欲祗尋。誠恐燉煌孝廉，守琴書而不出；酒泉太守，列鐘鼓而空還。所以遲迴，遂攬轡也。

僕雖不敏〔七〕，頗識前言。道既知尊，榮何足恃？豈不能正平公之坐，敬養亥唐；屈文侯之膝，恭師子夏？雖齊桓德薄，五行無疑；眭夸故人，一來何損？

蒙借家禮，今見披尋。微而精，簡而備，誠經傳之典略，閨庭之要訓也。其喪禮新義，頗有所疑。謹用條問，具如別帖。想荒宴之餘，爲詮釋〔八〕也，遲更知聞。杜之松白。

【會校】

〔一〕〔韓校〕陳、曹、孫、羅本亦載，曹本題作「杜之松答書」，羅本題爲「答書」。文粹、唐文杜之松文録入，題「答王績書」。

〔二〕悵恨何已　原作「悵何已」。原二眉校：曹本作「嘆恨何已」。〔韓校〕陳、孫、羅本、文粹、唐文亦作「嘆恨何已」，今參以增「恨」字。

〔三〕家居　〔韓校〕底本作「家君」，據陳、曹、孫、羅本、文粹、唐文改。

〔四〕寄路獨全　原二眉校：「寄路」，曹本作「奇迹」。〔韓校〕陳、孫、羅本、文粹、唐文亦作「奇迹獨全」。

〔五〕數弄　原二眉校：「弄」字，據曹本增。〔韓校〕陳、孫、羅本、文粹、唐文亦有「弄」字。

〔六〕誠足　原作「致足」。原二眉校：「致」，曹本作「誠」。〔韓校〕孫、羅本、文粹、唐文亦作「誠足」。今從。

〔七〕不敏　原二眉校：「敏」下，曹本有「頗」字。〔韓校〕陳、孫、羅本、文粹、唐文「敏」下亦有「頗」字。據增。

〔八〕詮釋　〔韓校〕原作「銓釋」，據陳、曹、孫、羅本、唐文改。

重答杜使君書〔一〕

月日。佐史〔二〕楊方至，奉報書，兼枉別〔三〕帖，垂問家禮喪服新〔四〕義五道。度情振理，探幽洞微，誠非野人所敢酬析。但先人遺旨，頗曾恭習。雖困於荒晏，猶憶於異聞，謹因還使，條申如左：

夫〔五〕三年之喪，情禮〔六〕之極。有正有義，因事之作也。正喪之縗〔七〕，三升〔八〕而已。至於義服，加其半焉〔九〕。豈非義有離合之理，情無遷奪之法。然親尊罔極，冠綏〔一〇〕可均，切至或殊。縗加其半〔一一〕，微以見志，有何怪焉？至如父爲長子〔一二〕獨施斬服，蓋以所承者重，情寄特深〔一三〕，非唯親親，且尊尊也。至於庶子，已不承尊。雖有長子，無預祖禰。不爲服斬，義亦可知。但古之君臣，有國有家；相承繼體〔一四〕，血祀長存。大宗小宗，較然有〔一五〕別；繼祖繼禰，由兹可推。故曰：天子不絶國，諸侯不絶家。貴人之宗也。故別子爲祖，父繼之，爲大宗，百代〔一六〕不遷之宗也；己父爲禰，兄繼之，爲小宗，此四代則遷之宗。丞〔一七〕百代之重，且得不爲其長子斬乎？爲四宗之祖，亦且〔一八〕得不爲其長子斬乎？唯繼禰之弟，無預祖禰，庶子之義，施此而已。

自秦、漢以來，家國道廢。雖有其禮，將安所行？逮乎晉末〔一九〕，中原大亂。國内至親〔二〇〕，尚不相保。祖禰之序，知何以明？故僕先君獻公，因事起義，欲使無逆於古，且令可行於今。以爲今之分〔二一〕爵，頗存古號。雖無其實，尚〔二二〕有其名。故以始受封者，猶古之諸侯。諸侯之庶子，即古之别子也。别子之庶子，即古之小宗也。雖國破家亡，朝遷〔二三〕市變〔二四〕，譜諜存録，宗次可推，咸可一依古禮〔二五〕，行之私室。至如宂宂〔二六〕耕者，悠悠黔首，族姓猶不能自辨，何暇及於宗庶之事乎？此古之先王，所以不下禮於庶人也。有何不可，而乃疑乎？

至若夫妻之道，誠爲義合。而家道之睦，斯爲首焉。故傳曰：「妻，至親也。」一體之名，均於天性。故妻之於夫也，其服曰斬，蓋移於父母之重焉。夫之於妻也，期而有杖，則踰於兄弟之功焉。前賢往達，曾無異議。故曰：妻者，齊也。一齊而不易。如至失禮而出，違妻之道；終喪而嫁，棄婦之義也。違道棄義，又何述焉？苟全道義，則天親也。天親之服，有何異〔二七〕乎？列之正服，斯爲當矣！此先君獻公探記傳之旨，大〔二八〕明後來之失，敦人倫之源，穆〔二九〕伉儷之道也，夫何痛哉〔三〇〕！

明公又云〔三一〕：君臣夫妻，俱以義合。而妻爲正服，臣爲義服，則君臣之際，不如夫婦之情乎？斯不然矣！何者？夫禮有以情作者，父子夫婦之類是也；有以義作者，君臣夫妾〔三二〕之類是也。情義之極，俱終於斬〔三三〕，此其無昇降明矣！但禮之爲用，緣情以至理，因内以及外。情者，人之深心，愚智之所共也；孰有愚者而忘其妻子乎？理者，人之大節，凡聖之所異也；孰有凡主〔三四〕而忘其臣妾焉？故情者，正也，此妻子所以荷深心而報〔三五〕夫父〔三六〕以正服也；理者，義也，此臣妾所以存大節〔三七〕而申君〔三八〕主以義服也。故夫正義之作，殊情而共禮也。孰謂〔三九〕君臣之義而謝夫婦之情乎？孰謂夫婦之情而厚君臣之義乎？古之君子，常度情以處，斷義而行矣。義可奪情，衛石碏不能存其子；情不害義，宫之奇得以其族行。故曰：情義殊也，情義均〔四〇〕也。故情義之服，有正焉，有義焉；正義之禮，無厚焉，無薄焉。此妻爲正服，所以無害於君臣；臣爲義服，所以不傷於夫婦。有倫有要，夫何稽疑？

至如三殤之服，禮有明文。鄭與王、杜，各申本見。由兹紛雜，後莫能定。然詳諸記義，王、杜爲長。某昔在隋末，又嘗〔四一〕見諸賢講論此矣。近者家兄御史，亦編諸賢之論，繼諸對問，今録此篇附往，幸詳之也。

至如衆子服期，其妻小功。兄弟之子，猶子也，其服亦期。先儒以爲其妻亦小功，惟王肅以爲喪服之例〔四二〕，旁尊皆報〔四三〕。明公以爲重於子妻之服，失禮之差，此則袁準之義也。夫禮雖緣情，亦爲義屈。故有〔四四〕從無服而有服者，亦何嫌乎兄弟之子婦〔四五〕越己子之妻乎？故曰：兄弟之子，猶子也。蓋引而致之，故不嫌於與己子〔四六〕同服矣！旁尊不敢以厭降，蓋避正尊而自報〔四七〕也，故不嫌於越己子之妻矣。

輕陳末學，豈能詳究？又於楊方奉□〔四八〕處分，借王儉禮論。門庭所蓄，先無此書。往於處士程融處，曾見此本。觀其制作，動多自任〔四九〕，周孔規模，十不存一。恐不足以塵大雅君子之視聽也。尋問儻獲，當遣祇送。王績白〔五〇〕。

【會校】

〔一〕原二行校題下注：曹本無此。〔韓校〕本篇載五卷本三種、孫、羅本、文粹、唐文。孫、羅本、文粹題爲「重答杜君書」。

〔二〕佐史 〔韓校〕孫、羅本、文粹作「佐吏」。大唐六典卷三十上州中州下州官吏條載，中、下州設佐史。杜之松時爲絳州刺史（新唐書王績傳）。以「佐史」爲是。

〔三〕別 原二眉校：孫本無「別」字。〔韓校〕羅本、文粹亦無「別」字。

〔四〕新 〔韓校〕原作「所」，據陳、孫、羅本、文粹、唐文改。

〔五〕夫 原無此字。原二行校增「夫」。〔韓校〕陳、孫、羅本、文粹、唐文有「夫」字，據增。

〔六〕禮　原二眉校：唐文作「理」。〔韓校〕陳、孫、羅本亦作「理」。

〔七〕正喪之縗　原二眉校：唐文作「正服縗」。原二行校「之」旁注：唐文無。〔韓校〕孫本作「五服之縗」，羅本、文粹作「正服之縗」，羅本校孫本：「正」，原誤作「五」。按羅説是。

〔八〕三升　〔韓校〕文粹作「三年」。儀禮喪服：「衰三升。」元陳澔禮記集説（同治十三年版）卷十間傳：「斬衰正服三升。」

〔九〕至於義服加其半焉　〔韓校〕孫、羅本、文粹作「至於義服，如其半焉」。禮記集説卷十間傳：「斬衰正服三升，義服三升半。」是知「如」字誤。

〔一〇〕綏　原作「受」。原二眉校：孫本獨作「綏」。〔韓校〕羅本、文粹亦作「綏」，羅本校云：全唐文作「受」，誤。今據羅校改。

〔一一〕縗加其半　〔韓校〕孫、羅本、文粹作「縗如其半」，誤，詳見〔九〕。

〔一二〕長子　原二行校「長」旁注：孫本作「嫡」。〔韓校〕羅本、文粹亦作「嫡子」。

〔一三〕情寄特深　原作「情寄特」。原二眉校：據唐文增「深」字，孫本作「情寄者特」。〔韓校〕陳本作「情寄特深」，羅本、文粹作「情寄者特」。今從原二眉校增「深」字。

〔一四〕繼體　原無「體」字。原二行校增「體」。〔韓校〕朱、陳、孫、羅本、文粹、唐文亦作「繼體」。據增。

〔一五〕有　原二行校：孫本作「可」。〔韓校〕羅本亦作「可」。

〔一六〕百代 〔韓校〕文粹此二字上有「此」字。

〔一七〕丞 〔韓校〕陳、孫、羅、文粹、唐文作「承」。按：「丞」假作「承」。

〔一八〕且 原二行校：孫本無「且」字。〔韓校〕羅本、文粹亦無「且」字。

〔一九〕晉末 原二行校：「末」，孫本作「宋」。〔韓校〕羅本校孫本云：「末」，原誤作「宋」，據全唐文、唐文粹。

〔二〇〕國内至親 原二眉校：各本俱作「骨肉至親」。〔韓校〕羅本、文粹亦作「骨肉至親」。

〔二一〕分 原二眉校：各本作「封」。〔韓校〕羅本、文粹亦作「封」。

〔二二〕尚 〔韓校〕孫、羅本、文粹、唐文此字上有「而」。

〔二三〕朝遷 原作「朝廷」。原二行校：「廷」，各本作「遷」，並删「廷」字。〔韓校〕陳、羅本、文粹亦作「朝遷」。從改。

〔二四〕市變 〔韓校〕孫本作「事變」，羅本校孫本云：「市」，原誤作「事」，據唐文、文粹改。

〔二五〕古禮 〔韓校〕孫、羅本、文粹作「古體」。

〔二六〕冗冗 原作「沉沉」。原二行校：孫本作「冗冗」。〔韓校〕羅本、文粹亦作「冗冗」。按廣弘明集王僧孺懺悔禮佛文：「豈有度元元於苦海，拔冗冗於畏途。」冗冗，衆多貌。沉沉，深沉貌。史記陳涉世家：「涉之爲王沉沉者。」故改。

〔二七〕何異 原作「何義」。原二行校「義」旁注：唐文作「異」。〔韓校〕朱、孫、羅本、文粹亦作

「何義」，陳本亦作「何異」。審文意當以「何異」爲是，故改。

〔二八〕大　原二行校：各本無「大」字。〔韓校〕羅本、文粹、唐文亦無「大」字。

〔二九〕穆　原二行校：各本作「睦」。〔韓校〕羅本、文粹、唐文亦作「睦」，此通。

〔三〇〕痛哉　〔韓校〕唐文作「病哉」。

〔三一〕又云　〔韓校〕文粹作「又大」，誤。

〔三二〕君臣夫妾　原作「君臣」。原二眉校：「君臣」下，唐文有「夫妾」二字。〔韓校〕朱本删「君臣」下「夫妾」，陳本「君臣」下亦有「夫妾」二字。按底本當據朱本而無「夫妾」字。今檢儀禮喪服，「妻爲夫」。傳曰：「夫，至尊也。」「妾爲君。」傳曰：「君，至尊也。」疏：「以妻得體之，得名爲夫。妾雖接見於夫，不得體敵，故加尊之而名夫爲君。」是知夫妻、夫妾不侔。夫妻爲正服，而妾之於夫，猶臣之於君，爲義服。證之上下文，此義甚明，而究其句式亦以「君臣夫妾」爲是。朱本誤删，底本襲其誤，今據陳本、唐文等補。

〔三三〕斬　原作「斯」。原二行校：唐文作「斬」。〔韓校〕陳本亦作「斬」。按禮記集説卷十喪服四制「爲父斬衰三年。以恩制者也」，「爲君亦斬衰三年，以義制者也」。本句言情、義二服之極，當以「斬」爲是，故改。

〔三四〕凡主　原二行校：「主」，唐文作「生」。〔韓校〕朱、陳本亦作「凡生」，誤。

〔三五〕報　〔韓校〕孫、羅本、文粹、唐文作「執」，誤。

〔三六〕夫父　原作「夫婦」。　原二行校改爲「夫父」。〔韓校〕朱本亦作「夫婦」，陳、孫、羅本、文粹、唐文亦作「夫父」。審文意，原二行校屬是。據改。

〔三七〕大節　〔韓校〕孫本作「伏節」，羅本校孫本云：「大」，原誤作「伏」，據唐文、文粹正。

〔三八〕君　原無此字。　原二眉校：唐文、孫本有「君」字。　原二行校增「君」字。〔韓校〕陳、羅本、文粹亦有「君」字。據補。

〔三九〕孰謂　〔韓校〕孫、羅本作「孰爲」，此通。

〔四〇〕均　原二行校改爲「殊」。〔韓校〕朱、陳、孫、羅本、文粹、唐文亦作「均」。下文「無厚焉，無薄焉」，正切「均」義，原二行校欠妥。

〔四一〕又嘗　原作「未嘗」。　原二行校旁注：唐文作「又」。〔韓校〕陳本亦作「又嘗」，孫、羅本、文粹既無「未」，又無「又」。審文意，「未嘗」與下文「亦編諸賢之論」牴牾，故據陳本、唐文改。

〔四二〕例　原作「列」。〔韓校〕陳、孫、羅本、文粹、唐文作「例」，是，據改。

〔四三〕報　原二眉校：唐文、孫本作「執」，誤。〔韓校〕羅本、文粹亦作「執」，亦誤。

〔四四〕有　原二行校：孫本無「有」字。〔韓校〕羅本、文粹亦無「有」字。

〔四五〕兄弟之子婦　原作「兄弟子婦」。　原二行校：唐文作「兄弟之子婦」，孫本作「兄弟之子妻」。〔韓校〕羅本、文粹亦作「兄弟之子妻」。本句係對下文「己子之妻」而言，故據孫、羅本、文粹、唐文增「之」。

〔四六〕己子　〔韓校〕孫、羅本、文粹無「子」，誤。

〔四七〕報　原二眉校：唐文、孫本作「執」，誤。〔韓校〕羅本、文粹亦作「執」，亦誤。

〔四八〕奉□　〔韓校〕孫、羅本、文粹、唐文闕文作「口」字。「口」疑闕文記號「□」之誤。

〔四九〕任　原二眉校：唐文作「我」。

〔五〇〕王績白　〔韓校〕唐文作「王君白」。宋彭叔夏文苑英華辨證卷十云：或疑「君」，古人自稱。……王績集中載兩答刺史杜之松、答處士馮子華、與江公重借隋紀四書，並稱「王君白」。由此可知，宋人所見集本亦作「王君白」。

答處士馮子華書〔一〕

乖别甫爾，已十餘年。誦采葛之詩，增其慨詠。夫人生一世，忽同過隙。合散消息〔二〕，周流不居。偶逢其適，便可卒歲。陶生云：「富貴非吾願，帝鄉不可期。」又云：「盛夏五月，跂脚東窗〔三〕下，有凉風暫至，自謂是羲皇上人。」嗟乎！適意爲樂，雅會吾意〔四〕。

吾河渚間，元〔五〕有先人故田十五六頃。河水四遶，東西趣〔六〕岸，各數百步。古人云：「河濟之濱宜黍。」況中州之腴乎？家兄鑒裁通照，知吾縱恣散誕，不閑拜揖，兼〔七〕糠粃禮義，錙銖功名，亦以俗外相待，不拘以家務。至於鄉族〔八〕慶弔、閨門婚冠，寂然不預〔九〕者已五六歲矣！親黨〔一〇〕之際，皆以山麋〔一一〕野鹿相畜。性嗜琴酒，得盡〔一二〕所懷，幸甚幸甚。

近復都〔一三〕盧棄家，獨坐河渚，結構茅屋，並厨廐，總十餘間。奴婢數人，足以應役。用天之道，分地之利。耕耘藨〔一四〕蓑，黍秫而已。春秋歲酒〔一五〕，以時〔一六〕相續。兼多養鳧雁，廣牧〔一七〕鷄豚。黄精、白术、枸杞〔一八〕、薯蕷，朝夕採掇〔一九〕，以供服餌。牀頭素書三帙〔二〇〕，老、莊及易而已。過此以往，罕嘗或披。忽憶兄弟〔二一〕，則渡河歸家。維舟岸側，興盡便返。遇〔二二〕天地晴朗，則於舟中誦〔二三〕大謝「亂流趨孤嶼」之詩，眇然〔二四〕盡山林陂澤〔二五〕之思。覺瀛洲方丈森然〔二六〕在目前。或時與舟人漁子分潭〔二七〕並釣。俛仰極樂，戴星而歸。題歌賦詩，以會意爲功〔二八〕。不必與夫悠悠閑人相唱和也〔二九〕。

孤住〔三〇〕河渚，傍無四鄰。聞犬聲〔三一〕，望煙火，便知息身之有地矣！近復有人見贈以〔三二〕五茄〔三三〕地黄酒方，及種薯蕷、枸杞〔三四〕等法，用之有效〔三五〕，力省功倍。不能暇修渾沌並常行之〔三六〕。裴孔明雖是畏名教物〔三七〕，然風月之際，往往有高人體氣。兼〔三八〕特受巧性，思若有神，自作素琴一張，云〔三九〕其材是嶧陽孤桐也。近攜以相過，安軫立柱，龍脣鳳翮〔四〇〕，實與常琴不同。發音吐韻，非常和朗。吾家三兄，生於隋末。傷世擾亂〔四一〕，有道無位。作汾亭之操〔四二〕，蓋孔氏〔四三〕龜山之流也。吾嘗親受其調，頗謂〔四四〕曲盡。近得裴生琴，更習其操。洋洋乎覺聲器〔四五〕相得，今便留之。恨不得使足下爲鍾期，良用耿耿〔四六〕。

吾所居南渚，有仲長先生，結庵獨處垂〔四七〕三十載，非其力不食，傍無侍者。雖患瘖疾，不得交語。風神蕭蕭〔四八〕無俗氣〔四九〕。攜酒對飲，尚有典刑〔五〇〕。先生又著獨遊頌〔五一〕及河渚先生傳，開物寄道，懸解之作也。時取翫讀，便復江湖相忘。

吾往見薛收白牛溪賦，韻趣高奇，詞義曠〔五二〕遠，嵯峨蕭瑟，真〔五三〕不可言。壯哉邈乎！楊班之儔也。高人姚義常謂〔五四〕吾曰：「薛生此文，不可多得。登太行，俯滄溟〔五五〕，高深極矣！」吾近作河渚獨居賦，爲仲長先生所見，以爲可與白牛連類。今亦寫一本以相示，可與青溪〔五六〕諸賢共詳之也。

亂極治至〔五七〕，王途漸亨。天災不行，年穀〔五八〕豐熟。賢人充其朝，農夫滿於野。

吾徒江海之士，擊壤鼓腹，輸太平之稅耳，帝何力於我哉〔五九〕！又〔六〇〕知房、李諸賢，肆力廊廟，吾家魏學士，亦申其才。公卿勤勤，有志禮樂〔六一〕；元首明哲，股肱惟良〔六二〕：何慶如之也！夫思能獨放，湖海之士〔六三〕；才〔六四〕堪濟世，王者所須。所恨姚義不存，薛生〔六五〕已殁，使雲羅天網〔六六〕有所不該〔六七〕，以爲嘆恨耳！

吾比風痺發動，常劣劣不能佳〔六八〕。然煙霞山水〔六九〕，性之所適。琴歌酒賦，不絶於時。時遊人間，出入郊郭。暮春三月，登于北山，松柏群吟，藤蘿翳〔七〇〕景，意甚樂之〔七一〕。箕踞散髮，同群鳥獸〔七二〕。醒不亂行，醉不干物。賞洽興窮，還歸河渚。蓬室甕牖，彈琴誦書。優哉遊哉〔七三〕，聊以卒歲。

首夏方熱〔七四〕，足下如何也〔七五〕？願動息多宜。黄頰之聚，何時暫忘〔七六〕？偶見〔七七〕南風，略示所懷。敬願彌〔七八〕厚，不一一〔七九〕。王君白。

【會校】

〔一〕〔韓校〕本篇載五卷本三種、各三卷本、英華、唐文。

原二行校題下注：各本作「答馮子華處士書」。〔韓校〕林、羅、叢刊本、英華、唐文亦題爲「答馮子華處士書」。

〔二〕消息　〔韓校〕英華在「消」下注：一作「動」。

〔三〕東窗　原二行校「東」下注：各本作「北」。〔韓校〕林、羅、叢刊本亦作「北窗」，英華「東」下注：一作「北」。按文中所引，乃陶淵明與子儼等疏，今本均作「五六月中，北窗下卧，遇涼風暫至，自謂是羲皇上人」，故似以「北窗」爲是，然績之所引與今本尚有其他異文，或别有所本，姑存「東窗」。

〔四〕意　原二行校：唐文作「心」。〔韓校〕林本亦作「心」，英華「意」下注：一作「心」。

〔五〕元　原二行校：各本無「元」字。〔韓校〕林、羅、叢刊本、英華、唐文亦無「元」字。英華「間」下注：集有「先」字。

〔六〕趣　〔韓校〕各三卷本、英華、唐文作「趨」。此通。

〔七〕兼　原二行校：各本無。〔韓校〕林、羅、叢刊本、唐文亦無「兼」字。

〔八〕族　原二行校：孫本作「俗」。〔韓校〕羅本亦作「俗」。

〔九〕不預　〔韓校〕林、孫、羅、叢刊本、英華作「不與」，英華「與」下注：集作「預」。此通。

〔一〇〕黨　原作「儻」。原一校：從删本作「黨」爲是。原二行校圈去「亻」。〔韓校〕陳本、各三卷本、英華、唐文亦作「黨」。從之。

〔一一〕麇　〔韓校〕孫、羅本作「麏」。

〔一二〕盡　〔韓校〕孫、羅本下有「書」字。

〔一三〕都　原無此字。原一校：從删本增「都」字。〔韓校〕朱、陳本、各三卷本、英華、唐文亦有「都」字。據增。

〔一四〕薫　原作「蓖」。　原二行校增「灬」。〔韓校〕黄、曹、孫、羅、叢刊本、英華亦作「薫」，唐文作「穮」。「薫」與「穮」通。左傳昭公元年：「是穮是蓘。」據改。

〔一五〕歲酒　原二行校改「酒」爲「時」。　原二眉校：據各本改。〔韓校〕林、羅、叢刊本、唐文亦作「歲時」。

〔一六〕以時　原一校「時」下注：删本作「酒」。　原二行校改作「酒」。　原二眉校：據各本改。〔韓校〕林、羅、叢刊本、唐文亦作「以酒」。

〔一七〕牧　〔韓校〕英華下注：集作「收」。

〔一八〕枸杞　〔韓校〕英華作「苟杞」，「苟」下注：集作「狗」。三字此通。

〔一九〕掇　〔韓校〕英華作「掘」，下注：集作「掇」。

〔二〇〕牀頭素書三帙　原二行校「三」旁注：各本作「數」。〔韓校〕林、羅、叢刊本、英華、唐文亦作「數」，孫、羅本「頭」下有「繫」字。

〔二一〕兄弟　〔韓校〕各三卷本、英華、唐文作「弟兄」。

〔二二〕遇　原二眉校：「遇」上各本有「每」字，原二行校增「每」。〔韓校〕林、羅、叢刊本、英華、唐文此字上亦有「每」字。

〔二三〕誦　原二行校：各本作「詠」。〔韓校〕陳、林、羅、叢刊本、英華、唐文亦作「詠」，英華下

注：集作「誦」。

〔二四〕眇然　〔韓校〕羅本、唐文作「渺然」；羅本校孫本云：「渺」，原作「眇」，據全唐文改。按：「渺」「眇」此通。

〔二五〕山林陂澤　原二眉校：唐文、孫本作「陂澤山林」，曹、黄本作「山林陂澤」。〔韓校〕林、羅本、英華亦作「陂澤山林」，英華下注：集作「山林陂澤」。

〔二六〕森然　〔韓校〕孫、羅本無「然」字。

〔二七〕分潭　原二眉校：唐文作「分潭」，曹、黄本作「方澤」，孫本作「方潭」。〔韓校〕林、羅、叢刊本、英華亦作「方潭」，英華下注：集作「分潭」。

〔二八〕題歌賦詩以會意爲功　原一校：刪本作「歌詠以會意爲巧」。〔韓校〕各三卷本、唐文亦作「歌詠以會意爲巧」，英華作「題歌詠以會意爲巧」，下注：「詠」，集作「賦詩」；「巧」，集作「功」。

〔二九〕不必與夫悠悠閑人相唱和也　原二行校於「悠悠」下增「之」，並注：唐文。〔韓校〕朱、陳本、各三卷本俱無「之」字。英華作「不必與夫閑人更相唱和」，並注：十字集作「不必與夫悠悠閑人相唱和也」。

〔三〇〕孤住　原作「孤往」。原二行校「往」旁注：各本作「住」。〔韓校〕陳、林、羅、叢刊本、英華、唐文作「孤住」。審文意，當以「住」爲是，故改。

〔三一〕聞犬聲　原二行校：唐文作「聞鷄犬」。

〔三二〕以　原二行校：各本無「以」字。〔韓校〕林、羅、叢刊本、英華、唐文亦無「以」字，英華「見贈」下注：集有「以」字。

〔三三〕五茄　原二行校「茄」下注：各本作「品」。〔韓校〕林、叢刊本亦作「五品」，羅本、英華、唐文作「五加」。羅本校孫本云：「加」，原作「品」，據唐文改。

〔三四〕枸杞　〔韓校〕同〔一八〕。

〔三五〕效　原二行校：孫本作「妙」。〔韓校〕林、羅本、英華亦作「妙」，英華下注：集作「效」。

〔三六〕不能暇修渾沌並常行之　原二行校「暇」旁注：孫本作「暇」。〔韓校〕二字孫本作「暇脩」，羅本、英華作「暇脩」。英華下注：「都玩切，脯也。」叢刊本「暇」下闕三字；下接「修字。「常行」〔韓校〕林本作「常用」。

〔三七〕畏名教物　〔韓校〕各三卷本、唐文「畏」作「異」。

〔三八〕兼　原作「無」。　原二行校：各本作「兼」。〔韓校〕陳、林、羅、叢刊本、英華、唐文亦作「兼」。據改。

〔三九〕云　原作「去」。　原一校：從删本作「云」爲是。〔韓校〕陳本、各三卷本、英華、唐文亦作「云」。據改。

〔四〇〕鳳翮　原作「鳳融」。　原二行校改爲「鳳翮」。〔韓校〕陳本、各三卷本、英華、唐文亦作

「鳳翮」。據改。

〔四一〕傷世擾亂　原二眉校：「擾」，唐文作「擾」。〔韓校〕叢刊本作「傷時擾亂」，英華作「傷代擾亂」，且於「代」下注：集作「世」。

〔四二〕汾亭之操　原一校「之」下注：删本無「之」字。〔韓校〕各三卷本、英華、唐文亦無「之」字。

〔四三〕孔氏　原二眉校：「氏」，各本作「子」。〔韓校〕林、羅、叢刊本、唐文亦作「孔子」。

〔四四〕頗謂　〔韓校〕孫、羅本、英華、唐文作「頗爲」，英華「爲」下注：集作「謂」。按：「爲」通作「謂」。

〔四五〕聲器　原作「聲品」。原一校「品」下注：從删本作「器」爲是。原二眉校：「品」，孫本作「氣」。〔韓校〕陳、林、曹、黄、叢刊本、英華、唐文亦作「器」，羅本亦作「氣」。按「氣」可假作「器」，審文意，原一校屬是，故改。

〔四六〕耿耿　原一校：删本作「耿然」。原二眉校：唐文作「耿耿」。〔韓校〕各三卷本、英華亦作「耿然」，英華下注：集作「耿耿」。

〔四七〕垂　〔韓校〕各三卷本、英華、唐文無此字。

〔四八〕蕭蕭　原二行校：各本作「肅肅」。〔韓校〕林、羅、叢刊本、英華、唐文亦作「肅肅」。此通。

〔四九〕無俗氣　〔韓校〕林、黃、孫、羅、叢刊本、英華作「可無俗氣」，英華下注：集無「可」字。

〔五〇〕攜酒對飲尚有典刑　〔韓校〕「飲」、「尚」二字原互倒，據朱、陳本、各三卷本、英華、唐文乙正。

〔五一〕又著獨遊頌　原二眉校：唐文作「著」，曹、黃本從「作」，孫本作「又作處獨遊頌」。〔韓校〕林、叢刊本作「又作獨遊頌」，羅本、英華作「又作處獨遊頌」，英華「作」下注：集作「著」，「處」下注：集無此字。

〔五二〕曠　原二眉校：孫本作「晦」。〔韓校〕林、羅本、英華亦作「晦」，英華下注：集作「曠」。

〔五三〕真　原作「其」。原二行校：各本作「真」。〔韓校〕林、羅、叢刊本、英華、唐文亦作「真」。審文意，當以「真」爲是，故改。

〔五四〕謂　原二行校：各本作「語」。〔韓校〕林、羅、叢刊本、英華、唐文亦作「語」。

〔五五〕滄溟　原二眉校：「溟」，各本作「海」。〔韓校〕林、羅、叢刊本、英華、唐文亦作「海」，英華下注：集作「溟」。

〔五六〕青溪　原二行校「青」下注：各本作「清」，並於「青」旁加「氵」。〔韓校〕林、羅、叢刊本、唐文亦作「清溪」。

〔五七〕亂極治至　原二行校：各本作「亂極則治」。〔韓校〕林、羅、叢刊本、英華、唐文亦作「亂極則治」，英華「則治」下注：集作「治至」。

〔五八〕年穀　〔韓校〕英華作「年數」，下注：集作「穀」。按「穀」字爲是。

〔五九〕帝何力於我哉　〔韓校〕孫、羅本作「帝力何有於我哉」。

〔六〇〕又　原作「人」。原一校：刪本作「又」。　原二行校旁注：「又」。　〔韓校〕陳本、各三卷本、英華、唐文亦作「又」。據改。

〔六一〕有志禮樂　原二行校於「志」下增「於」字。　原二眉校：據各本增入。　〔韓校〕林、羅、叢刊本、唐文有「於」字。按此句與下「股肱惟良」爲對，無「於」近是。

〔六二〕股肱惟良　〔韓校〕孫、羅本作「股肱爲良」。

〔六三〕湖海之士　〔韓校〕孫、羅本、英華作「湖海之上」，英華「上」下注：集作「士」。

〔六四〕才　原無此字。　原二行校增「才」。　〔韓校〕陳、各三卷本、英華、唐文亦有「才」字。據增。

〔六五〕薛生　〔韓校〕英華作「薛收」。

〔六六〕雲羅天網　原二眉校：「網」字下，孫本有「者」字。　〔韓校〕羅本「網」字下亦有「者」字。

〔六七〕有所不該　原二眉校：「該」，孫本作「詠」。　〔韓校〕羅本「該」亦作「詠」。

〔六八〕佳　原二行校：孫本作「住」。　羅本校孫本云：「佳」，原作「住」，據全唐文改。

〔六九〕煙霞山水　〔韓校〕原作「煙霞山林」，據朱、陳本、各三卷本、英華、唐文改。

〔七〇〕翳　〔韓校〕叢刊本作「瞖」。通。

〔七一〕樂之　原作「樂人」。原二行校「人」下注：各本作「之」。〔韓校〕陳、林、羅、叢刊本、英華、唐文亦作「樂之」。據改。

〔七二〕同群鳥獸　原二行校：刪本作「與鳥獸同群」。原二眉校：曹本作「以鳥獸同群」。〔韓校〕林、黄、孫、羅、叢刊本、英華、唐文亦作「與鳥獸同群」，英華下注：集作「同群鳥獸」。

〔七三〕遊哉　原無此二字，原二行校：從各本增「遊哉」二字爲是。〔韓校〕陳、林、羅、叢刊本、英華、唐文辦有「遊哉」二字。審文意，據補。

〔七四〕方熱　〔韓校〕各三卷本、英華、唐文作「漸熱」，英華下注：集作「方熱」。

〔七五〕如何也　〔韓校〕各三卷本、英華、唐文作「何如也」。

〔七六〕暫忘　原作「暫志」。原二行校「志」旁注：「忘」。〔韓校〕陳本、各三卷本、英華、唐文作「暫忘」。據改。

〔七七〕偶見　原二行校「見」下注：各本作「因」。〔韓校〕林、羅、叢刊本、英華、唐文作「偶因」，英華下注：集作「見」。

〔七八〕彌　原二行校：從各本作「珍」爲是。〔韓校〕林、羅、叢刊本、英華、唐文亦作「珍」，英華下注：集作「彌」。

〔七九〕不一一　原作「不一二」。原二行校改「二」爲「一」。〔韓校〕各三卷本、英華、唐文亦作「不一一」。據改。

答程道士書〔一〕

徐道士至，獲書，詞義懇切，具受〔二〕之也。然〔三〕吾嘗讀書，觀覽數千年事久矣！有以見天下之通趣〔四〕，識人情之大方：語默紛雜〔五〕，是非淆亂。夸者死權，烈士殉名。貪夫溺財，品庶每生〔六〕。各是其所同〔七〕，非其所異〔八〕，焉可勝校哉〔九〕！故吾師曰：「莫若俱任而兩忘〔一〇〕。」仲尼所以無可否於其間〔一一〕；莊周所以齊大小於自適。是謂〔一二〕神而化之，使人宜之，百姓日用而不知也。」夫君子所思，不出其位，道有不同，不相爲謀，蓋爲此也。足下欲使吾適人之適，而吾欲〔一三〕自適其適，非敢非足下之議〔一四〕。且欲明吾之心，一爲足下陳之也〔一五〕。

昔孔子曰「無可無不可」，而欲居九夷；老子曰「同謂之玄」，而乘關西出〔一六〕；釋迦曰「色即是空」，而建立諸〔一七〕法：此皆聖人通方之玄致，宏濟之秘藏。實冀〔一八〕沖鑒君子相期於事外，豈可以言行詰之哉？故仲尼曰「善人之道不踐迹」，老子曰「夫無爲者，無不爲也」，釋迦曰「三災彌綸，行業湛然」。夫一氣常凝，事吹〔一九〕成萬；萬殊雖異，道通爲一。故各寧其分，則何異而不通？苟違其適，則何爲而不閡？故夫聖人者非他也，順適無閡之名，即分皆通之謂。即分皆通，故能立〔二〇〕不易方；順適無閡，故能遊〔二一〕不擇地。其有越分而求皆通，違適而求無閡〔二二〕，雖有神禹〔二三〕，將獨奈何？故曰「鳧脛雖短，續之則悲；鶴脛雖長，截之則憂」，言分之不可違〔二四〕也；「夢爲鳥，戾於天；夢爲魚，没於泉」，言適之不可違也〔二五〕。

吾受性潦倒，不經世務。屏居獨處，則蕭然自得；接對賓客，則茶〔二六〕然思寢。加性又嗜酒，形骸所資。河中黍田，足供歲釀。閉門獨飲，不必須偶。每一甚醉，便覺神明〔二七〕安和，血脈通利；既無忤於物，而有樂於身，故常縱心以自適也。而同方者，不過一二人，時相往來，並棄禮數。箕踞散髮，玄談虚論〔二八〕，兀然同醉，悠然便歸〔二九〕，不知聚散之所由也。

昔者，吾家三兄，命世特起〔三〇〕。光宅〔三一〕一德，續明六經。吾嘗好其遺書〔三二〕，以爲匡世〔三三〕之要略盡矣！然嶧陽之桐，必〔三四〕俟伯牙；烏號之弓，必資由基。苟非其人，道不虚行。吾自揆審〔三五〕矣，必不能自致台輔，恭宣大道。夫不涉江漢，何用方舟？不思雲霄，何事〔三六〕羽翮？故頃〔三七〕以來，都復散棄。雖周、孔制述，未嘗復窺，何況百家悠悠哉？去矣程生，非吾徒也。若足下者〔三八〕，可謂「身處江海〔三九〕之上，心遊魏闕之下」。雖欲行志〔四〇〕，不覺坐馳。若〔四一〕以此見，輕議〔四二〕大道，將恐北轅適〔四三〕越，所背彌遠矣！

吾頃者加有風疾〔四四〕，劣劣不能佳〔四五〕。但欲〔四六〕乘化獨往，任〔四七〕所遇耳。不能復使離婁役目〔四八〕，謏詬〔四九〕勞精，怵心蔽目〔五〇〕，以物爲事也！勗哉夫子！勉建良圖。因山僧還，略此達〔五一〕意也〔五二〕。

【會校】

〔一〕〔韓校〕本篇載五卷本三種、各三卷本、英華、唐文。

原二行校題下注：「程」，孫本作「陳」。〔韓校〕羅本「程」亦作「陳」。

〔二〕受　〔韓校〕英華下注：一作「愛」，誤。

〔三〕然　原二行校：各本無「然」字。〔韓校〕林、羅、叢刊本、英華、唐文亦無「然」字。

〔四〕通趣　〔韓校〕英華、唐文作「通趨」，英華「通」下注：一作「幽」。「趣」、「趨」此通。

〔五〕紛雜　〔韓校〕黄、曹、叢刊本作「紛離」。

〔六〕品庶每生　原作「品庶安生」。原二行校「安」下注：各本作「每」。〔韓校〕林、羅、叢刊本、英華、唐文亦作「每」，英華下注：集作「安」。「生」，孫本作「坐」，羅本校孫本：「生」，原作「坐」，誤。漢書賈誼鵩鳥賦：「夸者死權，品庶每生。」本文即引用此語，故改。

〔七〕所同　〔韓校〕林本作「所異」。

〔八〕非其所異　〔韓校〕林本無此四字。

〔九〕焉可勝校哉　原二眉校：孫本作「焉可勝校其間哉」。〔韓校〕林本作「焉可勝校其間」，羅本亦作「焉可勝校其間哉」，英華「校」下注：一作「數」。

〔一〇〕忘　原作「志」。　原一校：刪本作「忘」。　原二行校「志」旁注：「忘」。〔韓校〕陳、黄、曹、羅、叢刊本、英華、唐文亦作「忘」。據改。林本無「故吾師曰『莫若俱任而兩忘』」及下句「仲尼所以無可否於其間」。

〔一一〕所以無可否於其間　原二眉校：孫本作「所以無可否於人」，唐文作「所以無可否於人間」。〔韓校〕羅本作「所以無可否於人」，英華作「所以無可否於人間」，並於「人」下注：集作「其」。

〔一二〕是謂　原無「是」字。　原二行校：各本有「是」字。並增「是」字。〔韓校〕林、羅、叢刊本、英華、唐文亦有「是」字。據增。「謂」，孫、羅本作「爲」。此通。

〔一三〕欲　〔韓校〕林、黄、曹、孫本無此字，羅本據唐文增。

〔一四〕議　原二行校下注：各本有「也」字，唐文有。　原二眉校：「議」，各本作「義」。〔韓校〕林、羅、叢刊本、唐文亦作「義」，其下亦有「也」字，英華「議」下亦有「也」字。

〔一五〕也　原二行校：各本無「也」字。〔韓校〕林、羅、叢刊本、英華、唐文亦無「也」字。

〔一六〕乘關西出　〔韓校〕英華下注：一作「棄關西出」。

〔一七〕諸　原二行校：各本作「大」，原二眉校：唐文作「諸」。〔韓校〕林、羅、叢刊本亦作「大」。

〔一八〕冀　原作「寄」。〔韓校〕叢刊本亦作「冀」。原二行校：以刪本作「冀」爲是。原二眉校：曹、黄本作「冀」，孫本、唐文作「寄」。據改。

〔一九〕事吹　朱本誤作「事次」。

〔二〇〕立　原二眉校：「立」下孫本有「而」字。〔韓校〕羅本「立」下亦有「而」字。

〔二一〕遊　〔韓校〕孫、羅本此字下有「而」字。

〔二二〕其有越分而求皆通違適而求無閡　原作「其有越分而求無閡」。原一校：刪本有「皆通違適而求」六字。〔韓校〕陳本、各三卷本、英華、唐文亦有「皆通違適而求」六字。據增。

〔二三〕神禹　原二眉校：曹、黄本作「禹」。唐文、孫本作「萬」，誤。〔韓校〕羅本亦誤作「神萬」。

〔二四〕違　原二眉校：孫本作「違」，曹、黄本、唐文作「越」。〔韓校〕陳、叢刊本亦作「越」。

〔二五〕「夢爲鳥」至「違也」　原無。原二行校：各本有「夢爲鳥唳於天，夢爲魚没於泉，言適之不可違也」三句，當增入。〔韓校〕陳、林、羅、叢刊本、英華、唐文亦有此三句。據增。

〔二六〕茶　原作「恭」。原一校：刪本作「蘅」。原二眉校：唐文作「茶」，各本作「樂」。〔韓校〕林、叢刊本作「蘅」，陳、羅本作「茶」；英華作「樂」，下注：集作「恭」。羅本校孫本云：「茶」，原作「樂」，據全唐文改。「茶」與「蘅」同，審文意，「恭」、「樂」皆誤，今從羅校。

〔二七〕神明　原二眉校：唐文作「神明」，各本作「神情」。〔韓校〕林、羅、叢刊本亦作「神情」，英華「明」下注：一作「情」。

〔二八〕玄談虛論　原二行校「虛」旁注：孫本作「空」。〔韓校〕羅本亦作「空」。

〔二九〕歸　原二眉校：「歸」下各本有「都」字。〔韓校〕林、羅、叢刊本、英華、唐文「歸」下亦有「都」字。

〔三〇〕特起　〔韓校〕朱本無「起」字。

〔三一〕光宅　原二眉校：曹、黄本、唐文作「先宅」，孫本作「先擇」。〔韓校〕叢刊本亦作「先宅」，林、羅本、英華亦作「先擇」，英華下注：集作「光宅」。按：「先宅」，當係「光宅」形似之誤。

〔三二〕書　原二行校：各本作「文」。〔韓校〕林、羅、叢刊本、英華、唐文亦作「文」，英華下注：集作「書」。

〔三三〕世　原二行校：各本作「扶」。〔韓校〕林、羅、叢刊本、唐文亦作「扶」，英華作「代」。

〔三四〕必　原二行校：各本作「以」。〔韓校〕林、羅、叢刊本、英華、唐文亦作「以」，英華下注：集作「必」。

〔三五〕審　原二行校：孫本作「深」。〔韓校〕羅本亦作「深」。

〔三六〕何事　原二行校「事」旁注：唐文作「用」。〔韓校〕英華亦作「用」，下注：集作「何事」。

〔三七〕頃　〔韓校〕英華下注：一有「爾」字。

〔三八〕足下者　〔韓校〕叢刊本無「者」字。

〔三九〕江海　〔韓校〕孫、羅、叢刊本作「江湖」。

〔四〇〕行志　〔韓校〕英華作「行忘」，誤。

〔四一〕若　〔韓校〕孫、羅本作「吾」，誤。

〔四二〕輕議　原作「經議」。　原二行校：各本作「輕議」。　〔韓校〕陳、林、羅、叢刊本、英華、唐文亦作「輕議」。據改。

〔四三〕適　〔韓校〕孫本作「道」。羅本校云，孫本誤，並據唐文改「道」爲「適」。

〔四四〕吾頃者加有風疾　原作「吾頃如有風疾」。　原二眉校：各本作「吾頃者加有風疾」。　原二行校增「者」；改「如」爲「加」。　〔韓校〕陳本作「吾頃加有風疾」。林、羅、叢刊本、英華、唐文作「吾頃者加有風疾」。審文意，原二行校是。據補改。

〔四五〕佳　原二行校：孫本作「住」。　羅本校孫本云：「佳」，原作「住」，據全唐文改。

〔四六〕但欲　原無「欲」字。　原二行校：各本作「但欲」。　〔韓校〕林、羅、叢刊本、英華、唐文亦作「但欲」。審文意，據增。

〔四七〕任　原作「往」。　原二行校：以各本作「任」爲是。　〔韓校〕陳、林、羅、叢刊本、英華、唐文亦作「任」。據改。

〔四八〕役目　〔韓校〕朱本無「目」字。

〔四九〕謑詬　原二行校旁注：「契后」。〔韓校〕各三卷本、英華、唐文亦作「契后」，英華下注：集作「謑詬」。莊子作「喫詬」。「喫」，口解反；「詬」，口豆反，多力也。今按：「喫詬」，見莊子天地。他書用之多作「謑詬」、「契后」。

〔五〇〕目　原作「焉」　原二眉校：唐文作「焉」，曹、黃本作「用」。〔韓校〕林、孫、羅、叢刊本、英華亦作「用」，英華下注：一作「目」。今按莊子田子方：「今汝怵然有恂目之志，爾於中也殆也夫。」恂目即瞬目，與蔽目義近。此句怵心對謑詬言，蔽目對離婁也。故以「目」字爲近是。從英華注。

〔五一〕此達　〔韓校〕林本作「達此」。

〔五二〕意也　原一校在此二字下注：刪本有「王君白」三字。〔韓校〕各三卷本、英華、唐文亦有「王君白」三字。

與江公重借隋紀書〔一〕

久承所撰隋紀，繕寫咸畢，前舍弟及家人往，並有書借，咸不見付。豈連城之珍，俟楚王〔二〕而乃進；崩山之操，待鍾期〔三〕而後發邪？正〔四〕應以左貂右蟬，榮冠東省；掌壺負璽，望重南宮；朝夕丹墀，揖讓增價；往來青瑣〔五〕，步頓生光。豐屋華榱，顧蓬蒿而徙〔六〕眷；鳴鍾列鼎，想藜藿而移交。不與驕期，遂忘曩〔七〕時之好耳！

僕遭逢明聖，棲遲丘壑。幸悅堯、舜之風，得全箕、潁之操。雖心期所托，道固遥在〔八〕。而出處離異，儀形〔九〕難接。所以願憑鱗羽，宛若承顔。望觀述作，欣然得意。足下裁成國典，褒貶人倫，欲使明鏡一時，覆車千祀，故當貽諸好事，豈擬惟傳子孫？方復固其緘縢，嚴其扃鐍。天下之望，豈如是乎〔一〇〕？

僕亡兄芮城，尚典著局。大業之末，欲撰隋書，俄逢喪亂，未及終畢。僕竊不自揆，思卒餘功，收撮漂零，尚存數帙。肇自開皇之始，迄于大業之初，咸〔一一〕亡兄點竄〔一二〕之遺迹也。大業之後〔一三〕，言事闕然。僕雖欲繼成，無可憑採〔一四〕，以此尤思見足下之所作〔一五〕也。還使請致，無爲再三〔一六〕。王君白〔一七〕。

【會校】

〔一〕原二行校：黄本不載。〔韓校〕本篇載五卷本三種，曹、孫、羅本、文粹、唐文。

原二行校題下注：各本作「與陳叔達重借隋紀書」。〔韓校〕羅本、文粹、唐文亦題爲與陳叔達重借隋紀書。

〔二〕楚王　原二眉校：「王」，各本作「文」。〔韓校〕羅本、文粹、唐文亦作「楚文」。

〔三〕鍾期　〔韓校〕曹本作「鐘期」。

〔四〕邪正　原二行校：各本無「邪正」二字。〔韓校〕羅本、文粹、唐文亦無「邪正」二字。

〔五〕青璅　〔韓校〕孫、羅本、唐文作「青鎖」。此通。

〔六〕徙　〔韓校〕原作「徒」，據孫、羅本、文粹、唐文改。

〔七〕曩　〔韓校〕曹本、唐文作「昔」。

〔八〕道故遥在　原二眉校：孫本作「而吾道遥存」，曹本、唐文無「而」字。〔韓校〕羅本、文粹亦作「吾道遥存」，亦無「而」字。羅本校孫本云：原本「吾道」上有「而」字，衍文，今據唐文粹删。

〔九〕儀形　〔韓校〕唐文作「儀刑」。

〔一〇〕豈如是乎　原二行校：曹本至此。

〔一一〕咸　原作「成」。　原二眉校：唐文、孫本作「咸」。〔韓校〕羅本、文粹亦作「咸」。據改。

〔一二〕點竄　〔韓校〕原作「黜竄」，羅本、文粹、唐文作「點竄」。羅本校孫本云：「點」，原誤作「黜」，據唐文及文粹改。今從羅校。

〔一三〕大業之後　〔韓校〕孫、羅本作「大業之初」，誤。參上句。

〔一四〕憑採　原作「憑探」。　原二眉校：「探」，唐文、孫本作「採」。〔韓校〕陳、羅本、文粹亦作「憑採」。據改。

〔一五〕之所作　原無「之」字。原二行校於「所作」上增「之」字。原二眉校：唐文、孫本作「之所作」。〔韓校〕羅本、文粹亦作「之所作」。據增。

〔一六〕無爲再三 〔韓校〕孫、羅本、文粹、唐文俱作「無再三」。

〔一七〕王君白 原二行校：唐文、孫本作「王績白」。〔韓校〕羅本、文粹亦作「王績白」。彭叔夏文苑英華辨證卷十云王績集中本篇作「王君白」（詳見重答杜使君書會校〔四九〕）。

附 江公答書〔一〕

陳叔達

賢弟千牛及家人典琴至，頻辱芳翰，索下官所撰隋紀。雖承厚眷，滿〔二〕然自失。誠恐持郤克之質，入邯鄲之墟；眷〔三〕曹鄶之音，歷莖英之肆：所以遲迴簡牘，伏念旬時，輒揆短懷，仰違前命。今奉來札，誨責逾深。既以驕鄙相訶，又以緘縢致誚，欲加之罪，其無辭乎！正當要使必致耳。了不知賢兄〔四〕芮城有隋書之作，足下既圖繼就，須有考尋，謹依高旨，繕録馳送。然僕雖不佞，頗聞君子之論矣！

嘗以爲〔五〕爲國以禮，君舉必書。故左史記言，右史記事。言者，申立德立功之意也〔六〕；事者，叙立德立功之迹也。所以明勸沮，所以别是非，自非可以關社稷之安危，涉天人之興廢，古之君子，何嘗取諸？褒貶之作，有由然也。

自微言泯絶，大義乖墜，三代之教，亂於甲兵；六經之術，滅於煨燼。君人者，尚美名〔七〕以夸六合；史官者，貴虚飾以佞一時。下及馬遷，爰逮班固，咸有述作，庶幾聖賢。其於斟酌典謨，表章微婉〔八〕，曾不能觸其籬落〔九〕者也。魏晉之際，夫何足云？中原板蕩，史道息矣！然國於天地，有與立焉。苟能宅郊禋，建社稷，樹師長，撫黎元，雖復五裂山河，三分躔次，規模典式，豈徒然哉！是賢兄文中子知其若此也。恐後之筆削，陷於繁碎；宏綱正典，暗而不宣。乃興元經，以定真統。蓋獲麟之事，夫何足以知之！

叔達亡國之餘，幸賴前烈，有隋之末，濫尸貴郡，因需善誘，頗識大方。至若梁、魏、周、齊之間〔一〇〕，耳目耆舊所接，風流人物，名實可知；衣冠道義，謳謡尚在。頃者，皇建其極，君子道亨。憑藉時來，妄叨近侍。廟堂多暇，典墳自娱。覽後魏、周、齊之紀傳，考下官之所聞見，莫不增減隨意〔一一〕，曲直任情，叙致浮雜，褒貶阿黨。述時望者，以爵禄爲榮談；陳國紀者，以狙譎爲能事。至於密會王道，潛濟生人，既昧於知音，咸寢而不記。貪求〔一二〕寫其祖父冠冕，胤嗣〔一三〕婚姻，以爲譜牒之證耳，豈不痛哉！風俗之壞，一至於此。雖人倫王化，備列元經，而恢談碩議，或不可捨。是以薛記室及賢兄芮城，常悲魏周之史，各著春秋。近更研覽，真良史焉！古人云：「過高唐者，學王豹之謳；遊睢渙者，學藻繪之功。」竊惟隋氏之王，三十六年。成敗否泰，目所親覩。誠懼後之作者，復習向時之弊焉。故聊因掌壺之暇，著隋紀二十卷。騁辭流離，則媿於心矣；書事簡要，則嘗有志焉。孔子曰：「我欲載之空言，不如附之於行事。」儻近是乎！謹恃疇眷〔一四〕，以塵清覽。當積兼金，以購黜竄耳。又恐足下〔一五〕紀傳之作，須備異聞，今更附王胄大業起居注往。

【會校】

〔一〕〔韓校〕本篇陳、羅本、文粹、唐文陳叔達文亦載，羅本題作「答書」。文粹、唐文題作「答王績書」。

〔二〕滿　〔韓校〕陳、羅本、文粹、唐文作「懣」。此通。

〔三〕眷　〔韓校〕羅本、文粹、唐文作「奏」。

〔四〕賢兄　〔韓校〕底本作「覽兄」，據陳、羅本、文粹、唐文改。

〔五〕嘗以爲　〔韓校〕羅本、文粹、唐文作「嘗以謂」。「謂」、「爲」此通。

〔六〕申立德立功之意也　〔韓校〕原無「立德」字，據陳、羅、文粹、唐文改。

〔七〕美名　〔韓校〕羅本、文粹、唐文作「空名」。

〔八〕微婉　〔韓校〕羅本、文粹、唐文作「微絶」。

〔九〕籬落　〔韓校〕羅本、文粹、唐文作「藩籬」。

〔一〇〕間　〔韓校〕原本作「門」。據陳、羅本、文粹、唐文改。

〔一一〕莫不增減隨意　〔韓校〕羅本、文粹、唐文作「曾不喜怒隨意」。

〔一二〕貪求　〔韓校〕唐文作「貪叙」，羅本、文粹作「貪救」，誤。

〔一三〕胤嗣　〔韓校〕唐文作「子嗣」。

〔一四〕疇眷　〔韓校〕原作「畤眷」，據陳、羅本、文粹、唐文改。

〔一五〕足下　〔韓校〕原作「是」，據羅本、文粹、唐文改。

王無功文集卷第五

雜著

無心子 并序〔一〕

東皋子始仕，以醉懦〔二〕罷。鄉人或誚之，東皋子不屑也。退著無心子，以見趣云〔三〕。

無心子寓〔四〕居於越，越王不知其大人〔五〕也。拘之仕，無喜色，泛若而從〔六〕。越國之載〔七〕曰：「有穢行者不齒〔八〕。」俄而，無心子者以穢行聞於王，王黜之，無慍色，退而將遊於茫〔九〕蕩之野。適績之邑，而遇機士〔一〇〕。機士撫髀而嘆者三，曰：「嘻！子賢者，而以罪廢？」無心子不應，機士曰：「願受教。」無心子曰：「爾聞蜚廉氏馬説乎〔一一〕？昔者蜚廉氏有二馬：一者朱鬣白毳〔一二〕，龍體〔一三〕鳳臆，驟馳如舞，終日不釋鞍，竟以藝〔一四〕死；一者重脛昂尾，駝頭駱膝〔一五〕，踶囓善蹶，棄而散諸野，終年肥遯〔一六〕。是以鳳凰不憎山棲，蛟龍不羞泥蟠；君子不苟潔以羅患〔一七〕，聖人不避穢而養生〔一八〕。」東皋子聞之曰：「善矣〔一九〕，盡矣〔二〇〕，不可以加矣〔二一〕！」

【會校】

〔一〕〔韓校〕本篇載五卷本三種、各三卷本、英華、唐文。新唐書王績傳節引此文而多删略（以下於新唐書所節引，僅取可資參考者入校，不備舉）。各三卷本、英華、唐文題爲「無心子傳」，林、孫、羅本無「并序」二字，英華下署作者「王勣」，誤。

〔二〕醉懦　原二眉校：「懦」，各本作「儒」。〔韓校〕林、羅、叢刊本、英華、唐文亦作「儒」，按「儒」可假作「懦」。

〔三〕云　〔韓校〕各三卷本、英華、唐文作「焉」，英華下注：集作「云」。

〔四〕寓　原作「萬」。原二行校改爲「寓」。〔韓校〕陳本、各三卷本、英華、唐文亦作「寓」。據改。

〔五〕大人　〔韓校〕英華作「天人」。

〔六〕泛若而從　原二眉校：孫本作「泛若越而從」。〔韓校〕林、羅本、英華亦作「泛若越而從」，英華「越」下注：集無此字。

〔七〕越國之載　原二眉校：孫本作「越國之式」。〔韓校〕林、曹、黄、羅、叢刊本、英華亦作「式」，英華下注：新唐書作「法」，集作「載」，唐文作「法」。

〔八〕不齒　原作「不耻」。原二行校「耻」下注：各本作「仕」。〔韓校〕林、羅、叢刊本作「不仕」，陳本、唐文、新唐書作「不齒」。尚書蔡仲之命：「降霍叔於庶人，三年不齒。」禮記王制：「終身不齒。」「不耻」當是「不齒」音似而誤，故改。

〔九〕茫　原無此字。原一校從删本增入。〔韓校〕陳本、各三卷本、英華、唐文、新唐書亦有「茫」字。據補。

〔一〇〕適績之邑而遇機士　原作「適適動之色而遇機士」。原一校：删本作「適績之邑，而遇機士」。原二行校在前「適」字旁注：衍字。又改「動」爲「績」，改「色」爲「邑」。〔韓校〕陳本、各三卷本、英華、唐文亦作「適績之邑而遇機士」，新唐書作「過動之邑而見機士」。按「動」當爲「勣」之形誤，「勣」又爲「績」之訛。「色」當爲「邑」之形誤。今從原二行校。

〔一一〕蜚廉氏馬説乎　原一校：删本「氏」字下有「之」字。原二行校增「之」字。〔韓校〕各三卷本、英華、唐文亦有「之」字。

〔一二〕毳　原二行校：孫本作「膬」。〔韓校〕羅本亦作「毳」，通。

〔一三〕體　原二行校：各本作「骼」。〔韓校〕林、羅、叢刊本、英華、唐文、亦作「骼」。英華下注：集作「體」。

〔一四〕藝　原二行校：各本作「熱」，並改爲「熱」。〔韓校〕林、羅、叢刊本、英華亦作「熱」，英華下注：集作「藝」。審文意，「藝」字義長，不當改。

〔一五〕駝頭貉膝　原作「駝頭頸貉脥」，原二行校「頭」下注：各本作「頸」，「脥」下注：各本作「膝」。〔韓校〕陳本作「駝頭貉膝」，林、羅、叢刊本、英華、唐文、新唐書作「駝頸貉膝」，據陳本改。

〔一六〕終年肥遯　原二眉校：「遯」，孫本作「腯」。〔韓校〕羅本亦作「腯」，林、曹、黄、叢刊本、英華、唐文作「遁」，「遯」、「遁」通。腯亦肥也。新唐書引作「終年而肥」，則孫、羅本亦別有所本。

〔一七〕羅患　原二行校「羅」下注：各本作「罹」。〔韓校〕陳、林、羅、叢刊本、唐文亦作「罹患」。

〔一八〕生　原一校：刪本作「精」。原二行校：孫本作「生」，曹、黄本作「精」。〔韓校〕叢刊本、新唐書亦作「精」，英華下注：唐書作「清」，誤。

〔一九〕善矣　原二行校：各本作「善哉」。〔韓校〕林、羅、叢刊本、英華、唐文亦作「善哉」。

〔二〇〕盡矣　〔韓校〕各三卷本、英華、唐文無此二字。

〔二一〕不可以加矣　原二行校：各本作「不可以加之矣」。〔韓校〕林、羅、叢刊本、英華、唐文亦作「不可以加之矣」。

負苓者傳〔一〕

昔者，文中子講道於白牛之溪。弟子捧書北面〔二〕，環堂成列。講罷，程生、薛生〔三〕退省於松下，語及周易，薛收〔四〕嘆曰：「不及伏羲氏乎，何詞之多也！」俄而，有負苓者，皤皤然委〔五〕擔而息曰：「吾子何嘆也？」薛生曰：「叟何爲者，而徵吾嘆？」負苓者曰：「夫麗朱者丹〔六〕，附墨者黑，蓋累〔七〕漸而得之也。今吾子所服者道，而猶有嘆，是六腑五臟不能無受也。吾是以問。」薛生〔八〕曰：「收聞之師，易者，道之藴也。伏羲氏〔九〕畫八卦〔一〇〕，而文王繫之〔一一〕，不逮省久矣〔一二〕。以爲文王病也，吾是以疑〔一三〕。」負苓者曰：「文王焉知〔一四〕病？伏羲氏病甚者也。昔者，伏羲氏之〔一五〕未畫卦也。三才其不立乎？四序其不行乎？百物其不生乎？萬象其不森乎？何營營乎而費畫也〔一六〕？自伏羲氏洩道之密，漏神之機〔一七〕，分張太〔一八〕和，磔列〔一九〕元氣，使天下智詭之道迸出〔二〇〕，曰：『我善言象〔二一〕，而識物情。』陰陽相磨〔二二〕，遠近相取，作爲剛柔同異〔二三〕之説，以駭人志。於是，智者不知，而大樸散矣！則伏羲氏始兆亂者也，安得羸〔二四〕嘆而嗟文王〔二五〕？」

負〔二六〕苓而行。追而問之〔二七〕居與姓名〔二八〕，不答〔二九〕。文中子聞之曰：「隱者也。」

【會校】

〔一〕〔韓校〕本篇載五卷本三種、各三卷本、英華、文粹、唐文。「苓」，林、曹、黄、叢刊本、英華、唐文作「笭」（下同），均非。

〔二〕北面　〔韓校〕林本作「北書」，誤。

〔三〕薛生　〔韓校〕文粹無此二字。

〔四〕薛收　〔韓校〕唐文作「薛生」。

〔五〕委　〔韓校〕唐文作「倚」。

〔六〕丹　〔韓校〕朱本作「舟」，誤。

〔七〕累　〔韓校〕文粹無此字。

〔八〕薛生　原二行校：各本無「薛」。〔韓校〕林、羅、叢刊本、英華亦無「薛」字。

〔九〕伏羲氏　〔韓校〕陳本無「氏」字。

〔一〇〕八卦　原無「八」字。原二眉校：各本「卦」上有「八」字。原二行校增「八」字。〔韓校〕林、羅、叢刊本、英華、唐文亦作「八卦」。據增。

〔一一〕而文王繫之　〔韓校〕英華下注：一作「文王繫辭之」。

〔一二〕不逮省久矣　〔韓校〕文粹作「文王不逮省文矣」，英華下注：一作「不逮者久矣」。「文」當爲「久」形誤。

〔一三〕疑　原二行校：各本作「嘆」。　〔韓校〕陳、林、羅、叢刊本、英華、文粹、唐文亦作「嘆」，英華下注：集作「疑」。

〔一四〕焉知　原一校「知」下注：删本無。　原二眉校：各本無「知」字。　〔韓校〕林、羅、叢刊本、英華、文粹、唐文亦無「知」字。

〔一五〕之　〔韓校〕陳本、各三卷本、英華無此字。

〔一六〕何營營乎而費晝也　原二眉校「何營營乎」旁注：各本作「何勞乎」。　〔韓校〕林、羅、叢刊本、英華亦作「何勞乎」。英華「費晝」下注：一作「事晝」。

〔一七〕漏神之機　〔韓校〕文粹作「漏神之幾」，「機」與「幾」此通。

〔一八〕太　〔韓校〕林本、英華、文粹作「大」，通。

〔一九〕磔列　原二眉校：「列」，各本作「裂」。　〔韓校〕林、羅、叢刊本、英華、文粹、唐文亦作「裂」。此通。

〔二〇〕使天下智詭之道迸出　〔韓校〕唐文作「使天下之智者詭道迸出」。

〔二一〕象　〔韓校〕英華作「篆」非是。又疑「篆」爲「象」之誤。

〔二二〕磨　〔韓校〕陳本、唐文作「摩」，此通。
〔二三〕同異　〔韓校〕唐文作「異同」。
〔二四〕羸　〔韓校〕林、黄本作「羸」，誤。
〔二五〕文王　原一校下注：删本有「乎」字。　原二行校：各本同。　〔韓校〕林、羅、叢刊本、英華、文粹、唐文「文王」下亦有「乎」字。
〔二六〕負　〔韓校〕各三卷本、英華、文粹、唐文此字下有「其」字。
〔二七〕問之　〔韓校〕孫、羅本作「問其」。
〔二八〕姓名　原二眉校：「名」，曹、黄本作「字」，孫本作「氏」。　〔韓校〕林、叢刊本、英華亦作「姓字」，英華下注：集本、文粹作「名」。羅本作「姓氏」。
〔二九〕不答　原一校：删本有「而去」二字。　〔韓校〕各三卷本、英華、唐文「不答」下亦有「而去」二字。

仲長先生傳〔一〕

先生諱子光〔二〕，字不曜，自云洛陽人也。往來河東，傭人〔三〕自給。無室廬，絶妻子。開皇之〔四〕末，始結〔五〕庵河渚〔六〕，以息身焉。十餘年間以〔七〕賣藥爲業，人莫之知〔八〕也。汾陰侯生，以卜筮〔九〕著名〔一〇〕。因遊河渚，一論而服〔一一〕。曰：「東方〔一二〕、管輅不如也。」由是顯重，守令至者皆親謁。先生辭以痞病〔一三〕，未曾〔一四〕交語。著獨遊頌及河渚先生傳以自喻，識者有以知其懸解也。人有請道者〔一五〕，則書「老」、「易」二字示之。彈琴餌藥，以終其世。文中子比之虞仲、夷逸。

【會校】

〔一〕〔韓校〕本篇載五卷本三種、各三卷本、英華、唐文。

〔二〕諱子光　〔韓校〕孫本作「諱子先」，羅本校孫本云：原作「諱子先」，誤，據全唐文改。

〔三〕傭人　原二眉校：各本作「傭力」。〔韓校〕林、羅、叢刊本、英華、唐文亦作「傭力」。

〔四〕之　〔韓校〕各三卷本、英華、唐文無此字。

〔五〕結　〔韓校〕林、孫、叢刊本、英華無此字。羅本校孫本云：「結」字原奪，據全唐文補。

〔六〕河渚　原二行校：各本「渚」下有「間」字。〔韓校〕林、羅、叢刊本、英華、唐文「渚」下亦有「間」字。

〔七〕間以　原二行校：各本無「間以」二字。〔韓校〕林、羅、叢刊本、英華、唐文亦無「間以」二字，英華下注：集有「間以」二字。

〔八〕之知　〔韓校〕各三卷本、英華、唐文作「知之」。

〔九〕卜筮　〔韓校〕黄、曹、孫、羅、叢刊本、英華、唐文無「卜」字，林本作「蓍筮」。

〔一〇〕著名　〔韓校〕各三卷本、英華、唐文無「名」字，英華下注：集有「名」字。

〔一一〕一論而服　〔韓校〕各三卷本、英華、唐文作「一睹而伏」，英華「伏」下注：集作「服」。「服」、「伏」此通。

〔一二〕東方　〔韓校〕各三卷本、英華、唐文作「東方朔」。

〔一三〕瘖病　〔韓校〕各三卷本、英華、唐文作「瘖疾」。

〔一四〕未曾　〔韓校〕林、孫、羅、叢刊本、英華、唐文作「未嘗」。

〔一五〕人有請道者　原無「者」字。原二眉校：各本有「者」字。原二行校增「者」字。〔韓校〕林、羅、叢刊本、英華、唐文亦有「者」字。據增。

五斗先生傳〔一〕

有五斗先生者，以酒德遊於人間。人〔二〕有以酒請者，無貴賤皆往。往必取〔三〕醉，醉則不擇地斯寢矣，醒則復起飲也。嘗一飲五斗，因以爲號〔四〕。先生絶〔五〕思慮，寡言語，不知天下之有仁義厚薄也。忽然〔六〕而去，倏焉〔七〕而來；其動也天，其静也地：故萬物不能縈心焉。嘗言曰：「天下大〔八〕可見矣！生何爲〔九〕養，而嵇康著論；塗〔一〇〕何爲窮，而阮籍慟哭？故昏昏默默，聖人之所居也。」遂行其志，不知所如〔一一〕。

【會校】

〔一〕〔韓校〕本篇載五卷本三種、各三卷本、英華、唐文。

〔二〕人　〔韓校〕各三卷本、英華、唐文無此字。

〔三〕取　原一校：删本無。　〔韓校〕各三卷本、英華、唐文亦無「取」字。

〔四〕號　〔韓校〕各三卷本、英華、唐文此字下有「焉」字。

〔五〕絶　〔韓校〕孫、羅本作「斷」。

〔六〕忽然　〔韓校〕各三卷本、英華、唐文作「忽焉」。

〔七〕儵焉　〔韓校〕各三卷本、英華、唐文作「悠然」。

〔八〕大　原二行校：各本作「大抵」。　〔韓校〕林、羅、叢刊本、英華、唐文亦作「大抵」。

〔九〕爲　原二行校：各本作「足」。　〔韓校〕林、羅、叢刊本、英華、唐文亦作「足」，英華下注：集作「爲」。

〔一〇〕塗　〔韓校〕各三卷本、英華、唐文作「途」，此通。

〔一一〕所如　〔韓校〕林本作「其如」。

醉鄉記〔一〕

醉之鄉，去中國不知其幾千里也。其土曠然無涯，無丘陵阪險；其氣和平一揆，無晦明寒暑；其俗大同，無邑居聚落；其人任清〔二〕，無愛憎喜怒，呼風飲露，不食五穀。其寢于于；其行徐徐。與鳥獸魚鼈〔三〕雜處，不知有舟車器械〔四〕之用。

昔者黄帝氏嘗獲遊其都。歸而杳然喪其天下，以爲結繩之政已薄矣！降及堯舜，作爲千鍾百壺〔五〕之獻。因姑射神人以假道〔六〕，蓋至其邊鄙，終身太平。禹、湯立法，禮繁樂雜，數十代與醉鄉隔。其臣羲和，棄甲子而逃，冀臻其鄉，失路而道夭〔七〕。故〔八〕天下遂不寧。至乎末孫，桀、紂怒而昇其〔九〕糟丘，階級千仞，南面向〔一〇〕而望，卒不見醉鄉。成王〔一一〕得志於世，乃命公旦立酒人氏之職，典司五齊，拓土七千里，僅與醉鄉達焉，四十年〔一二〕刑措〔一三〕不用。下逮幽、厲，迄乎〔一四〕秦、漢，中國喪亂，遂與醉鄉絶。而臣下之受〔一五〕道者，往往竊至焉。阮嗣宗、陶淵明等數十人〔一六〕，並遊於醉鄉。没身不返，死葬其壤，中國以爲酒仙云。

嗟乎！醉鄉氏之俗，其古華胥氏之國乎？何其〔一七〕淳寂也如是！績將遊焉〔一八〕，故爲之記。

【會校】

〔一〕〔韓校〕本篇載五卷本三種、各三卷本、英華、文粹、唐文。

〔二〕其人任清　原作「其人甚精」。　原二眉校：「甚精」，孫本作「任清」。〔韓校〕林本作「其人任情」，羅本作「其人任清」，且校云：唐文粹、全唐文作「其人甚精」，誤。文選招魂「朕幼清以廉絜兮」，李善注：「不求曰清。」今從羅校。

〔三〕鳥獸魚鼈　原二行校：各本作「魚鼈鳥獸」。〔韓校〕叢刊本亦作「魚鼈鳥獸」。

〔四〕器械　〔韓校〕林、曹、黄、叢刊本、英華作「械器」。

〔五〕壺　〔韓校〕曹、黄、叢刊本作「榼」。

〔六〕假道　〔韓校〕英華作「遐道」，「遐」下注：集作「假」。

〔七〕道夭　原作「道天」。　原二行校改爲「道夭」。〔韓校〕陳本、各三卷本、唐文亦作「道夭」。英華無「道」字，下注：集本、文粹並有「道」字。審文意，原二行校屬是，從之。

〔八〕故　原二眉校：各本無「故」字。〔韓校〕林、羅、叢刊本、英華亦無「故」字，英華下注：二本（指集本和文粹，下同）有「故」字。

〔九〕昇其　原一校：删本無「其」字。〔韓校〕各三卷本、英華亦無「其」字，英華下注：二本有「其」字。

〔一〇〕南面向　原一校：删本無「面」字。〔韓校〕各三卷本、英華、文粹、唐文亦無「面」字。孫、羅本作「南鄉」，英華「向」下注：集作「面」。「向」、「鄉」此通。

〔一一〕成王 〔韓校〕各三卷本、英華、文粹、唐文作「武王」。按周官爲成王所立，「典司五齊」見周禮酒人氏，故作「武」誤。

〔一二〕四十年 原作「三十年」。原一校：删本作「故四十年」。〔韓校〕各三卷本、英華、唐文亦作「故四十年」，英華「四」下注：二本作「三」，文粹「三十年」上亦有「故」字。史記周紀：「故成、康之際，天下安寧，刑錯四十餘年不用。」本句即用此典，故改。

〔一三〕刑措 〔韓校〕孫、羅本作「刑錯」，「措」、「錯」此通。

〔一四〕迄乎 〔韓校〕林本作「迄于」。

〔一五〕受 原二眉校：孫本作「愛」。〔韓校〕陳、羅本、文粹、唐文亦作「愛」，英華「受」下注：二本作「愛」。

〔一六〕數十人 〔韓校〕各三卷本。英華、文粹、唐文作「十數人」。

〔一七〕何其 〔韓校〕唐文作「其何以」。

〔一八〕績將遊焉 原二行校：各本作「予得遊焉」。〔韓校〕林、羅、叢刊本、英華、文粹亦作「予得遊焉」。唐文作「今予將遊焉」。

自作墓誌文 并序〔一〕

王績者〔二〕，有父母，無朋友。自爲之字曰無功焉〔三〕。人〔四〕或問之，箕踞不對。

蓋以有道於己，無功於時也〔五〕。不聽書〔六〕，自達理。不知榮辱，不計利害。起家以祿仕〔七〕，歷數職而進一階〔八〕。才高位下，免責而已〔九〕。天子不知，公卿不識，四十、五十而無聞焉。於是退歸，以酒德遊於鄉里。往往賣卜，時時看〔一〇〕書。行若無所之，坐若無所據〔一一〕。鄉人未有達其意也。常耕東皋，號〔一二〕東皋子。身死之日，自爲銘焉。曰：

有唐逸人，太原王績〔一三〕。若頑若愚，似矯似激。院止三徑，堂唯四壁。不知節制，焉有親戚？以生爲附贅懸疣，以死爲決疣潰癰。無思無慮，何去何從？壟〔一四〕頭刻石，馬鬣裁封。哀哀孝子〔一五〕，空對長松。

【會校】

〔一〕〔韓校〕本篇載五卷本三種、黄、曹、羅、叢刊本、英華、唐文。曹、黄、叢刊本、英華題爲「自撰墓誌」，羅本、唐文題作「自撰墓誌銘」。英華下署作者「王勣」，注：集作「績」。

〔二〕王績者　〔韓校〕曹本、英華作「王勣者」，誤。

〔三〕自爲之字曰無功焉　原一校：删本作「自爲之目曰無功焉」。〔韓校〕黄、叢刊本亦作「自爲之目曰無功焉」。

〔四〕人　原二行校：各本無「人」字。〔韓校〕叢刊本、英華亦無「人」字。

〔五〕時也　〔韓校〕「時」，羅本作「人」。黄、曹、羅、叢刊本、英華、唐文無「也」字。

〔六〕不聽書　原二眉校：「聽」，各本作「讀」。〔韓校〕羅、叢刊本、英華、唐文亦作「不讀書」，英華「讀」下注：集作「聽」。

〔七〕禄仕　〔韓校〕黄、曹、羅、叢刊本、英華、唐文作「禄位」。

〔八〕進一階　原二眉校：各本作「一進階」。〔韓校〕叢刊本、英華、唐文亦作「一進階」，羅本作「一階」，英華下注：集作「進一階」。

〔九〕而已　原二行校「已」下增「矣」。原二眉校：各本「已」下有「矣」字。〔韓校〕英華「已」下亦有「矣」字，下注：集無此字。

〔一〇〕看　原二眉校：各本作「著」。〔韓校〕羅、叢刊本、英華、唐文亦作「著」，英華下注：集作「看」。

〔一一〕行若無所之坐若無所據　原作「行若無所據」。原一校：刪本作「行若無所之坐若無所據」。〔韓校〕黄、曹、羅、叢刊本、英華、唐文亦作「行若無所之坐若無所據」。據增。

〔一二〕號　〔韓校〕曹、叢刊本、英華上有「世」字，英華下注：集無「世」字。

〔一三〕王績　〔韓校〕曹本、英華作「王勣」，誤。

〔一四〕壟　〔韓校〕英華下注：集作「龍」。此通。

〔一五〕孝子　〔韓校〕朱本作「子子」，英華下注：集作「子子」。

登箕山祭巢許廟文〔一〕

懷二子之高烈，背嵩嶽而來遊。揖〔二〕千載之遐軌，登箕峰而〔三〕少留。昔時慷慨，神輕〔四〕九州；今〔五〕來寂絶〔六〕，魂辭一丘。英蹤落落而猶在，精誠冥冥而遂休〔七〕。山荒廟僻，地古松秋〔八〕。餘〔九〕鄙懷之有素，仰前哲之清猷。同聲必〔一〇〕感，異代相求。如至〔一一〕誠之見接，庶輕蘋〔一二〕而〔一三〕可羞。尚饗〔一四〕！

【會校】

〔一〕〔韓校〕本篇載五卷本三種、各三卷本、英華、唐文。原二行校題下注：曹、黄本無「廟」字，孫本標題作「登箕山祭巢許之□」。〔韓校〕林、叢刊本、英華、唐文無「廟」字，羅本題爲「登箕山祭巢許之□」，英華下署作者「王勣」，誤。

〔二〕揖　原二眉校：各本作「挹」。〔韓校〕林、羅、叢刊本、英華、唐文亦作「挹」。此通。

〔三〕而　〔韓校〕英華作「之」，下注：集作「而」。

〔四〕神輕　〔韓校〕林本作「神經」。

〔五〕今　〔韓校〕英華作「令」。誤。

〔六〕寂絶　原一校「絶」下注：删本作「寞」。〔韓校〕林、黄、曹、孫、羅、叢刊本、英華、唐文亦作「寞」，英華下注：集作「絶」。

〔七〕遂休　原二眉校：「休」，各本作「幽」。〔韓校〕林、羅、叢刊本、英華、唐文亦作「幽」，英華下注：集作「休」。

〔八〕地古松秋　〔韓校〕原作「地古松楸」，據陳、林、孫、羅本、英華、唐文改。

〔九〕餘　原二行校：各本作「吾」。〔韓校〕林、羅、叢刊本、英華、唐文亦作「吾」，英華下注：集作「余」。「餘」假作「余」。

〔一〇〕必　〔韓校〕英華作「同」，下注：集作「必」。

〔一一〕至　〔韓校〕英華作「志」，下注：集作「至」。

〔一二〕輕蘋　原一校：删本作「蘋藻」。〔韓校〕曹、黄、叢刊本亦作「蘋藻」，林、孫、羅本、英華、唐文作「蘋蘩」。

〔一三〕而　原二眉校：各本作「之」。〔韓校〕林、羅、叢刊本、英華、唐文亦作「之」。

〔一四〕尚饗　原二眉校：各本作「伏惟尚饗」。〔韓校〕林、叢刊本、英華、唐文亦作「伏惟尚饗」，孫、羅本作「伏惟尚享」。「饗」、「享」通。

祭關龍逄文〔一〕

歲月日。謹以清酌之奠，敬祭〔二〕夏忠臣關生〔三〕之靈曰：

聖貴達節，賢貴識時。興亡有運，用捨有期。憑河暴虎，前哲所嗤。身滅主喪，如何勿思？我因行役，歷子〔四〕荒祠。壯山河之舊壤，嘆墳隧之餘基。松枯柏老〔五〕，草密苔滋。托深悲於薄酹，魂有靈而饗之！

【會校】

〔一〕〔韓校〕本篇載五卷本三種、各三卷本、英華、唐文。英華下署作者「王勣」，注：集作「績」。按：「王勣」誤。

〔二〕敬祭　〔韓校〕孫本無「祭」字。羅本校孫本云：「祭」字原奪，據全唐文補。

〔三〕關生　原二眉校：曹本作「關先生」。

〔四〕歷子　〔韓校〕孫本作「歷於」，羅本校孫本云：「子」，原誤作「於」，據全唐文改。

〔五〕松枯柏老　原二眉校：「老」，孫本作「悴」。〔韓校〕林、羅、英華、唐文亦作「悴」，英華下注：集作「老」。

登龍門祭禹文〔一〕

歲月日。東皐子賤子王績，謹以清酌之奠，敬謁大禹夏王之靈。曰：

百川既導，三才即叙。盛德安在？靈威若存。僕因行役，偶觀遺廟，悵望堂廡，徘徊巖壑。潦水降而黄河秋〔二〕，山光沉而白雲晚。我之懷矣，登臨慨然。敢陳薄奠，王其尚饗！

【會校】

〔一〕〔韓校〕本篇僅載五卷本三種。

〔二〕黄河秋　〔韓校〕密齋筆記作「寒潭清」。

祭處士仲長子光文〔一〕

歲月日。隣人王績〔二〕，謹以魚醴〔三〕之奠，敬祭仲長先生之靈。曰：明道若昧，進道若退；鳥飛知還，龍亢若〔四〕悔。嗟嗟夫子，理融其内，不忮不求，無憎無愛。古人有言，微妙玄通；藏用以密，養正以蒙。嗟嗟夫子，允執厥〔五〕中。不見其始，孰知其終？蕩蕩止足〔六〕，悠悠默語。周覽人事，退居河渚。何去〔七〕何從，誰棄〔八〕誰與？聊同聚散，亦均寒暑。大矣夫子，其生若浮；至矣夫子〔九〕，其死若休。鄉黨不懼，友朋〔一〇〕不憂。素琴猶在，黄經若〔一一〕留。老萊雖婚〔一二〕，梁鴻難偶。筵無饋奠，室無箕箒。嗟嗟夫子，豈圖其後？金玉滿堂，道爲之友〔一三〕。凡我故人〔一四〕，素服臨旃。葛巾從窆，桐棺以遷。墳不易壟，坎不及泉。苟無怛化〔一五〕，於何問天？道性既喪，仁義鋒起。祭非古也，禮之爲始。吾從其俗，敢告夫子；清樽薄奠，神其歆止〔一六〕！

【會校】

〔一〕〔韓校〕本篇載五卷本三種、黄、曹、羅、叢刊本、英華、唐文，英華下署作者「王勣」，誤。

〔二〕王績　〔韓校〕曹本、英華作「王勣」，英華下注：集作「績」。按：「王勣」誤。

〔三〕魚醴　〔韓校〕原作「魚醒」，據陳、黄、曹、羅、叢刊本、英華、唐文改。

〔四〕若　原二行校：各本作「必」。　〔韓校〕羅本、叢刊本、英華、唐文亦作「必」，英華下注：集作「若」。

〔五〕厥　原二眉校：曹本作「其」。　〔韓校〕羅本、英華、唐文亦作「其」，英華下注：集作「厥」。

〔六〕止足　原二眉校：曹、黄本作「心迹」。　〔韓校〕羅、叢刊本、英華、唐文亦作「心迹」，英華下注：集作「止足」。

〔七〕何去　〔韓校〕朱本作「何云」，誤。

〔八〕誰棄　原二眉校：「棄」，曹本作「求」。　〔韓校〕羅本、英華、唐文亦作「求」，英華下注：集作「棄」。

〔九〕其生若浮至矣夫子 〔韓校〕羅本無此八字。

〔一〇〕友朋 原二眉校：曹、黄本作「朋友」。〔韓校〕羅、叢刊本、英華、唐文亦作「朋友」，英華下注：集作「友朋」。

〔一一〕若 原二行校：各本作「尚」。〔韓校〕羅、叢刊本、英華、唐文亦作「尚」。

〔一二〕雖婚 原作「不婚」。原二行校「不」旁注：曹本作「雖」。〔韓校〕英華作「難」，下注：集作「不」。按老萊子曾攜妻避江南，見高士傳，則以「雖」爲近是，連下句謂仲長子光老來喪妻也。故從曹本。

〔一三〕道爲之友 原二眉校：曹、黄本作「莫爲之守」。〔韓校〕陳、羅、叢刊本、英華、唐文亦作「莫爲之守」，黄、叢刊本、英華俱下注：集作「道爲之友」。

〔一四〕凡我故人 原無此句至篇終六十四字。原一校據删本增「凡我故人」以下六十四字。〔韓校〕陳、黄、曹、羅、叢刊本、英華、唐文亦有「凡我故人」以下六十四字。據增。

〔一五〕怛化 〔韓校〕英華作「恒化」。「恒」下注：疑作「怛」。按莊子大宗師載，子來「喘然將死」，子黎曰：「避，無怛化。」本句即用此典，故「恒化」誤。

〔一六〕歆止 〔韓校〕原作「歆止」，據陳、曹、黄、羅、叢刊本、英華、唐文改。

荆軻刺秦王〔一〕

銜易水，報秦皇。精心貫日，匕首横霜。欲持兩間〔二〕，生禽〔三〕一王。惜哉智淺，琴聲不防〔四〕。

【會校】

〔一〕〔韓校〕本篇載五卷本三種、孫、羅本、唐文。又自本篇起以下十九篇，唐文卷一三二録入十三篇：子推抱樹死贊、荆軻刺秦王贊、項羽死烏江贊、藺相如奪秦王璧贊、陳平分社肉贊、君平賣卜贊、甯戚扣牛角歌贊、老萊養親贊、梁鴻孟光贊、蛇銜珠報隋侯贊、嵇康坐鍛贊、伯牙彈琴對鍾期贊、太公釣渭濱贊。王重民敦煌古籍叙録：「全唐文卷百三十二收入子推抱樹死贊、荆軻刺秦王贊等十三篇，據吕才序『續又著會心高士傳五卷，別成一家，不列於集』，則爲會心高士傳之贊語，不應輯入文集，附誌於此。」今録以備參。

孫、羅本、唐文題作「荆軻刺秦王贊」。

〔二〕兩間　〔韓校〕朱本作「兩問」，誤。

〔三〕禽　〔韓校〕孫、羅本、唐文作「擒」，此通。

〔四〕不防　〔韓校〕孫本闕此二字。羅本據唐文補。從之。

項羽死烏江〔一〕

項羽慷慨，臨江問津。馬贈亭長，侯封故臣。何爲不渡，自取亡身？八千子弟，今無一人。

【會校】

〔一〕〔韓校〕本篇載五卷本三種、孫、羅本、唐文。孫、羅本、唐文題作「項羽死烏江贊」。

陳平分社肉〔一〕

陳公主社，割熟〔二〕頒生。心忘厚薄，信若權衡。風期有素，父老無驚。儻安天下，還如此平！

【會校】

〔一〕〔韓校〕本篇載五卷本三種、孫、羅本、唐文。孫、羅本、唐文題作「陳平分社肉贊」。

〔二〕熟 〔韓校〕孫、羅本、唐文作「肉」。

張良遇黄石公〔一〕

張良授履，老父欣然。試期三夜，留書一編。爲師有日，報德何年？穀城相遇，期諸九泉。

【會校】

〔一〕〔韓校〕本篇載五卷本三種。

禹接蒼水使者〔一〕

大哉夏禹！披圖〔二〕接神。簡照青玉，繩光白銀。山臨海上，浦對江津。繡衣使者，誠爲異人。

【會校】

〔一〕〔韓校〕本篇載五卷本三種。

〔二〕披圖　〔韓校〕原作「投圖」，朱本亦作「投圖」，據陳本改。

伊尹負鼎見湯〔一〕

成湯作伯，伊尹來觀。風雲有會，激動何難？調羹即獻，負鼎相干。任夫雖賤，嗚條以安。

【會校】

〔一〕〔韓校〕本篇載五卷本三種。

太公釣渭濱〔一〕

棲遲養老，寂寞何爲？地接皇澗，溪連灞池。釣舟始泊，漁竿半垂。君王先兆，還應見知。

【會校】

〔一〕〔韓校〕本篇載五卷本三種、孫、羅本、唐文。孫、羅本、唐文題作「太公釣渭濱贊」。

子推抱樹死〔一〕

晉侯棄舊，功臣永吟。情隨地遠，怨逐山深。追兵斷谷，列火焚林〔二〕。抱木而死，誰明此心？

【會校】

〔一〕〔韓校〕本篇載五卷本三種、孫、羅本、唐文。孫、羅本、唐文題作「子推抱樹死贊」。

〔二〕列火焚林　〔韓校〕陳、羅本、唐文作「烈火焚林」，孫本作「烈火禁林」，羅本校孫本云：「焚」，原誤作「禁」，據全唐文正。今按「列」「烈」此通。「禁」字誤。

蛇銜珠報隋侯〔一〕

隋侯報德，矜傷育鱗。靈蛇感惠，效力輸珍。月華浮吻，星光曜脣。此猶知報，而況吾人！

【會校】

〔一〕〔韓校〕本篇載五卷本三種、孫、羅本、唐文。孫、羅本、唐文題作「蛇銜珠報隋侯贊」。

君平賣卜〔一〕

君平不仕，賣卜窮年。日裁數局，常收百錢。道實兼濟，功非獨全。用吾言者，令過半焉。

【會校】

〔一〕〔韓校〕本篇載五卷本三種、孫、羅本、唐文。孫、羅本、唐文題作「君平賣卜贊」。

嵇康坐鍛〔一〕

嵇康自逸，手鍛爲娱。曲池四遶，垂楊一株。銅煙寒竈，鐵燄分爐。箕踞而坐，何其傲〔二〕乎！

【會校】

〔一〕〔韓校〕本篇載五卷本三種、孫、羅本、唐文。孫、羅本、唐文題作「嵇康坐鍛贊」。

〔二〕傲 〔韓校〕原作「然」，孫、羅本作「慠」，唐文作「傲」，「慠」是「傲」的異體。今據孫、羅本、唐文改。

藺相如奪秦王璧〔一〕

秦人市寶，厥價從名。藺生詭説，其心則貞。清齊抱憤，身睨〔二〕兩楹。卒全尺璧，仍邀十城。

【會校】

〔一〕〔韓校〕本篇載五卷本三種、孫、羅本、唐文。孫、羅本、唐文題作「藺相如奪秦王璧贊」。

〔二〕睨 〔韓校〕陳、孫、羅本、唐文作「睨」。

霍光受武帝顧命〔一〕

武皇大漸，沖人未知。霍光受命，周公在斯〔二〕，慷慨期托，殷勤指揮。昔時畫意，君之所爲。

【會校】

〔一〕〔韓校〕本篇載五卷本三種。

〔二〕在斯　〔韓校〕原作「在期」，朱本亦作「在期」，據陳本改。

梁鴻孟光〔一〕

孟光得聟〔二〕，梁鴻有妻。琴書自逸，丘壑同棲。五噫絶賞，雙眉獨齊。績筐采具，相將共擕。

【會校】

〔一〕〔韓校〕本篇載五卷本三種、孫、羅本、唐文。孫、羅本、唐文題作「梁鴻孟光贊」。

〔二〕聟　〔韓校〕原作「揖」，唐文作「擇」。羅本校云：「揖」，即「聟」字，全唐文作「擇」亦誤。

按：玩羅校文意，「揖」、「擇」均誤。當作「聟」（婿之俗字）。「聟」當係刻誤。

老萊養親〔一〕

老萊父母，白首同歸。欣欣愛養，慊慊無違。宛轉兒戲，班爛〔二〕綵衣。篤哉孝思，心精且微。

【會校】

〔一〕〔韓校〕本篇載五卷本三種、孫、羅本、唐文。孫、羅本、唐文題作「老萊養親贊」。

〔二〕班爛　〔韓校〕孫、羅本、唐文作「斑斕」，通。

甯戚扣牛角〔一〕

甯生不遇，商歌飯牛。夜長難曉〔二〕，人生若浮。寧唯石爛，覩睹金流。世無堯舜，誰當見求！

【會校】

〔一〕〔韓校〕本篇載五卷本三種、孫、羅本、唐文。孫、羅本、唐文題作「甯戚扣牛角歌贊」。

〔二〕難曉 〔韓校〕孫本作「鷄曉」，羅本校孫本云：「難」，原誤作「鷄」，據全唐文改。

韓康賣藥〔一〕

韓康賣藥，道路銷聲。口無二價，心唯一平。何圖女子，盡識高名？灞陵深入，方知此情。

【會校】

〔一〕〔韓校〕本篇載五卷本三種。

朱雲折檻〔一〕

朱雲獻直，意在亡身。願請神劍，除君佞臣。抗辭折檻，輸忠犯鱗。龍逢地下，臣復何人？

【會校】

〔一〕〔韓校〕本篇載五卷本三種。

伯牙彈琴對鍾期〔一〕

伯牙揮手，奇聲絶倫。鍾期妙聽，是謂窮神。緑馬〔二〕仰秣，丹魚聳鱗。崇山流水，知音幾人？

【會校】

〔一〕〔韓校〕本篇載五卷本三種、孫、羅本、唐文。孫、羅本、唐文題作「伯牙彈琴對鍾期贊」。

〔二〕緑馬　〔韓校〕唐文作「六馬」。

補　遺

韓按：朱、陳本無補遺。

文

祭杜康新廟文〔一〕

歲月日。敢以清酌之奠，敬祭先生之靈。曰：

兩儀判闢，萬象森羅。都邑未建〔二〕，鳥獸獨多。茹毛飲血，巢居穴窠。天地不交，人靈未和。智哉先生〔三〕，爰作甘醴。上配百牢，下主五齊。以宴〔四〕以禱，爲樽爲洗。萬神以降，三獻成禮。法成必弊，文盛則華。奚仲斵輪，焉知覆車？桀紂亡國，羲和喪家。周公作誥，迺防厥邪。我聞古時，王道正直。賢人君子，澡身浴〔五〕德。降及中世，昏主作式。刑罰不中，讒淫罔極。嘘嗟〔六〕世道，一至於此！達人大觀，貴和其禮。與制於物，寧在於己？乘流則逝，遇坎則止。眷茲酒德，可以全身。杜明塞智，蒙垢受塵。阮籍隨性，劉伶保真。此避其世〔七〕，於今幾人？我瞻前說，功高受賞。嗟嗟先生，其義可想。肇基麴蘖，光開祀饗。大禮斯備，群賢就養。敢依河曲，建爾靈祠〔八〕。前臨極岸，却就長磯。茅茨不剪，采椽不治〔九〕。掃地而祭，神其享之。

【會校】

〔一〕原二行校題下注：據陸本補入，曹、黃、孫本、唐文俱載。〔韓校〕朱、陳本、文粹、大典無。林、羅、叢刊本、英華亦載，英華下注：集無，下署作者「王勣」，誤。

〔二〕建　〔韓校〕黃本作「逮」，誤。孫本作「見」，羅本校孫本云：原誤作「見」，據全唐文改。

〔三〕先生　原二行校「生」旁注：曹本作「王」。〔韓校〕英華亦作「先王」，誤。

〔四〕宴　〔韓校〕孫本作「寘」，羅本校孫本云：「宴」，原誤作「寘」，據全唐文改。

〔五〕浴　原二眉校：孫本作「沐」。〔韓校〕羅本亦作「沐」。

〔六〕嘘嗟　〔韓校〕林、黃、曹、孫、羅本、英華、唐文作「吁嗟」。「嘘」、「吁」此通。

〔七〕此避其世　〔韓校〕唐文作「以此避世」。

〔八〕靈祠　〔韓校〕孫本、英華作「靈祀」，羅本校孫本云：「祠」，原誤作「祀」，據全唐文改。

〔九〕不治 〔韓校〕英華作「不治」，誤。

詩

北山〔一〕

舊知山裏〔二〕絶氛埃〔三〕，登高日暮心悠哉！子平一去何時返？仲叔長遊遂〔四〕不來。幽蘭獨夜清〔五〕琴曲，桂樹凌雲濁〔六〕酒杯。槁項同枯木，丹心等死灰〔七〕。

【會校】

〔一〕〔韓校〕本篇又載李、林、黄、曹、孫、羅、叢刊本、唐詩。卷一遊北山賦有與此詩略同的八句。頗疑後人據賦改寫。

〔二〕山裏 〔韓校〕遊北山賦作「出處」，誤。

〔三〕氛埃 〔韓校〕曹本作「風埃」。

〔四〕遂 〔韓校〕林本作「竟」。

〔五〕清　〔韓校〕遊北山賦作「之」。
〔六〕濁　〔韓校〕遊北山賦作「之」。
〔七〕槁項二句　〔韓校〕遊北山賦作「坐等枯木，心如死灰」。又上隔「丘園散誕窟室徘徊」八字。

過漢故城〔一〕

大漢昔未定，強秦猶擅場。中原逐鹿罷，高祖鬱龍驤。經始謀帝坐，兹焉壯未央。規模窮棟宇，表裏浚城隍。群后崇長樂，中朝增建章。鈎陳被蘭錡，樂府奏芝房。翡翠明珠帳，鴛鴦白玉堂。清晨寶鼎食，閑夜〔二〕鬱金香。天馬來東道，佳人傾北方。何其赫隆盛！自謂保靈長。歷數有時盡，哀平嗟不昌。冰堅成巨猾〔三〕，火德遂頹綱。奥位匪虚校，貪天竟速亡。魂神吁社稷，豺虎鬬巖廊。金狄移灞岸，銅盤向洛陽。君王無處所，年代幾荒凉。宫闕誰家域？蓁蕪罥我裳。井田唯有草，海水變爲桑。在昔高門内，於今岐路傍。餘基不可識，古墓列成行。狐兔驚魍魎，鴟鴞嚇獝狂。空城寒日晚，平野暮雲〔四〕黄。烈烈焚青棘，蕭蕭吹白楊。千秋並萬歲，空使詠歌傷。

【會校】

〔一〕〔韓校〕本篇又載李、黃、曹、孫、羅、叢刊本、唐詩第一函第八册。然唐詩第二函第四册又作吴少微詩。按英華卷三〇八即作吴少微詩，當爲吴作。蓋英華所録前一首爲王無競北使長城詩，輯補者或以無競混同於無功，並連類而及此詩致誤。

〔二〕閑夜　〔韓校〕曹本作「開夜」，誤。

〔三〕巨猾　原作「巨骨」。　原二行校「骨」下注：孫本作「猾」。〔韓校〕羅、叢刊本、唐詩亦作「巨猾」。審文意，當以「猾」爲是，故改。

〔四〕暮雲　〔韓校〕原作「墓雲」，據黃、曹、孫、羅、叢刊本、唐詩改。

益州城西張超亭觀妓〔一〕

落日明歌席，行雲逐舞人。江前飛暮雨，梁上下輕塵。冶服看疑畫，粧臺望似春。高車勿遽返，長袖欲相親。

【會校】

〔一〕〔韓校〕本篇載李、黃、曹、孫、羅、叢刊本、唐詩。曹本標題無「觀」字。唐詩第一函第八册下注「一作盧照鄰詩，一作王勣詩」，第一函第九册又作盧照鄰詩。按英華卷二一三有王勣詠妓詩，下即録本詩及下詩，署作「前人」。然明銅活字本，明張燮本盧照鄰集均有本詩及下詩。又考績生平未涉足蜀地，故當爲盧詩。英華誤（今本英華此部分爲明刻），中華版英華索引已正作盧詩。

辛司法宅觀妓〔一〕

南國佳人至，北堂羅薦開。長裙隨鳳管，促柱〔二〕送鸞杯。雲光身後蕩〔三〕，雪態掌中回。到愁金谷晚，不怪玉山頹。

【會校】

〔一〕〔韓校〕本篇載李、黄、曹、孫、羅、叢刊本、英華、唐詩。英華下署作者「王勣」，唐詩第一函第八册題下注「一作王勣詩」，俱誤。唐詩第一函第九册又作盧照鄰詩，題爲「辛法司宅觀妓」，並於「法司」二字下注：一作「司法」。按：當爲盧詩，參前詩辨證。

〔二〕促柱　〔韓校〕曹本作「促住」，誤。

〔三〕蕩　〔韓校〕英華、唐詩第一函第四册作「落」。

詠巫山〔一〕

電影江前落，雷聲峽外長。霽雲無處所，臺館曉蒼蒼。

【會校】

〔一〕〔韓校〕本篇載李、曹、黄、孫、羅、叢刊本、唐詩。但宋之問内題賦得巫山雨、沈佺期巫山高均有此四句（詳見唐詩），唐詩紀事卷十一録入沈佺期名下，下注：「此詩范攄以爲佺期之作，而顧陶以爲張循。今記於此。」則唐、宋前未有以爲績作者，故亦爲誤收。

詠懷〔一〕

故鄉行雲是，虚室坐間同。日落西山暮，方知天下空。

【會校】

〔一〕原二行校題下注：據孫本補。〔韓校〕本篇載李、孫、羅本、唐詩、韻語陽秋。孫、羅本、唐詩皆據韻語陽秋。查五卷本三種卷二之詠懷，此四句實係該篇最後四句。孫、羅本、唐詩獨立成章，誤。原本收入補遺亦誤。

績溪嶺〔一〕

嬴馬緣溪灣復灣，乾坤别自一區寰。林深村落多依水，地少人耕半是山。磴道險如過棧道，叢關高似度函關。觀風欲問蒼生事，旋采童謡取次删。

【會校】

〔一〕〔韓校〕本篇李本補遺原無，亦不見諸校本，中華書局一九八二年版全唐詩外編全唐詩續補遺卷一自康熙徽州府志二績溪山水輯出。今按康熙徽州府志晚出，又未明出處，先屬可疑。此詩又全體合律。王績時代七律尚未完成，故不可信。今故存。

附録一　序跋著録

舊唐書　經籍志

劉昫

王績集五卷。

新唐書　藝文志

宋祁　歐陽修

王績集五卷。

郡齋讀書志

晁公武

王績東皋子集五卷　右唐王績無功也，龍門人，隋大業中，舉孝悌廉潔，授六合丞，棄官耕東皋，自號東皋子，唐書以爲隱逸。集有吕才序，稱其幼岐嶷。年十五，謁楊素，占對英辨，一坐盡傾，以爲「神仙童子」。薛道衡見其登龍門憶禹賦，嘆曰：「今之庾信也。」且載其卜筮之驗者數事云。

通志　藝文略

鄭　樵

王勣集五卷。

直齋書録解題

陳振孫

東皋子五卷　唐大樂丞太原王績無功撰。績，文中子王通仲淹之弟也。仕隋爲正字，嗜酒簡放，不樂仕進。晚以太樂吏焦革善釀，求爲其丞，不問流品，亦阮嗣宗步兵之意也。革死乃歸，於所居立杜康祠，爲文祭之，以焦革配，自號東皋子。其友吕才，鳩訪遺文，編成五卷，爲之序。有醉鄉記傳於世。其後，陸淳又爲後序。

文獻通考　經籍考

馬端臨

東皋子集五卷　陳氏曰：唐太樂丞太原王績無功撰。文中子王通仲淹之弟也。仕隋爲正字，嗜酒簡放，不樂仕進。晚以太樂吏焦革善釀，求爲其丞，不問流品，亦阮嗣宗步兵之意也。

革死乃歸，於所居立杜康祠，爲文祭之，以焦革配，自號東皋子。其友吕才，鳩訪遺文，編成五卷，爲之序。有醉鄉記傳於世。其後，陸淳又爲之序。

周氏涉筆曰：舊傳四聲自齊梁至沈宋，始定爲唐律。然沈、宋體製，時帶徐、庾，未若王績剪裁鍛鍊，曲盡清玄，真開迹唐詩也。如云「牧人驅犢返，獵馬帶禽歸」，「琴曲唯留古，書名半是經」。九月九日一篇「野人迷節候，端坐隔塵埃。忽見黄花吐，方知素節回。映巖千段發，臨浦萬株開。香氣徒盈把，無人送酒來」，蓋淵明古體蟠屈入八句中，渾然天成，又唐末諸家所不能也。

無功放逸傲世，而詩句如此，豈其真得於自然乎？獨坐云：「問君樽酒外，獨坐更何須？有客談名理，無人索地租。三男婚令族，五女嫁賢夫。百年隨分了，未羨陟方壺」。無功本席世家之盛，師友之門，恩誼暖熱，生理不干其心。因得以一意世外，不屈節求人，所謂福慧雙入者邪！

晁氏曰：隋大業中，舉孝悌廉潔，授六合丞，棄官耕東皋，自號東皋子。唐書以爲隱逸。集有吕才序，稱其幼岐嶷。年十五，謁楊素，占對英辨，一座盡傾，以爲「神仙童子」。薛道衡見其登龍門憶禹賦，嘆曰：「今之庾信也。」且載其卜筮之驗者數事。

宋史　藝文志

脱脱

王績集五卷。

大興朱氏竹君傳鈔足本王無功文集題識

朱學勤

王無功文集五卷（計一本）　唐王績撰，舊鈔本，朱笥河藏書。

陳氏晚晴軒抄王無功文集五卷本後記

陳文田

唐書藝文志載「東皐子集五卷」，直齋書録解題、郡齋讀書志與之合。諸家書目，皆作三卷。張氏愛日精廬所得趙清常藏書，從焦弱侯本傳録者亦如之。孫氏巾箱本岱南閣叢書所刊略同。四庫館收三卷本，係從明崇禎中刊本録入。館臣謂：「晁、陳兩家不言陸淳序，其真僞亦在兩可間。」

鄙意以爲：五卷本，吕才所緝也；三卷本，陸淳所删也。此爲大興朱氏竹君傳鈔足本。首卷河渚賦以下，但存其目，豈傭書者省手耶？全唐文失載賦六首、祭文一首、贊六首；增祭杜康新廟文一首。又，祭仲長子光文增「凡我故人」以下兩段。全唐詩則較是集闕佚過半矣！標首曰「王無功文集」，宋時蜀刻唐集如此。

時同治乙丑古重陽日，陳文田硯鄉氏識於宣南寓齋之晚晴軒。

又，原鈔本每半頁十二行，每行二十一字。附記。　同治四年

東皐子後序

呂才

君姓王氏，諱勣，字無功，太原祁人也。高祖晉穆公（按當爲「晉陽穆公」，參集序），自南歸北，始家河汾焉。歷宋、魏，迄於周、隋，六世冠冕，國史、家牒詳焉。

君性好學，博聞强記，與李播、陳永、呂才爲莫逆之交。陰陽歷數之術，無不洞曉。大業末，應孝悌廉潔舉，射高第，除秘書正字。君性簡放，飲酒至數斗不醉。常云：「恨不逢劉伶與閉户轟飲。」因著醉鄉記及五斗先生傳，以類酒德頌云。雅善鼓琴，加減舊弄，作山水操，爲知音者所賞。高情勝氣，獨步當時。及爲正字，端簪理笏，非其所好也。以疾罷，乞署外職，除揚州六合縣丞。君篤於酒德，頗妨職務。時天下亂，藩部法嚴，屢被勘劾。君嘆曰：「羅網高懸，去將安所！」遂出所受俸錢，積於縣城門前，托以風疾，輕舟夜遁。隋季版蕩，客遊河北，去還龍門。

武德中詔徵，以前揚州六合縣丞待詔門下省。時省官例日給良醖三升。君第七弟静，爲武皇千牛，謂曰：「待詔可樂否？」君曰：「吾待詔禄俸，殊爲蕭瑟，但良醖三升，差可戀爾。」待詔江國公，君之故人也。聞之曰：「三升良醖未足以絆王先生。」判日給王待詔一斗，時人號爲「斗酒學士」。

貞觀初，以足疾罷歸。欲定長往之計，而困於貧。貞觀中，以家貧赴選。時太樂有府史焦革，家善醖酒，冠絶當時。君苦求爲太樂丞，選司以非士職不授。君再三請曰：「此中有深意。且士庶清濁，天下所安，不聞莊周避漆園，老聃耻柱下。」卒授焉。數月而焦革死，妻袁氏時送美酒。歲餘，袁又死。君嘆曰：「天乃不令吾飽美酒！」遂挂冠歸田。自是，太樂丞爲清流。君後追述焦革酒經一卷，其術精悉，兼採杜康、儀狄已來善爲酒人，爲酒譜一卷。太史令李淳風見而悦之曰：「王君可謂酒家之南、董。」

君歷職皆以好酒廢，鄉里或哈之。因著無心子以喻志。河汾中先有渚田十數頃，稱良沃。鄰渚又有隱士仲長子光，服食養性，君重其貞素，願與相近，遂結廬河渚。縱意琴酒，慶吊禮絶，十有餘年。河渚東南隅，有連沙盤石，地頗顯敞，君於其側遂爲杜康立廟，歲時致祭，以焦革配焉。貞觀中，京兆杜之松、清河崔公善繼爲本州刺史，皆請與君相見。君曰：「奈何悉欲坐召嚴君平？」竟不見。崔、杜高君調趣，卒不敢屈，但歲時贈以美酒、鹿脯，詩書往來不絶。君又葛巾聯牛，躬耕東臯。每著書，自稱「東臯子」。晚歲，醉飲無節，鄉人或諫止之。則笑曰：「汝輩不解，理正當然。」或乘牛駕驢，出入郊郭，止宿酒店，動經數月，往往題詠作詩。好事者録之諷詠，並傳於代。

貞觀十八年，終於家，時年若干。臨終，自剋死日，遺命薄葬，兼預自爲墓誌。所著詩賦，並多散逸，鳩訪未畢，且緝成五卷。又著會心高士傳五卷、酒譜二卷；及注莊子，並别成一家，不列於集云。（全唐文卷一百六十）

日本國見在書目録

藤原佐世

東皋子集五。

【韓按】以上有關五卷本者。

删東皋子後序

陸淳

淳聞於師曰：秉仁義，立好惡，方之内者也；等是非，遺物我，方之外者也。冥内而遊外，聖人也。聖人吾不得見之矣，方内者時有焉。其惟方外之徒，莫得而測也。豈踐迹之道易，忘言之理難邪？將群於人而内自得耶？何乃莊叟之後，綿歷千祀，幾於是道者，余得之王君焉。心與物冥，德不外蕩，隨變而適，即分而安。忘所居而迹不害教，遺其累而道不絶俗。故有陶公之去職，言不怨時；有阮氏之放情，行不忤物。曠哉淵乎！真可謂樂天之君子者矣！

生於隋季，人莫之知，故其遺文高迹不顯。余每覽其集，想見其人，恨不同時得爲忘形之友。故祛彼有爲之詞，全其懸解之志。庶乎死而可作，無愧異代之知音爾！其祖宗之由，出處之行，前序備矣，此不復云。（全唐文卷六百十八）

崇文總目

王堯臣

東皋子集二卷，王績撰。鑑按：舊唐志、書録解題、通考並五卷，宋志「績」誤作「續」，又重出東皋集略。

宋史　藝文志

脱　脱

陸淳東皋子集略二卷。

林鈔王無功集三卷附記

林雲鳳

右王無功集，家大父手録，藏之篋中久矣。近得其軼詩三首，皆表表耳目，而是集不載，因附記於此。　萬曆壬寅季夏朔雲鳳書於吴興沈氏之西樓。

【韓按】所稱軼詩三首，載於是本附録。題爲望野（見唐詩品彙）、過酒家（見唐音遺響）、北山（見升庵詩話補遺）。

曹刻東皋子集序

曹荃

往余讀王先生醉鄉記，訝其言誕漫不經，意其人必頹然自放者。比卒讀東皋集，始知先生蓋褎然有道君子哉！先生生濁亂之季，猶瓶居井眉，危而易墮。故三仕三已，卒遁之乎昏昏嘿嘿之鄉，以自釋其攸攸恤恤之慮。兀然而醉，於神無攖；豁然而醒，於物不迕。當與薄遊取容者異日道也。即世有慕曠達，恣博通，折簡相招，先生悉固謝不敏。此可以知醉鄉深意矣！

夫知世之不可速已者，君子之事也。先生廟事杜康，乞太樂丞以就焦革。其遠心曠度，已自不可一世，矧植杖東皋，有田可秫，足了一生麴蘖事；結廬河側，有琴可鼓，足與漁歌樵唱，響答於山水間；卜隣瘄叟，有酒相樂，而口不挂是非：先生之事，不既濟矣乎？

不知其人視其事，殆簡而率，肆而恭。繇繇與與，暢其酒德文心。先生真有道君子哉！進而求之，其栗里賢人之伯仲乎？至今誦其詩，如吸風飲露，疏快宜人。讀其書，恍置身羲皇上，令人作盱睢想。以語於竹林諸君子，縱意所如，越禮喪則，則應拜先生下風矣。崇禎辛巳暮春梁谿曹荃題

黄刻東皋子集序

黄汝亨

東皋子放逸物表，游息道内。師老、莊，友劉、阮。其酒德詩妙，魏、晉以來，罕有儔匹。行

藏生死之際，澹遠真素，絶類陶徵君。爲文中子弟，無標置名教之迹；而意誼不拂，亦無於陵仲子辟離之譏。昔巢由挂瓢于堯代，曾點希瑟于孔席，東皋似之矣。焦弱侯先生每向余言：東皋子集，宜與陶淵明集並傳。顧陶集已有善本，而是集獨缺，先生乃出以授予。與予友高孩之相賞莫逆。予乃轉授鮑生元則繕刻之。吾輩浄眼讀一過，甚爲爽然，勝讀鵩鳥賦遠矣。

黄刻東皋子集叙

高　出

文中子講道河汾，擬於洙泗，斷斷如也。或問無功，文中子譏其棄世不與也，而無功作北山賦及他所論著與馮子華輩諸書，感述其兄之德業。而自以俗外相待，義合名教，情寄玄遠，又與晉人之厭棄禮法，疾世若讐者不同。醉鄉氏之境，令覽者神遊焉，尚可以糟粕乎一切殆無乎？古之所謂至人與！

詩文喻旨目前，高寄象外，閑適自得，興遠理微，是亦德言之至也。集久不傳，余受自焦先生。先生亦之龍門，而顧深好無功，斯亦喟然之與千古同契焉者乎！

余以質之貞父先生，遂木以傳。貞父曠懷逸氣，故爲似之。而余家海上，亦名北山。讀其賦，飄然有淩雲之想。余兩人視東皋子，雖出處之迹不必擬，亦各其時也。要之，尚友寧易地，不然哉！　東海高出題

讀書敏求記

錢曾

東皋子集三卷　呂才仲英鳩訪無功遺文，輯成一書，其集今世罕傳。清常道人從金陵焦太史本録出，披閲之餘，想其與子光對酌時，雖未嘗交語，胸中各有一段真趣，允爲酒家南、董。

佳趣堂書目　集部

陸漻

王無功東皋子集三卷　辛未　焦弱侯太史藏本。

四庫全書總目提要　集部

東皋子集三卷（兩江總督採進本）　唐王績撰。績字無功，太原祁人。隋大業中，授秘書省正字，出爲六合丞。歸隱北山東皋，自號東皋子。唐初，以前官待詔門下，復求爲太樂丞，後乃解官歸里。是身事兩朝，皆以仕途不達，乃退而放浪於山林，新唐書列之隱逸傳，所未喻也。然績爲王通之弟，而志趣高雅，不隨通聚徒講學，獻策干進，其人品亦不可及矣！

史稱其「簡放嗜酒」，嘗作醉鄉記、五斗先生傳、無心子傳。其醉鄉記爲蘇軾所稱，然他文亦疏野有致。其詩惟野望一首爲世傳誦，然如石竹詠，意境高古；薛記室收過莊見尋詩二十四韻，氣格遒健，皆解滌初唐排偶板滯之習，置之開元、天寶間，弗能别也。

唐書藝文志載績集五卷。陳振孫書録解題亦云其友吕才鳩訪遺文，編成五卷，爲之序。而今本實止三卷。又，晁公武讀書志引吕才序，稱績年十五，謁楊素，占對英辨。薛道衡見其登龍門憶禹賦，嘆爲「今之庾信也」，且載其卜筮之驗者數事。今本吕才序尚存，而晁公武所引之文則無之。又，序稱「鳩訪未畢，緝爲三卷」，與書録解題不合。其登龍門一賦，亦不載集中。或宋末本集已佚，後人從文苑英華、文粹諸書中，採績詩文，彙爲此編，而僞托才序以冠之，未可知也。

此本爲明崇禎中刊本，卷首尚有陸淳序一首。晁、陳二家目中皆未言及，其真僞亦在兩可間矣！

四庫全書簡明目録　集部

東皋子集三卷　唐王績撰。績爲王通之弟，而天性真率，不隨通聚徒講學，獻策干進。詩文皆疏野有别致，其詩惟野望一篇最傳。然如石竹詠、贈薛收詩，皆風骨遒上；古意六首，亦陳、張感遇之先導。集爲吕才所編，此本卷數與才序合，而才所稱龍門憶禹賦，集乃不載，似未必舊本矣！

善本書室藏書志　集部

丁　丙

東臯子集三卷（舊鈔本）　唐太原王績無功著。績乃文中子王通弟也。隋大業中，舉孝悌廉潔，授六合丞，除正字，棄官隱東臯，自號東臯子。晚以太樂吏焦革善釀，求爲其丞，革死乃歸。立杜康祠於所居，配以焦革，爲文祭之。晁、陳兩目均稱遺文五卷，河東吕才編、序，陸淳後序。此明梁谿曹荃定爲三卷，附録劉昫、宋祁、蘇軾三傳，並遺事、集評。

鐵琴銅劍樓藏書目録　集部

瞿　鏞

東臯子集三卷（舊鈔本）　唐王績撰。唐志、晁、陳書目俱作五卷，此止三卷，有吕才、陸淳序，舊爲脈望館藏書，繼歸述古堂，見敏求記，卷末有趙清常題記云：「從金陵焦太史本録出，校於清溪官舍，時萬曆三十七年十月十四日。」

孫氏岱南閣叢書本東臯子集序

孫星衍

王無功集三卷，吴門余蕭客影抄宋槧本。前有吕才序，稱五卷，疑非唐時編次本。唐陸淳有删東臯子序，此或其所删歟！卷中有摘句，引宋所撰書，疑又爲宋時訂定。然按之錢遵王讀書敏求記，稱從金陵焦太史録出，今世罕傳者，亦即此本也。文獻通考「十五卷」，「十」字疑衍。晁公武則云：「薛道衡見其登龍門憶禹賦，嘆曰：『今之庾信也。』」今集無此賦。唐文粹所載又有勣與陳叔達重借隋紀書、重答杜君書二篇，亦不見集中，其非吕才原編，明矣。

余購求唐人文集頗多，而勣集爲冠，急刊以傳世。勣天才倜儻，遺世獨往，不拘禮俗。其文蕭散，兼陶潛、庾信之長。惟陳道士書，以釋迦廁於孔子之後，可謂儗人不倫。固不必以此責文人；以唐太宗之英明，顔魯公之忠直，猶且惑於浮屠，直是唐人積習如此；韓氏愈之識，所以不可及，文起八代之衰，即此是也。而或以體格言之，淺矣。今刊此集，以逸文及陸淳序附於後。

山東督漕使者孫星衍序。

韓氏讀有用書齋書目　集部

韓應陛

王無功集三卷（舊鈔本）　明萬曆三十年壬寅林云鳳手跋　何義門手校並跋。

周氏傳忠堂藏書目

周星詒原輯　羅振常重編

東皐子集三卷（一册）　唐王績撰，舊鈔本，吴枚庵手校。

皕宋樓藏書志

陸心源

東皋子集三卷（附録一卷，舊鈔本）　唐太原王績無功撰。吕才序。陸淳删東皋子集序吴手跋曰：「庚子初冬，於鮑以文丈處見宋槧本，凡五卷，視此增多三十餘篇，惜未假得校補，書此以俟。十八日，延陵吴翌鳳記。」

羅氏唐風廔刻王無功集後記

蔣黼

王無功集並孫輯補遺，共五卷。刻本頗不易覯，羅君叔言嘗得舊刻巾箱本，準别甚多，作校勘記一卷，久未鐫木。年來同處吴門，朝夕過從，時商舊學，因勸之授梓，並爲校讎。偶於文中子内檢得答陳尚書書一首，爲孫輯所遺，以語叔言，並刊卷末。光緒丙午三月吴縣蔣黼記之。

四庫目略　集部

楊立誠

東皋子集　唐王績撰，三卷。孫氏岱南閣仿宋巾箱本，明崇禎中刊本。趙清常脈望館鈔本最善，半頁九行，行二十字。

績以仕途不達，乃退隱北山東皋，自號東皋子。詩文皆疏野有别致。集爲其友吕才所編。

此本卷數與才序合，而才所稱龍門憶禹賦，集乃不載，似非舊本。

文禄堂訪書記

王文進

東皋子集三卷　唐王績撰，清孫星衍鈔本，半葉九行，行十六字，附贊十三首，從永樂大典録出，有「臣星衍」印。

孫氏手録余蕭客跋曰：「集爲北宋槧本，吴松巖影鈔，予以注先君蘇黄滄海集，托再從弟仁山轉借得之，從遊吾子，再請影寫，以四日有半而畢。然虞尚有脱誤，當求元本及别本正之，良不易得，如何？乙未初秋蕭客伯淵録。」

又，清初鈔本附録、補遺各一卷，半葉九行，行二十字，有南昌彭氏知聖道齋、古平董氏珍藏印。

董氏手跋曰：「東皋子三卷，後有余氏蕭客跋，稱北宋本録出，讀書敏求記云：『今世罕傳，清常道人從金陵焦太史本録出，即此三卷也。』書録解題云，作五卷，陸淳有後序。今不獲見。此册彭文勤公家藏，並載陸序，洵可寶貴。余自廠肆購歸，聞薛淮生侍御同年藏孫淵如先生校本，因假校一過。時咸豐辛酉十一月十一日，研樵識。」

涉園序跋集録

張元濟

東皋子集　讀書敏求記有東皋子集三卷，記曰：「吕才仲英鳩訪無功遺文，輯成一書。其集今世罕傳，清常道人從金陵焦太史本録出。」是本卷中均有清常手筆，記載甚明，蓋先爲脈望館舊藏，繼入於述古堂也。嘉慶初，孫淵如刻岱南閣叢書，中有是集，亦三卷，序稱爲「吴門余蕭客影抄宋槧本，前有吕才序，稱五卷，疑非唐時編次。唐陸淳有删東皋子序，此或其所删。又讀書敏求記稱『從金陵焦太史録出』者，亦即此本」云云。然孫刻詩篇編次，與是本不合，且缺祭處士仲長子光文及自撰墓誌二篇，頗疑所據之本各異；又是本吕序明言緝成三卷，並無五卷之説；蓋孫氏實未親見此本，其所云「亦即此本」者，僅爲揣度之詞。然唐書藝文志、晁、陳二志，均作五卷，是當時必有兩本，一爲五卷，一爲三卷，不能指爲孰誤孰不誤也。孫氏學術淹貫，刻書校讐尤精，然以所刻與是本校，異同近百許字，其足以糾正是本者不過數字，餘則皆誤，於此益知古書校勘之難，而古本之可貴矣。兩本異同，列表如左，讀者審之。

【韓按】以上有關二卷本、三卷本者。

四庫提要辨證

余嘉錫

東皋子集三卷（唐王績）　嘉錫案：吕才及陸淳兩序，姚鉉均收入唐文粹卷九十三。鉉爲北宋初人，去唐未遠，其書精博可據。兩序既爲所取，必非僞作，可斷言也。呂才序云：「所著詩賦，並多散逸，鳩訪未畢，且緝成五卷。」（孫星衍刻東皋子集序同，餘明鈔、明刻本均作三卷。）自唐志以下，晁、陳書目（讀書志卷十七，書録解題卷十六）及宋志皆著於録，蓋足本也。其本今已不傳。然陸心源皕宋樓藏書志卷六十八載所藏舊鈔三卷本，有吴翌鳳手跋曰：「庚子（乾隆四十五年）初冬，於鮑以文丈處見宋槧本，凡五卷，視此增多三十餘篇，惜未假得鈔補。」朱學勤結一廬書目卷四云：「王無功集五卷，舊鈔本，朱笥河藏書。」是此書足本，在晚清猶有存者，惜不得而見之矣。晁公武所引呂才序，今本乃無其文，未喻其故。或者才於鳩訪續文，續有所增，因別爲之序而不改其卷數，公武言之不詳歟？陸淳刪東皋子集序云：「余每覽其集，想見其人，恨不同時，得爲忘形之友，故祛彼有爲之詞，全其懸解之志（續答馮子華處士書云：「仲長先生作獨遊頌及河渚先生傳，開物寄道，懸解之作也。」又仲長先生傳云：「識者有以知其懸解也」），庶乎死而可作，無愧異代之知音爾。」淳自言其刪削之意如此。宋史藝文志別有陸淳東皋子集略二卷。略者，明其爲刪本也。崇文總目著録之東皋子集二卷，當即此本，蓋以詩賦爲上卷，雜文爲下卷。今行世諸本皆三卷，疑後人以其篇卷不勻，分詩賦爲上中，而改呂才序中「五」字爲「三」，以泯其迹，故與書録解題不合。凡孫星衍刻本所附佚文，及吴翌鳳所見之三十餘篇，蓋皆陸淳所謂有爲之詞，而被其刪去者也。提要未細讀淳序，不知其有所刪削，徒因今本不全，遂疑爲後人所輯；又不考唐文粹，更疑呂才序爲僞托，陸淳序爲真僞兩可；其亦勇於疑古矣。書録解題云：「其友呂才，鳩訪遺文，編成五卷，爲之序。有醉鄉記傳於世。其後陸淳又爲後序。」不知作提要者，何以於其末句熟視無覩，竟謂晁、陳二家皆未言及陸淳之序，豈所謂心不在焉、視而不見也歟！

敦煌古籍叙録

王重民

東皋子集　此卷首尾殘缺，載賦三篇，起遊北山賦之後半，元正賦全，訖三月三日賦之前半。據遊北山賦，知爲唐王績所撰，蓋爲東皋子集殘卷，更證以群書，而知此爲呂才所編績集五卷本之原帙也。按唐書藝文志集部，陳振孫書録解題卷十六，晁公武讀書志卷十七，並著録是集作五卷。清四庫全書著録本，孫氏岱南閣刻本，四部叢刊續編影印本並作三卷。提要因疑三卷本爲宋以後人採掇輯書而成，則恐有未諦。張菊生先生跋是書，疑宋時必有兩本，一爲五卷，一爲三卷，是也。以余攷之，五卷本爲呂才原編，三卷本爲陸淳删節，似又可不必致疑也。何以言之？陸淳删東皋子集後序云：「余每覽其集，想見其人，恨不同時，得爲忘形之友。故祛彼有爲之詞，全其懸解之志，庶乎死而可作，無愧異代之知音耳。」檢宋姚鉉唐文粹卷八十一，有績重答杜使君書，卷八十二又有與陳叔達重借隋紀書，繹其文旨，蓋是有爲之詞，在陸淳所删之例，則姚鉉必採自呂編五卷本。又全唐文卷百三十二，有績三日賦、鷰賦（按此二賦不見文苑英華與文粹，其出處容再攷)，與此卷之元正賦，繹其文旨，亦無懸解之志，則亦在陸淳所删之例，故不載淳删三卷本。又晁氏讀書志引吕才序云：「績年十五，謁楊素，占對英辨。薛道衡見其登龍門憶禹賦，嘆曰：『今之庾信也！』」今本才序無晁公武所引之文，集亦不載其登龍門憶禹賦；然望其題而知其詞必爲有爲而賦，則賦既爲陸淳所删，而並删及吕才序可知也。然則宋人所見績集，並吕才所編五卷本也。(周氏涉筆、西清詩話等書引績詩有逸句，則所見亦爲五卷本。)反之，依其佚文，與今本内容作比較觀，再衡以陸淳叙旨，而有以知今所傳三卷本，爲陸淳删本無疑也。

岱南閣刻本，據孫星衍序稱爲吴門余蕭客影鈔宋槧本。四庫著録爲明崇禎中刊本，四部叢刊續編影印清常道人校録本。張菊生先生跋稱：「孫刻詩篇編次，與是本不合，且缺祭處士仲長子光文，及自撰墓誌二篇，疑所據之本各異。」按祭仲長子光及自撰墓誌二文，並在卷末，或孫氏所據本適缺卷末兩葉；此兩文實具懸解之志，不應爲陸淳所删。至詩篇所以編次不同之故，檢叢刊續編本卷中葉五下，初春一詩書眉上，有楷書「記事」二字，或清常道人手鈔時，欲爲分類，故前後倒置也。然則今所傳三本，若溯其源，皆同一流。此事證明甚易，取孫刻與四庫本一校即得。惜余遠在海外，既未見孫刻，更莫由窺四庫之秘也。

由上觀之：陸淳所删三卷本，宋時亦嘗付剞劂，陳振孫尚見之，因是節本，故未爲著録。元、明以來，五卷本亡而此節本反存。四庫提要謂「或宋末本集已佚，後人從文苑英華、文粹諸書中，採績詩文，彙爲此編，而僞托才序以冠之，未可知」者，爲勇於疑古，而疏於攷證。且績詩文多作於隋代，爲英華所不收，則又爲館臣所未及料也。

全唐文卷百三十二，三十三，收績文兩卷，搜輯甚備。然無元正賦，知此文與五卷本隨佚，今重得於敦煌古卷中，爲之狂喜。又全唐文卷百三十二收入子推抱樹死贊、荆軻刺秦王贊等十三篇，據吕才序：「績又著會心高士傳五卷，别成一家，不列於集。」則爲會心高士傳之贊語，不應輯入文集，附誌於此。

按卷内國字作圀，天字作𠑺，並爲僞周武后所製新字；則爲唐武后時寫本，又陸淳爲啖助高弟子，度其生年，不能上逾開元，然則此卷子本書寫之時，陸淳尚未生世，則應爲吕才原編，更可無疑也。兹迻録元正賦於後，以補績文之闕；校寫北山賦之異文，以見唐寫本之善云爾。一九三五年九月十九日（按：下有元正賦及遊北山賦校文，略）。

唐集叙録

萬曼

王績集，舊唐書本傳及經籍志作五卷；新唐書藝文志，績誤作勣，亦爲五卷；宋史藝文志，績誤爲續，仍爲五卷，但另有陸淳東皋子集略二卷；崇文總目僅著録東皋子集二卷。從這個記録裏可以設想題爲王績集的是五卷，題爲東皋子集的是陸淳編的東皋子集略，這是一個經過删節的本子，所以衹有二卷，今本東皐子集作三卷，顯然已非舊日次第。

晁公武郡齋讀書志四上，王績東皐子五卷，題名已非舊式，但仍爲五卷，並云：「有呂才序，稱其幼岐嶷，年十五謁楊素，占對英辯，一座盡傾，以爲神仙童子。薛道衡見其登龍門憶禹賦，嘆曰：『今之庾信也。』且載其卜筮之驗者數事云。」這段話四部叢刊影趙抄本呂才序中不見。陳振孫直齋書録解題十六東皐子五卷，又云：「其友呂才鳩訪遺文，編成五卷，爲之序。有醉鄉記傳於世，其後陸淳又爲後序。」這個本子在呂才序外，似乎又把陸淳東皐子集略序添在後邊，改題東皐子，但仍爲五卷。

元、明以來，五卷本的王績集，不見著録，覆刊本也極爲少見，而鈔本流傳多爲删節本，又不知道爲什麽改二卷爲三卷。

常熟瞿鏞（子雍）鐵琴銅劍樓藏書目録十九：東皐子集三卷，舊鈔本，唐王績撰。記云：「唐志、晁、陳書目，俱作五卷，此止三卷，有呂才、陸淳序，舊爲脈望館藏書，繼歸述古堂，見敏求記，卷末有趙清常題記云：金陵焦太史本録出，校於清溪官舍，時萬曆三十七年（一六〇九）十月十四日。」四部叢刊續編集部即據此本影印。呂、陸二序後有東皐子傳、蘇軾書東皐子及陳氏曰、周氏涉筆曰、晁氏曰，分上、中、下三卷，上卷賦、中卷詩、下卷雜文。但上卷賦止遊北山賦一首。

錢塘丁丙（松生）善本書室藏書志二十四，著録另一個舊鈔本，書名東皐子集，也是三卷。

小傳外云：「晁、陳兩目均稱遺文五卷，河東吕才編、序，陸淳後序。此明梁谿曹荃定爲三卷，附録劉昫、宋祁、蘇軾三傳並遺事、集評。」這個本子和瞿氏著録本，附録各件略有不同，曹荃的時代略後於趙琦美（清常），恐怕還是淵源於趙抄本的，止附録有所增添而已。

以上兩個抄本，可以説都是陸淳的删節本，不料在歸安陸心源（剛甫）藏本吴翌鳳的跋語中，却見到了五卷本的蹤影。皕宋樓藏書志六十八，著録一個舊鈔本，題東皐子集，三卷外，另有附録一卷，有吴翌鳳手跋云：「庚子初冬，於鮑以文丈處見宋槧本，凡五卷，視此增多三十餘篇，惜未假得校補，書此以俟。十八日延陵吴翌鳳記。」這個鈔本後歸靈石耿文光（斗垣），萬卷精華樓藏書記一百五著録，這個鈔本本身没有什麽引人注意的東西，但是吴氏跋中所説的在鮑以文處所見到的宋槧五卷本，却是一個重大的發現，使沉埋已久的五卷本，在這裏透射出一綫光芒。

鮑以文名廷博，刊有知不足齋叢書，但未收此種。邵章四庫簡目續録云：「宋刊五卷本，汲古閣有影宋鈔本。」可是毛氏津逮秘書也未輯入。於是此一綫光芒乃告熸息。五卷本似存若亡，究不知當在人間否。偶翻北京圖書館善本書目，忽見王無功文集五卷一種，係清同治四年陳晚晴軒鈔本，一册，内容不知如何。

甘泉江藩（節甫）半氈齋題跋上東皐子集條云：「東皐子集三卷，集中答馮子華處士書云，『我近作河渚獨居賦』，今本無此文，中卷末補遺引葛立方韻語陽秋，當是南宋人所編，必非舊本也。」江氏所據當爲刻本。東皋子集除鈔本外，刻本流傳極稀，所知僅有崇禎中刊本（四庫全書總目即以此本著録），及孫星衍氏岱南閣仿宋巾箱本，皆三卷本也。此外，邵氏續録仍有光緒丙子（一八七六）羅振玉唐風廔刊本，未標卷數，據潘景鄭著硯樓題跋，當仍屬删本系統。潘氏云：

> 東皋子集世通行祇孫氏岱南閣倣宋本，孫氏所據自余蕭客影鈔宋槧所出，然校正誤字，亦殊未盡。清光緒丙午（一九〇六）羅氏唐風廔據所藏舊刻巾箱本校孫本重梓，是正甚多，作校勘記一卷。又於文中子内，檢得答陳尚書書一首，附諸卷末，於孫刻爲精善矣。近涵芬樓影印明清常道人手鈔本，校正孫氏誤字至百許。清常道人本，即讀書敏求記所據爲善本者，所校羅氏刊本，亦殊未合。吾族香雪草堂藏有王西沚家鈔本東皋子集，黄蕘圃以墨筆度吴枚庵校本，以朱筆校明刻本，比勘精審，所正誤脱，亦有孫、羅二刻所未及者。是本於去秋在市廛爲吾友鄒君百耐所得，余假歸，校讀數日，以勘各本，互有是正，洵乎善本之難盡！吾輩窮年累月，耗精疲神於幾塵落葉中，徒亦自苦耳，暇時羅列各本，疏其同異，彙爲校記，附諸簡末，聊備記誦之業，是爲跋。乙亥五月二十六日。

從潘文中可以看出，各刊本所據鈔本，彼此之間，頗多歧異，但都出於陸淳本是没有問題的，因爲篇目出入不大，吴翌鳳所稱增多的三十餘篇皆未見也。所以孫淵如岱南閣刻本序疑非唐時吕才編次，或爲陸淳所删，並稱讀書敏求記從金陵焦太史録出者，亦即此本云云。但張元濟跋趙本時，對此却提出異説，張氏云：「孫刻詩篇編次與是本不合，且缺祭處士仲長子光及自撰墓誌二首，頗疑所據之本各異。又是本吕序明言輯成三卷，並無五卷之説。蓋孫氏實未親見此本，其所云亦即此本者，僅爲揣度之詞。」孫氏所據鈔本和趙清常本不盡相同，自是一個問題；但張氏謂並無五卷之説，却是錯誤的。張氏根據止是趙鈔本吕才序，但吕序「三」字顯然是「五」字之誤，不能因此遂謂並無五卷之説。張氏後文雖也提到唐志及晁、陳二目，認爲當時必有兩本，但對趙鈔源出陸删本似未置信。更未注意到陸淳删本原爲二卷的東皋子集略，而三卷本乃明人採掇而成，已非陸氏原本。

關于吕才序文問題，上文已云晁公武所引吕才序文，趙鈔本吕序中不見。陳鴻墀全唐文紀事一百十三引吕才序則僅百餘字，皆見於趙鈔本，但和趙鈔本八百餘字相較，相差太遠，且不云所輯卷數，其爲陳氏删節，抑别有所據，疑不能明。四庫全書總目提要云：「或宋末本集已佚，後人從文苑英華，文粹諸書中採績詩文，彙爲此編，而僞托才序以冠之，未可知也。」凡此種種，都有待於獲得宋槧五卷本來解決，但三卷本是一個簡本，這一點是完全可以肯定的，因爲有唐寫殘本爲證。

王重民敦煌古籍叙録記（伯二八一九）東皋子集云：「此卷首尾殘缺，載賦三篇，起遊北山賦之後半，元正賦全，訖三月三日賦之前半。據遊北山賦知爲唐王績所撰，蓋爲東皋子集殘卷，更證以群書，而知此爲吕才所編績集五卷本之原帙也。」又云：「按卷内國字作圀，天字作𠀑，並爲僞周武后所製新字，則爲唐武后時寫本，又陸淳爲啖助高弟子，度其生年，不能上逾開元，然則此卷子本書寫之時，陸淳尚未生世，則應爲呂才原編，更可無疑也。」此外，王重民又檢宋姚鉉唐文粹八十一有績重答杜使君書，八十二有與陳叔達重借隋紀書，全唐文百三十二有三日賦、鷰賦（此二賦不見文苑英華與文粹，出處容當再攷），三卷本皆不載，認爲係陸淳所删。因爲淳序稱「袪彼有爲之詞，全其懸解之志」，此類皆所謂有爲之詞也。證明五卷本之外，别有陸淳删本三卷，同時並證明四庫館臣以爲三卷本係後人從文苑英華、文粹諸書採輯彙編的説法爲疏於考證。但王重民也一樣没注意到陸淳删的東皐子集略原爲二卷，三卷本爲明人編定的。王氏又云全唐文百三十二收入子推抱樹死贊、荆軻刺秦王贊等十三篇，據呂才序「績又著會心高士傳五卷，别成一家，不列於集」，應爲會心高士傳之贊，不應輯入文集。最後依卷子本鈔録了元正賦全文，因此賦不特集本不見，文苑英華、唐文粹、全唐文皆未載入，敦煌卷子所寫乃成孤本，又用此卷子和四部叢刊續編影趙本作了遊北山賦校文。

按：呂才，高儉（士廉）文思博要序群臣中有朝散大夫行太常博士呂才，當即其人。

【韓按】以上通論績集者。

附録二　傳記資料

舊唐書　王績傳

劉　昫

王績字無功，絳州龍門人。少與李播、吕才爲莫逆之交。隋大業中，應孝悌廉潔舉，授揚州六合縣丞，非其所好，棄官還鄉里。績河渚中先有田數頃，鄰渚有隱士仲長子光，服食養性，績重其真素，願與相近，乃結廬河渚，以琴酒自樂。嘗遊北山，因爲北山賦以見志，詞多不載。績嘗躬耕於東皐，故時人號東皐子。或經過酒肆，動經數日，往往題壁作詩，多爲好事者諷詠。貞觀十八年卒。臨終自剋死日，遺命薄葬，兼預自爲墓誌。有文集五卷。又撰隋書，未就而卒。

兄通，字仲淹，隋大業中名儒，號文中子，自有傳。

新唐書　王績傳

宋　祁　歐陽修

王績字無功，絳州龍門人。性簡放，不喜拜揖。兄通，隋末大儒也，聚徒河、汾間，倣古作六經，又爲中説以擬論語。不爲諸儒稱道，故書不顯，惟中説獨傳。通知績誕縱，不嬰以家事，鄉族慶弔冠昏，不與也。與李播、吕才善。

大業中，舉孝悌廉絜，授秘書省正字。不樂在朝，求爲六合丞，以嗜酒不任事，時天下亦亂，因劾，遂解去。嘆曰：「網羅在天，吾且安之！」乃還鄉里。有田十六頃在河渚間。仲長子光者，亦隱者也，無妻子，結廬北渚，凡三十年，非其力不食。績愛其真，徙與相近。子光瘖，未嘗交語，與對酌酒懽甚。績有奴婢數人，種黍，春秋釀酒，養鳧雁，蒔藥草自供。以周易、老子、莊子置牀頭，它書罕讀也。欲見兄弟，輒度河還家。遊北山東皋，著書自號東皋子。乘牛經酒肆，留或數日。

高祖武德初，以前官待詔門下省。故事，官給酒日三升，或問：「待詔何樂邪？」答曰：「良醖可戀耳！」侍中陳叔達聞之，日給一斗，時稱「斗酒學士」。貞觀初，以疾罷。復調有司，時太樂署史焦革家善釀，績求爲丞，吏部以非流不許，績固請曰：「有深意。」竟除之。革死，妻送酒不絶，歲餘，又死。績曰：「天不使我酣美酒邪？」棄官去。自是太樂丞爲清職。追述革酒法爲經，又采杜康、儀狄以來善酒者爲譜。李淳風曰：「君，酒家南、董也。」所居東南有盤石，立杜康祠祭之，尊爲師，以革配。著醉鄉記以次劉伶酒德頌。其飲至五斗不亂，人有以酒邀者，無貴賤輒往，著五斗先生傳。刺史崔喜悦之，請相見，答曰：「奈何坐召嚴君平邪？」卒不詣。杜之松，故人也，爲刺史，請績講禮，答曰：「吾不能揖讓邦君門，談糟粕，棄醇醪也。」之松歲時贈以酒脯。初，兄凝爲隋著作郎，撰隋書未成死，績續餘功，亦不能成。豫知終日，命薄葬，自誌其墓。績之仕，以醉失職，鄉人靳之。托無心子以見趣曰：「無心子居越，越王不知其大人也，拘之仕，無喜色。越國法曰：『穢行者不齒。』俄而無心子以穢行聞，王黜之，無愠色。退而適茫蕩之野，過動之邑而見機士，機士撫髀曰：『嘻！子賢者而以罪廢邪？』無心子不應。機士曰：『願見教。』曰：『子聞蜚廉氏馬乎？一者朱鬛白毳，龍骼鳳臆，驟馳如舞，終日不釋轡而以熱死；一者重頭昂尾，駝頸貉膝，踶齧善蹶，棄諸野，終年而肥。夫鳳不憎山棲，龍不羞泥蟠，君子不苟絜以罹患，不避穢而養精也。』」其自處如此。

文中子世家

杜淹

文中子王氏諱通，字仲淹。其先漢徵君霸，絜身不仕，高尚鎮天下。十八代祖殷仕漢至雲中太守，以賢良稱。肇家於祁。以春秋、周易訓授鄉里，爲子孫資。十四代祖述，克播前烈，著春秋義統，公府辟不就。九代祖寓仕晉，遭愍、懷之難，遂東遷焉。寓生罕，罕生秀，皆以文學顯。秀生二子，長曰元謨，次曰元則。元謨以武略升，元則以儒術進。元則字彦法，即文中子六代祖也。仕宋歷太僕、國子博士，以兄用武進，常嘆曰：「先君所實者禮樂，先師不學者軍旅，兄何爲哉？」遂究心道德，博考經籍，以爲功業不可以小成也，故卒爲洪儒，卿相不可以苟處也，故終爲博士。曰：「先師之職也，不可墜。」故江左號爲「王先生」。受其道者，曰「王先生業」。於是，始稱儒門，世濟厥美矣！

先生生江州府君焕，焕生虬。虬始北仕魏，太和中至并州刺史，創家臨河汾，惟曰晉陽穆公。穆公生同州刺史彦，惟曰同州府君。彦生濟州刺史傑，惟曰安康獻公。安康獻公生銅川府君諱隆，字伯高，文中子之父也。幽識遠悟，非禮不動，傳先生之業，所在教授，門徒常千餘人。隋開皇初，以國子博士待詔雲龍門。時國家新有揖讓之事，方以恭儉定天下。天子常從容謂府君曰：「朕何如主也？」府君曰：「陛下聰明神武，得之於天。發號施令，不盡稽古，雖負堯舜之姿，終以不學爲累。」帝默然曰：「先生，朕之陸賈也。何以教朕？」府君承詔，著興衰要論七篇。每奏，帝輒稱善，然未甚達也。府君始求出，補樂昌令，尋轉猗氏，後遷銅川。所在著稱，吏人敬愛，秩滿退歸，遂不仕。

開皇四年，文中子始生。銅川府君筮之，遇坤之師。獻兆於安康獻公，公愀然作色曰：「素王之卦也，何爲而來？地二化爲天一，上德而居下位，能以衆正，可以王矣！雖有君德，非其時也。是孫也，必能通天下之志；而道不行，天所命也。」遂名之曰通。

開皇九年，江東始平。銅川府君嘆曰：「小子，汝知之乎？」文中子曰：「通嘗聞之夫子曰：『古之爲邦，有長久之策。』故夏、殷以下數百年，四海常一統也。後之爲邦，行苟且之政，故魏、晉以來數百年，九州無定主也。夫上失其道，民散久矣。一彼一此，何常之有？夫子之嘆，蓋憂皇綱之不邦，生人勞於聚斂，而天下將亂乎？」銅川府君異之曰：「其然乎！」遂告以元經之事。文中子再拜受之。

十八年春正月，銅川府君晏居，歌伐木而召文中子。子矍然再拜：「敢問夫子之志何謂也？」銅川府君曰：「爾來，自天子至庶人，未有不資友而成者也。在三之義，師居一焉。道喪已來，斯廢久矣！然亦何常之有？小子勉旃，翔而後集。」文中子曰：「請從此行！」於是，始有四方之志矣！蓋受書、春秋於東海李育，學詩於會稽夏琠，問禮於河東關子明，正樂於北平霍汲，考三易之義於族父仲華，不解衣者六歲，其精志如此。

仁壽三年，文中子蓋冠矣！慨然有濟蒼生之心，遂西遊長安，見隋文帝。帝坐太極殿，召而見之，因奏太平之策十有二焉。推帝皇之道，雜王霸之略，稽之於今，驗之於古，恢恢乎若運天下於掌上矣！帝大悦曰：「得生幾晚矣，天以生賜朕也。」下其議於公卿，公卿不悦。時文帝方有蕭牆之釁，文中子知謀之不用也，作東征之歌而歸，歌曰：「我思國家兮，遠遊京畿。忽逢帝王兮，降禮布衣。遂懷古人之心兮，將興太平之基。時異事變兮，志乖願違。吁嗟道之不行兮，垂翅東歸。皇之不斷兮，勞身西飛。」文帝聞而傷之，再徵之，不至。四年，文帝崩。大業元年一徵，又不至。辭以疾，謂所親曰：「我周人也，家本於祁。永嘉之亂，蓋東遷焉。高祖穆公，始仕於魏。魏、周之際有大功於生人。天子錫之地，始家於河汾。故有墳壠，於茲四代矣。茲土也，其人憂深思遠，乃有陶唐氏之遺風焉。先君之所懷也。且有先人之敝廬在焉。家本儉約，茅檐土階，蕞如也，以避風雨。道之不行，則知之矣。捨此欲安之乎？不如退而志其道。」定居萬春鄉之甘澤里，乃續詩、書，正禮、樂，修元經，贊易道，蓋有事於述者九年。而六經大就，門人自遠而至。河南董恒、太山姚義、京兆杜淹、趙郡李靖、南陽程元、扶風竇威、河東薛收、中山賈瓊、清河房玄齡、鉅鹿魏徵、太原温大雅、潁川陳叔達等，咸稱師，北面受王佐之道焉。其往來受業者不可勝數，蓋將千餘人。故隋道衰，而文中子之教興於河汾之間，雍雍如也。

大業十年，尚書召署蜀郡司户，不就。十一年，以著作佐郎國子博士徵，並不至。十三年，江都難作，而文中子有疾，召薛收而謂之曰：「吾夢顔子稱孔子之命而登吾階，坐於牖下，北面援琴而歌曰：『禮樂既正，詩書既成，贊明易道，聿修元經，歸休乎，何必永厥齡！』此殆夫子使回召我也，吾必不起矣！」蓋寢疾七日而終。門人薛收、姚義等數百人共會議曰：「吾師其至人乎？自仲尼以來，未之有也。禮云：『男生有字，以昭德也。死有謚，以易名也。』夫子生當天下亂，昭王不興，莫能宗之，故退而删詩、書，正禮、樂，修元經，讚易道，聖人之大旨明矣！天下之能事畢矣！仲尼既没，文不在兹乎？易曰：『黄裳元吉，文在中也。』請謚曰文中子。」絲麻設位，哀以送之。禮畢，悉以文中子之書，還於王氏。蓋禮論二十五篇，列爲十卷；樂論二十篇，列爲十卷；續書一百五十篇，列爲二十五卷；續詩三百六十篇，列爲十卷；元經五十篇，列爲十五卷；贊易七十篇，列爲十卷：並未及行於時。遭代喪亂，盜賊奔突，先夫人用藏其書於竹笥，扶老攜幼，東西南北，未嘗離身焉。大唐武德四年，天下大定。先夫人得返於故居，復以書授於其

弟凝。文中子二子，長曰福郊，少曰福畤。（全唐文卷一三五）

唐詩紀事　王績

計有功

績，字無功，絳州人。兄通，大儒也。績誕縱，與李播、吕才善。大業末，仕爲六合丞，嗜酒不任事，因解去。居河渚間，與仲長子光友。以周易、老子置牀頭，他書罕讀也。著五斗先生傳、醉鄉記、無心子傳。預知終日，自誌其墓。自號東皋子。

唐才子傳　王績

辛文房

績字無功，絳州龍門人，文中子通之弟也。年十五，謁楊素，一坐服其英敏，日爲「神仙童子」。不樂在朝，辭疾。復授揚州六合縣丞。以嗜酒妨政，時天下亦亂，遂托病風，輕舟夜遁。嘆曰：「網羅在天，吾將安之！」乃還故鄉。至唐武德中，詔徵以前官待詔門下省。績弟静謂績曰：「待詔可樂否？」曰：「待詔俸薄，况蕭瑟。但良醖三升，差可戀耳！」待詔江國公聞之曰：「三升良醖未足以絆王先生。」特判日給一斗。時人呼爲「斗酒學士」。貞觀初，以疾罷歸。河渚間有仲長先生，亦隱士也，無妻子。績愛其真，遂結廬，日與對酌。居有奴婢數人，多種黍，春秋釀酒，養鳧雁，蒔藥草自供。以周易、莊、老置牀頭，無他用心也。自號東皋子。雖刺史謁見，皆不答。終于家。性簡傲，好飲酒。能盡五斗，自著五斗先生傳。彈琴爲詩著文。高情勝氣，獨步當時。撰酒經一卷、酒譜一卷。李淳風見之曰：「君，酒家南、董也。」及詩、賦等傳世。

論曰：唐興迨季葉，治日少而亂日多，雖草衣帶索，罕得安居。當其時，遠釣弋者不走山而逃海，斯得而隱者矣！自王君以下，幽人間出，皆遠騰長往之士，危行言遜，重撥禍機，糠覈軒冕，挂冠引退，往往見之。躍身炎冷之途，標華黄綺之列。雖或累聘丘園，勉加冠佩，適足以速藏于藪澤耳。然猶有不能逃白刃，死非命焉。夫蹟晦名彰，風高塵絶，豈不以有翰墨之妙，騷、雅之奇美哉？文章爲不朽之盛事也。耻不爲堯舜民，學者之所同志。改居于三五，懦夫尚知勇爲。今則舍聲利而向棲棲。鹿冠烏几，便于錦綉之服；柴車茅舍，安于丹雘之廈；藜羹不糝，甘于五鼎之味；素琴濁酒，和于醇飴之奉；樵青山，漁白水，足于佩金魚而紆紫綬也。時有不同也，事有不侔也。向子平曰：「吾故知富不如貧，貴不如賤，第未知死何如生？」此達人之言也。易曰：「遯之時義大哉！」

唐詩品彙　詩人爵里詳節

高　棅

王績，字無功，絳州人。隋王通之弟，舉孝廉，授正字，遊東皋，著書，號東皋子。待詔門下省，日給酒三升。或問：「待詔樂否？」曰：「良醖可戀耳！」侍中日給一斗，時稱「斗酒學士」。

著五斗先生傳，貞觀以疾罷。績之仕，以醉失職，鄉人誚之。托無心子以見趣。其文不録。

全唐詩　王績小傳

王績，字無功，絳州龍門人，文中子之弟。隋末，授秘書省正字，不樂在朝，求爲六合丞，嗜酒不任事，尋還鄉里。唐高祖武德初，以前官待詔門下省，時太樂署史焦革家善釀，績求丞。革死，棄官歸東皋著書，號東皋子，集五卷。（全唐詩卷三十七）

全唐詩話續編　王績

孫　濤

績字無功。絳州人。文中子通之弟。隋大業中爲六合丞。世亂解官，遊北山東皋著書，自號東皋子。性嗜酒，有「眼看人盡醉，何忍獨爲醒」之句，因著五斗先生傳。高祖武德初，待詔門下省。貞觀間，以疾罷。

西清詩話云：王績被召謝病詩云：「横裁桑節杖，直翦竹皮巾。鶴警琴亭夜，鶯啼酒甕春。顔回唯樂道，原憲豈傷貧？」觀此數語，豈以招聘爲喜乎？獨坐詩：「寄身千載下，聊遊萬物初。」「欲令無作有，翻覺實成空。」詠懷詩云：「故鄉行處是，虚室坐間同。日落西山暮，方知天下空。」贈薛稷詩：「賴此北山僧，教我似真如。使我視聽遺，自覺塵累祛。」績殆有得於佛氏者深也。

史載：績之仕也，以醉失職。鄉人或嗤之，績爲作無心子以見趣，其詞曰：「無心子居越，越王不知其大人也，拘之仕，無喜色。越國法曰：『穢行者，不齒。』俄而無心子以穢行聞，王出之，無愠色。退而適茫蕩之野，過動之邑而見機士。機士撫髀曰：『嘻！子賢者，而以罪廢耶！』無心子不應。機士曰：『願承教。』曰：『子聞蜚廉氏馬乎？一者朱鬣白毳，龍骼鳳臆，馳驟如舞，終日不釋轡，而以熱死。一者重頭昂尾，駝頸貉膝，踶齧善蹶，棄諸野，終年而肥。夫鳳不憎山棲，龍不羞泥蟠，君子不苟潔以罹患，不避穢而養精也。』」其自處如此。

十七史商榷　王績　絳州龍門人

王鳴盛

寫本王績東皋子集三卷。河東吕才君英序。舊書隱逸傳於績傳即采此序爲之，但序云：太原祁人。而隱逸傳則云絳州龍門人，新隱逸傳同。序但追溯其上世之族望言之，傳則據其身實籍言之。舊地志：河東道河中府龍門縣，貞觀十七年屬絳州，是也。傳末云：兄通，字仲淹，隋大業中名儒，號文中子。今文中子中説第一卷王道篇，子曰：「吾家銅川六世矣。」阮逸注云「上黨有銅隄縣」，又董常曰「夫子自秦歸晉，宅居汾陽」。中説未可盡信，所言鄉里，雖與絳州龍門相近，却非一地。序云：與李播、陳永、吕才爲莫逆交。傳删去陳永，非。

全唐文　王績小傳

績，字無功，絳州龍門人，隋大業中應孝悌廉潔舉，授揚州六合縣丞。棄官還鄉里，躬耕於東皐，時人號爲東皐子，貞觀十八年卒。（全唐文卷一百三十一）

古鏡記

王　度

隋汾陰侯生，天下奇士也。王度常以師禮事之。臨終，贈度以古鏡，曰：「持此則百邪遠人。」度受而寶之。鏡横徑八寸，鼻作麒麟蹲伏之象，遶鼻列四方，龜龍鳳虎，依方陳布。四方外又設八卦，卦外置十二辰位，而具畜焉。辰畜之外，又置二十四字，周遶輪廓，文體似隸，點畫無缺，而非字書所有也。侯生云：「二十四氣之象形。」承日照之，則背上文畫，墨入影内，纖毫無失。舉而扣之，清音徐引，竟日方絶。嗟乎，此則非凡鏡之所同也。宜其見賞高賢，自稱靈物。侯生常云：「昔者吾聞黄帝鑄十五鏡，其第一横徑一尺五寸，法滿月之數也。以其相差各校一寸，此第八鏡也。」雖歲祀攸遠，圖書寂寞，而高人所述，不可誣矣。昔楊氏納環，累代延慶；張公喪劍，其身亦終。今度遭世擾攘，居常鬱怏，王室如燬，生涯何地，寶鏡復去，哀哉！今具其異迹，列之於後，數千載之下，倘有得者，知其所由耳。

大業七年五月，度自御史罷歸河東，適遇侯生卒，而得此鏡。至其年六月，度歸長安，至長樂坡，宿於主人程雄家。雄新受寄一婢，頗甚端麗，名曰鸚鵡。度既稅駕，將整冠履，引鏡自照。鸚鵡遥見，即便叩首流血，云：「不敢住。」度因召主人問其故。雄云：「兩月前，有一客攜此婢從東來。時婢病甚，客便寄留，云：『還日當取。』比不復來，不知其婢由也。」度疑精魅，引鏡逼之。便云：「乞命，即變形。」度即掩鏡，曰：「汝先自叙，然後變形，當捨汝命。」婢再拜自陳云：「某是華山府君廟前長松下千歲老狸，大行變惑，罪合至死。遂爲府君捕逐，逃於河渭之間，爲下邽陳思恭義女，思恭妻鄭氏（五字據太平御覽九百十二補），蒙養甚厚。嫁鸚鵡與同鄉人柴華。鸚鵡與華意不相愜，逃而東，出韓城縣，爲行人李無傲所執。無傲，麤暴丈夫也，遂劫（原作將，據御覽改）鸚鵡遊行數歲，昨隨至此，忽爾見留。不意遭逢天鏡，隱形無路。」度又謂曰：「汝本老狐，變形爲人，豈不害人也？」婢曰：「變形事人，非有害也。但逃匿幻惑，神道所惡，自當至死耳。」度又謂曰：「欲捨汝，可乎？」鸚鵡曰：「辱公厚賜，豈敢忘德。然天鏡一照，不可逃形。但久爲人形，羞復故體。願緘於匣，許盡醉而終。」度又謂曰：「緘鏡於匣，汝不逃乎？」鸚鵡笑曰：「公適有美言，尚許相捨。緘鏡而走，豈不終恩？但天鏡一臨，竄迹無路，惟希數刻之命，以盡一生之歡耳。」度登時爲匣鏡，又爲致酒，悉召雄家鄰里，與宴謔。婢頃大醉，奮衣起舞而歌曰：「寶鏡寶鏡！哀哉予命！自我離形，於今幾姓？生雖可樂，死必不傷。何爲眷戀，守此一方！」歌訖，再拜，化爲老狸而死。一座驚嘆。

大業八年四月一日，太陽虧。度時在臺直，晝卧廳閣，覺日漸昏。諸吏告度以日蝕甚。整衣時，引鏡出，自覺鏡亦昏昧，無復光色。度以寶鏡之作，合於陰陽光景之妙。不然，豈合以太陽失曜而寶鏡亦無光乎？嘆怪未已。俄而光彩出，日亦漸明。比及日復，鏡亦精朗如故。自此之後，每日月薄蝕，鏡亦昏昧。其年八月十五日，友人薛俠者，獲一銅劍，長四尺，劍連於靶；靶盤龍鳳之狀，左文如火焰，右文如水波，光彩灼爍，非常物也。俠持過度，曰：「此劍俠常試之，每月十五日，天地清朗，置之暗室，自然有光，傍照數丈。俠持之有日月矣。明公好奇愛古，如飢如渴，願與君今夕一試。」度喜甚。其夜，果遇天地清霽。密閉一室，無復脱隙，與俠同宿。度亦出寶鏡，置於座側，俄而鏡上吐光，明照一室，相視如晝。劍横其側，無復光彩。俠大驚，曰：「請内鏡於匣。」度從其言，然後劍乃吐光，不過一二尺耳。俠撫劍嘆曰：「天下神物，亦有相伏之理也。」是後每至月望，則出鏡於暗室，光嘗照數丈。若月影入室，則無光也。豈太陽太陰之耀，不可敵也乎？

其年冬，兼著作郎，奉詔撰國史，欲爲蘇綽立傳。度家有奴曰豹生，年七十矣。本蘇氏部曲，頗涉史傳，略解屬文，見度傳草，因悲不自勝。度問其故。謂度曰：「豹生常受蘇公厚遇，今見蘇公言驗，是以悲耳。郎君所有寶鏡，是蘇公友人河南苗季子所遺蘇公者。蘇公愛之甚。蘇公臨亡之歲，戚戚不樂，常召苗生謂曰：『自度死日不久，不知此鏡當入誰手？今欲以蓍筮一卦，先生幸觀之也。』便顧豹生取蓍，蘇公自揲布卦。卦訖，蘇公曰：『我死十餘年，我家當失此鏡，不知所在。然天地神物，動静有徵。今河汾之間，往往有寶氣，與卦兆相合，鏡其往彼乎？」季子曰：「亦爲人所得乎？」蘇公又詳其卦，云：「先入侯家，復歸王氏。過此以往，莫知所之也。」豹生言訖涕泣。度問蘇氏，果云舊有此鏡，蘇公薨後，亦失所在，如豹生之言。故度爲蘇公傳，亦具言其事於末篇，論蘇公蓍筮絶倫，默而獨用，謂此也。

大業九年正月朔旦，有一胡僧，行乞而至度家。弟勣出見之。覺其神采不俗，更邀入室，而爲具食，坐語良久。胡僧謂勣曰：「檀越家似有絶世寶鏡也。可得見耶？」勣曰：「法師何以得知之？」僧曰：「貧道受明録秘術，頗識寶氣。檀越宅上每日常有碧光連日，絳氣屬月，此寶鏡氣也。貧道見之兩年矣。今擇良日，故欲一觀。」勣出之。僧跪捧欣躍，又謂勣曰：「此鏡有數種靈相，皆當未見。但以金膏塗之，珠粉拭之，舉以照日，必影徹牆壁。」僧又嘆息曰：「更作法試，應照見腑臟。所恨卒無藥耳。但以金煙薰之，玉水洗之，復以金膏珠粉如法拭之，藏之泥中，亦不晦矣。」遂留金煙玉水等法，行之，無不獲驗。而胡僧遂不復見。

其年秋，度出兼芮城令。令廳前有一棗樹，圍可數丈，不知幾百年矣。前後令至，皆祠謁此樹，否則殃禍立及也。度以爲妖由人興，淫祀宜絶。縣吏皆叩頭請度。度不得已，爲之以祀。然陰念此樹當有精魅所托，人不能除，養成其勢。乃密懸此鏡於樹之間。其夜二鼓許，聞其廳前磊落有聲，若雷霆者。遂起視之，則風雨晦暝，纏繞此樹，電光晃耀，忽上忽下。至明，有一大蛇，紫鱗赤尾，緑頭白角，額上有王字，身被數創，死於樹。度便下收鏡，命吏出蛇，焚於縣門外。

仍掘樹，樹心有一穴，於地漸大，有巨蛇蟠泊之迹。既而墳之，妖怪遂絶。

其年冬，度以御史帶芮城令，持節河北道，開倉糧賑給陝東。時天下大饑，百姓疾病；蒲陝之間，癘疫尤甚。有河北人張龍駒，爲度下小吏，其家良賤數十口，一時遇疾。度憫之，齎此入其家，使龍駒持鏡夜照。諸病者見鏡，皆驚起，云：「見龍駒持一月來相照，光陰所及，如冰著體，冷徹腑臟。」即時熱定，至晚並愈。以爲無害於鏡，而所濟于衆，令密持此鏡，遍巡百姓。其夜，鏡於匣中，冷然自鳴，聲甚徹遠，良久乃止。度心獨怪。明早，龍駒來謂度曰：「龍駒昨忽夢一人，龍頭蛇身，朱冠紫服，謂龍駒：我即鏡精也，名曰紫珍。常有德於君家，故來相托。爲我謝王公，百姓有罪，天與之疾，奈何使我反天救物！且病至後月，當漸愈，無爲我苦。」度感其靈怪，因此誌之。至後月，病果漸愈，如其言也。

大業十年，度弟勣自六合丞棄官歸，又將遍遊山水，以爲長往之策。度止之曰：「今天下向亂，盜賊充斥，欲安之乎？且吾與汝同氣，未嘗遠別。此行也，似將高蹈。昔尚子平遊五嶽，不知所之。汝若追踵前賢，吾所不堪也。」便涕泣對勣。勣曰：「意已決矣，必不可留。兄今之達人，當無所不體。孔子曰：『匹夫不奪其志矣。』人生百年，忽同過隙，得情則樂，失志則悲，安遂其欲，聖人之義也。」度不得已，與之決別。勣曰：「此別也，亦有所求。兄所寶鏡，非塵俗物也。勣將抗志雲路，棲蹤煙霞，欲兄以此爲贈。」度曰：「吾何惜於汝也。」即以與之。勣得鏡，遂行，不言所適。

至大業十三年夏六月，始歸長安，以鏡歸，謂度曰：「此鏡真寶物也！辭兄之後，先遊嵩山少室，降石梁，坐玉壇。屬日暮，遇一嵌巖，有一石堂，可容三五人，勣棲息止焉。月夜二更後，有兩人：一貌胡，鬚眉皓而瘦，稱山公；一面闊，白鬚，眉長，黑而矮，稱毛生。謂勣曰：『何人斯居也？』勣曰：『尋幽探穴訪奇者。』二人坐與勣談久，往往有異義出於言外。勣疑其精怪，引手潛後，開匣取鏡。鏡光出，而二人失聲俯伏。矮者化爲龜；胡者化爲猿。懸鏡至曉，二身俱殞。龜身帶緑毛；猿身帶白毛。即入箕山，渡潁水，歷太和，視玉井。井傍有池，水湛然緑色。問樵夫。曰：『此靈湫耳。村閭每八節祭之，以祈福祐。若一祭有闕，即池水出黑雲，大雹浸堤壞阜。』勣引鏡照之。池水沸湧，有雷如震；忽爾池水騰出池中，不遺涓滴；可行二百餘步，水落於地。有一魚，可長丈餘，粗細大於臂；首紅額白，身作青黄間色；無鱗有涎，蛇形龍角；嘴尖，狀如鱘魚；動而有光，在於泥水，困而不能遠去。勣謂蛟也，失水而無能爲耳。刃而爲炙，甚膏，有味，以充數朝口腹。遂出於宋汴。汴主人張琦家有女子患，入夜，哀痛之聲，實不堪忍。勣問其故。病來已經年歲，白日即安，夜常如此。勣停一宿；及聞女子聲，遂開鏡照之。痛者曰：『戴冠郎被殺！』其病者牀下，有大雄鷄，死矣。乃是主人七八歲老鷄也。遊江南，將渡廣陵揚子江，忽暗雲覆水，黑風波湧，舟子失容，慮有覆没。勣攜鏡上舟，照江中數步，明朗徹底；風雲四斂，波濤遂息。須臾之間，達濟天塹。躋攝山麴芳嶺，或攀絶頂，或入深洞；逢其群鳥，環人而噪；數熊當路而蹲；以鏡揮之，熊鳥奔駭。是時利涉浙江，遇潮出海，濤聲振吼，數百里而聞。舟人曰：『濤既近，未可渡南。若不迴舟，吾輩必葬魚腹。』勣出鏡照，江波不進，屹如雲立。四面江水，豁開五十餘步；水漸清淺，黿鼉散走。舉帆翩翩，直入南浦。然後却視，濤波洪湧，高數十丈，而至所渡之所也。遂登天台，周覽洞壑。夜行佩之山谷，去身百步，四面光徹，纖微皆見，林間宿鳥，驚而亂飛。還履會稽，逢異人張始鸞，授勣周髀九章及明堂六甲之事。與陳永同歸。更遊豫章。見道士許藏秘，云『是旌陽七代孫，有咒登刀履火之術』。説妖怪之次，更言豐城縣倉督李敬慎家有三女，遭魅病，人莫能識。藏秘療之無效。勣故人曰趙丹，有才器，任豐城縣尉。勣因過之。丹命祇承人指勣停處。勣謂曰：『欲得倉督李敬慎家居止。』丹遽命敬慎爲主，禮勣。因問其故。敬曰：『三女同居堂内閤子，每至日晚，即靚粧衒服。黄昏後，即歸所居閤子，滅燈燭。聽之，竊與人言笑聲。及至曉眠，非喚不覺。日日漸瘦，不能下食。制之不令粧梳，即欲自縊投井。無奈之何。』勣謂敬曰：『引示閤子之處。』其閤東有窗。恐其門閉固而難啓，遂晝日先刻斷窗櫺四條，却以物支柱之，如舊。至日暮，敬報勣曰：『粧梳入閤矣。』至一更，聽之，言笑自然。勣拔窗櫺子，持鏡入閤，照之。三女叫云：『殺我壻也！』初不見一物。懸鏡至明，有一鼠狼，首尾長一尺三四寸，身無毛齒；有一老鼠，亦無毛齒，其肥大可重五斤；又有守宫，大如人手，身披鱗甲，焕爛五色，頭上有兩角，長可半寸，尾長五寸已上，尾頭一寸色白，並於壁孔前死矣。從此疾愈。其後尋真至廬山，婆娑數月，或棲息長林，或露宿草莽，虎豹接尾，豺狼連迹，舉鏡視之，莫不竄伏。廬山處士蘇賓，奇識之士也，洞明易道，藏往知來，謂勣曰：『天下神物，必不久居人間。今宇宙喪亂，他鄉未必可止，吾子此鏡尚在，足下衛，幸速歸家鄉也。』勣然其言，即時北歸。便遊河北，夜夢鏡謂勣曰：『我蒙卿兄厚禮，今當捨人間遠去，欲得一別，卿請早歸長安也。』勣夢中許之。及曉，獨居思之，恍恍發悸，即時西首秦路。今既見兄，勣不負諸矣。終恐此靈物亦非兄所有。」數月，勣還河東。

大業十三年七月十五日，匣中悲鳴，其聲纖遠，俄而漸大，若龍咆虎吼，良久乃定。開匣視之，即失鏡矣。

汪辟疆按語　按此文原載異聞集，太平廣記二百三十採之，而改題王度。太平御覽九百十二引其程雄家婢一段，而題作隋王度古鏡記。明刻五朝小說遂本之以入六朝小說，不題唐人，故說薈亦未收。惟文苑英華七百三十七顧況戴氏廣異記序乃謂「國朝燕公梁四公記，唐臨冥報記，王度古鏡記，孔慎言神怪志，趙自勤定命録，至如李庾成、張孝舉之徒，互相傳説」云云。則是此文事雖出隋代，記則實入唐初。證以顧況所言，當可信也。作者王度，兩唐書不詳其生平。文中既自稱大業七年五月，自御史罷歸河東。六月，歸長安。八年四月，在臺。冬，兼著作郎，奉詔撰國史。後又云，大業十年，度弟勣自六合丞棄官歸，將遍遊山水。是度固嘗爲著作郎修國史，而弟勣則嘗爲官六合丞矣。舊唐書隱逸傳云：「王績，字無功，絳州龍門人。隋大業中應孝悌廉潔舉，授揚州六合縣丞，非其所好，棄官還鄉里。」新唐書隱逸傳亦云：「績舉孝悌廉潔，不樂在朝，求爲六合丞。以嗜酒不任事，時天下大亂，因劾遂解去，嘆曰：『網羅在天下，吾且安之。』乃還鄉里。」末云：「初兄凝爲隋著作郎，撰隋書未成，死。績續餘功，亦不能成。」據此，頗疑王勣當爲王績之誤。（唐人小説）

附録三　集評

中説　事君篇

王　通

無功作五斗先生傳，子曰：「汝忘天下乎？縱心敗矩，吾不與也。」子之叔弟績，字無功，子曰：「字，朋友之職也。神人無功，非爾所宜也。」

録東皋子答陳尚書書略

王福畤

東皋先生諱績，字無功，文中子之季弟也。棄官不仕，耕於東皋，自號東皋子。貞觀初，仲父太原府君爲監察御史，彈侯君集，事連長孫太尉，由是獲罪。時杜淹爲御史大夫，密奏仲父直言非辜。於是，太尉與杜公有隙，而王氏兄弟皆抑而不用矣。季父與陳尚書叔達相善，陳公方撰隋史，季父持文中子世家與陳公編之。陳公亦避太尉之權，藏而未出，重重作書遺季父，深言勤懇。季父答書，其略曰：

亡兄昔與諸公遊，其言皇王之道至矣！僕與仲兄侍側，頗聞大義。亡兄曰：「吾，周之後也。世習禮樂，子孫當遇王者，得申其道，則儒業不墜。其天乎！其天乎！」時魏文公對曰：「夫子有後矣，天將啓之。徵也儻逢明王，願翼其道，無敢忘之。」及仲兄出胡蘇令，杜大夫嘗於上前言其樸忠，太尉聞之怒。而魏公適入奏事，見太尉。魏公曰：「君集之事果虛耶，御史當反其坐；果實耶，太尉何疑焉？」於是，意稍解。然杜與仲父抗志不屈，魏公亦退朝默然。其後，君集果誅，且吾家豈不幸而多言見窮乎？抑天實未啓其道乎？僕今耕於野有年矣，無一言以裨於時，無一勢以托其迹。没齒東皋，醉醒自適而已。然念先文中之述作，門人傳受，升堂者半在廊廟，續經及中説，未及講求而行。嗟乎！足下知心者，顧僕何爲哉？願記亡兄之言，庶幾不墜，足矣。謹録世家寄去，餘在福郊，面悉其意。幸甚！幸甚！（全唐文卷一百六十一）

【韓按】羅振玉唐風廔刻王無功文集，將此篇作爲王績文，補刻於卷末。然此文引王績語，多次稱長孫無忌爲太尉。今按舊唐書長孫無忌傳云：「高宗即位，進拜太尉。」績卒於貞觀十八年，陳叔達卒於貞觀九年（舊唐書本傳），績與陳書，何能以「太尉」稱長孫氏？又，此文若係績作，必撰於貞觀九年陳叔達卒前，而侯君集被誅在貞觀十七年（舊唐書侯君集傳），文中「其後君集果誅」云云，殊不可解。且「杜與仲父」云云，亦與前文「仲兄」牴牾，不似績之語氣。疑上述諸端當是王福時轉述績語時的穿插，故此篇仍以不作爲王績佚文較妥。

送王秀才序（節録）

韓　愈

吾少時讀醉鄉記，私怪隱居者無所累於世而猶有是言，豈誠旨於味耶？及讀阮籍、陶潛詩，乃知彼雖偃蹇不欲與世接，然猶未能平其心，或爲事物是非相感發，於是有托而逃焉者也。若顔氏子操瓢與簞，曾參歌聲若出金石，彼得聖人而師之，汲汲每若不可及。其於外也固不暇，尚何麴蘗之托而昏冥之逃耶？吾又以爲悲醉鄉之徒不遇也。

建中初，天子嗣位，有意貞觀、開元之丕績，在廷之臣争言事。當此時，醉鄉之後世又以直廢，吾既悲醉鄉之文辭，而又嘉良臣之烈，思識其子孫。

（全唐文卷五百五十五）

唐故宣歙池等州都團練觀察處置使宣州刺史兼御史中丞贈左散騎常侍王公神道碑（節録）

劉禹錫

始文中先生有重名於隋末，其弟勣，亦以有道顯於國初，自號東臯子。文章高逸，傳在人間。議者謂，兄以大中立言，弟遊方外遂性。三百年間，君子稱之。雖四夷亦聞其名字。

（全唐文卷六百九）

九日醉吟

白居易

有恨頭還白，無情菊自黃。一爲州司馬，三見歲重陽。劍匣塵埃滿，籠禽日月長。身從漁父笑，門任雀羅張。問疾因留客，聽吟偶置觴。嘆時論倚伏，懷舊數存亡。奈老應無計，治愁或有方：無過學王勣，唯以醉爲鄉。　（白居易集卷第十七）

醉吟先生傳（節録）

白居易

今吾幸不好彼，而自適於盃觴諷詠之間：放則放矣，庸何傷乎？不猶愈於好彼三者乎？此劉伯倫所以聞婦言而不聽，王無功所以遊醉鄉而不還也。遂率子弟，入酒房，環釀甕，箕踞仰面，長吁太息曰：吾生天地間，才與行，不逮於古人遠矣；而富於黔婁，壽於顔回，飽於伯夷，樂於榮啓期，健於衛叔寶：幸甚幸甚！餘何求哉？若捨吾所好，何以送老？因自吟詠懷詩云：「抱琴榮啓樂，縱酒劉伶達。放眼看青山，任頭生白髮。不知天地内，更得幾年活？從此到終身，盡爲閑日月。」吟罷自哂，揭甕撥醅，又引數盃，兀然而醉。既而醉復醒，醒復吟，吟復飲，飲復醉：醉吟相仍，若循環然。由是得以夢身世，雲富貴，幕席天地，瞬息百年，陶陶然，昏昏然，不知老之將至，古所謂得全於酒者，故自號爲醉吟先生。于時開成三年，先生之齒六十有七，鬚

盡白，髮半禿，齒雙缺；而觴詠之興猶未衰。顧謂妻子云：今之前，吾適矣；今之後，吾不自知其興何如？（同上書卷七十）

北夢瑣言

孫光憲

東皋子王勣，字無功，有杜康廟碑、醉鄉記，備言酒德。（卷六）

辨易

石介

王績爲負苓者傳，載薛收之言曰：「伏羲畫八卦而文王繫之，不逮省文矣，以爲文王病也。」負苓者曰：「文王焉病？伏羲氏病甚者也。昔者，伏羲氏之未畫八卦也，三才其不立乎？四序其不行乎？百物其不生乎？萬象其不森乎？」以謂伏羲氏泄道之密，漏神之機，爲始兆亂者。吁！可怪也。夫易之作，救亂而作也，聖人不得已也。亂有深淺，故文有繁省。亂萌於伏羲氏，故八卦已矣！漸於文王，故六十四已矣！極於夫子，故極其辭而後能止。伏羲後有神農氏、黃帝氏、少昊氏、顓頊氏、高辛氏、唐堯氏、虞舜氏、禹、湯，皆聖人也。豈獨不能繫易之一辭？無亂以救也；文王豈獨能過是九聖人，亂不可救也。

作易非以爲巧，救亂也。文王、夫子非以衒辭，明易也。易不作，天下至今亂不止。文王、

夫子無述，易至今不明。薛收、負苓者，不達易甚矣！（徂徠集卷七）

書東皋子傳後

蘇軾

予飲酒終日，不過五合。天下之不能飲，無在予下者。然喜人飲酒，見客舉杯徐引，則予胸中爲之浩浩焉，落落焉，酣適之味，乃過於客。閑居未嘗一日無客，客至未嘗不置酒。天下之好飲，亦無在予上者。常以謂，人之至樂，莫若身無病而心無憂。我則無是二者矣！然人之有是者接於予前，則予安得全其樂乎？故所至常蓄善藥，有求者則與之。而尤喜釀酒以飲客。或曰：「子無病而多蓄藥，不飲而多釀酒，勞己以爲人，何也？」予笑曰：「病者得藥，吾爲之體輕；飲者用於酒，吾爲之酣適：蓋專以自爲也。」東皋子待詔門下省，日給酒三升。其弟靜問曰：「待詔樂乎？」曰：「待詔何所樂？但美醞三升，殊可戀耳。」今嶺南法不禁酒，予既得自釀，月用米一斛，得酒六斗。而南雄、廣、惠、循、梅五太守，間復以酒遺予。略計其所獲，殆過於東皋子矣！然東皋子自謂「五斗先生」，則日給三升，救口不暇，安能及客乎？若予者，乃日有三升五合，入野人道士腹中矣。東皋子與仲長子光遊，好養性服食，預刻死日，自爲墓誌，予蓋友其人於千載，或庶幾焉。（東坡全集後集第八册卷九）

困學紀聞

王應麟

文中子遊馬頰之谷，遂至牛首之溪。龔氏本云：「子遊黄頰之谷，遂至白牛之溪。」注云：「王績嘗題詩黄頰山壁。」愚按：負苓者傳：「文中子講道於白牛之溪。」當從龔本。（卷十）

仲長子光，中説稱之。王無功爲傳云：著獨遊頌及河渚先生傳以自喻。文中子比之虞仲、夷逸。又爲祭文云：「明道若昧，進道若退。鳥飛知還，龍亢必悔。藏用以密，養正以蒙。不見其始，孰知其終？」（同上）

無功答馮子華書曰：「吾家三兄，生于隋末。傷世擾亂，有道無位。作汾亭之操，蓋孔子龜山之流也。吾嘗親受其調，頗謂曲盡。近得裴生琴，更習其操。洋洋乎覺聲品相得。」又曰：「吾往見薛收白牛溪賦，韻趣高奇，詞義曠遠。嵯峨蕭瑟，真不可言。壯哉邈乎，揚、班之儔也。」（同上）

王無功遊北山賦序云：「余，周人也，本家于祁。永嘉之際，扈遷江左。地實儒素，人多高烈。穆公銜建元之耻，歸于洛陽。同州悲永安之事，退居河曲。始則晉陽之開國，終乃安康之受田。」其賦云：「白牛溪裏，岡巒四峙。信茲山之奥域，昔吾兄之所止。許由避地，張超成市。察俗删詩，依經正史。組帶青衿，鏘鏘儗儗。階庭禮樂，生徒杞梓。山似尼丘，泉疑泗涘。」又注云：「此溪之集門人常以百數，河南董恒、南陽程元、中山賈瓊、河南薛收、太山姚義、太原温彦博、京兆杜淹等十餘人，稱爲俊穎。而姚義慷慨，同儕方之仲由；薛收以理達，方之莊周。門人多至台輔，而文中子之道未行。」然無功不及房、杜、魏，何哉？（同上）

王無功三月三日賦：「聚三都之麗人。」「長安水邊多麗人」語本此。（卷十八）

艇齋詩話

曾季貍

古人於前輩未嘗敢忽，雖不逮於己者，亦不敢少忽也。以韓退之之於文，杜子美之於詩，視王楊盧駱之文，不啻如俳優。而王績之文於退之，猶土苴爾。然退之於王勃滕王閣記、王績醉鄉記，方且有歆豔不及之語。子美於王楊盧駱之文，又以爲時體而不敢輕議。古人用心忠厚如此，異乎今人露才揚己，未有寸長者，已譏議前輩，此皇甫持正所以有「衙官」「老兵」之論。（衙官非持正語）

周氏涉筆

周氏

舊傳四聲，自齊、梁至沈、宋，始定爲唐律。然沈、宋體製，時帶徐、庾，未若王績翦裁鍛鍊，曲盡情玄，真開迹唐詩也。如云「牧人驅犢返，獵馬帶禽歸」，「琴曲唯留古，書名半是經」，九月九日一篇「野人迷節候，端坐隔塵埃。忽見黄花吐，方知素節回。映巖千段發，臨浦萬株開。香氣徒盈把，無人送酒來」，蓋淵明古體，蟠屈入八句中，渾然天成。又唐末諸家所不能也。

無功放逸傲世，而詩句如此，豈其真得於自然乎？獨坐云：「問君樽酒外，獨坐更何須？有客談名理，無人索地租。三男婚令族，五女嫁賢夫。百年隨分了，未羨陟方壺。」無功本席世家之盛，師友之門，恩誼暖熱，生理不干其心。因得以一意世外，不屈節求人，所謂福慧雙入者邪！

（轉録文獻通考卷二百三十一，經籍考五十八）

韻語陽秋

葛立方

王績作被召謝病詩云：「横裁桑節杖，直翦竹皮巾。鶴警琴亭夜，鶯啼酒甕春。顔回惟樂道，原憲豈傷貧。」觀此數語，又豈以招聘爲喜乎？獨坐詩云：「托身千載下，聊游萬物初。欲令無作有，翻覺實成虚。」詠懷詩云：「故鄉行處是，虚室坐間同。日落西山暮，方知天下空。」贈薛收詩云：「賴有此山僧，教我以真如。使我視聽遺，自覺塵累祛。」則又知績有得於佛氏者甚深也。

昔太公釣於渭水之濱，而李白以爲釣位。所謂「廣張三千六百鈞，風雅時與文王親」是也。嚴光釣於七里之瀨，而滕白以爲釣名。所謂「祇將溪畔一竿竹，釣却人間萬古名」是也。是又烏足以語聖賢。（卷十一）

古今人賦棋詩多矣。「幾局賭山果，一先饒海僧」者，鄭谷之詩也。「雁行布陣衆未曉，虎穴得子人皆驚」者，劉夢得之詩也。「古人重到今人愛，萬局都無一局同」者，歐陽炯之詩也。觀諸人語意，皆無足取，獨愛荆公贈葉致遠之作，其略云：「或撞關以攻，或覘眼而擪，或羸形伺擊，或猛出追躡。垂成忽破壞，中斷俄連接。或外示閑暇，或事先和燮。或冒突超越，鼓行令震疊；或粗見形勢，驅除令遠蹀；或開拓疆境，欲并包總攝。或慚如告亡，或喜如獻捷。諱輸寧斷頭，悔誤乃披頰。」可謂曲盡圍棋之態。非筆力可以回萬鈞，豈易至此。取退之南山詩讀之，若可齊驅並駕也。王無功亦有圍棋長篇云「雙關防易斷，隻眼畏難全。魚鱗張九拒，鶴翅擁三邊」等句，鋪叙類荆公，而其他句猥雜處尚衆。東坡白鶴觀四言詩云：「小兒近道，剥啄信指。勝固欣然，敗亦可喜。」夫恣貪欲於指顧，争勝負於毫釐，業棋者之常情，而坡乃置之膜外，亦可見其胸中翛然者矣。荆公亦有「棋罷兩匳收白黑，一枰何處有虧成」之句。（卷十七）

荆楚記云：屈原以五月五日投汨羅而死，人傷之，以舟檝拯焉。故武陵競渡，用五月五日，蓋本諸此。……又有招屈亭詩，所謂「曲終人散空愁暮，招屈亭前水東注」是也。今江浙間競渡多用春月，疑非屈原之義。及考沈佺期三月三日獨坐驩州詩云：「誰念招魂節，翻爲禦魅囚。」王績三月三日賦亦云：「新聞避忌之席，更作招魂之所。」則以元巳爲招屈之時，其必有所據也。余觀琴操云：「介子推五月五日焚林而死，故是日不得發火。」而異苑以爲寒食始禁煙。蓋當時五月五日，以周正言之爾，今用夏正，乃三月也。屈原以五月五日死，而佺期、王績以元巳爲招魂之節者，亦豈是邪？（卷十九）

升庵詩話

楊 慎

六朝七言律其體不純（寄張禹山）。「蝶黄花紫燕相追，楊低柳合路塵飛。已見垂鈎挂緑樹，誠知淇水沾羅衣。兩童夾車問不已，五馬城南猶未歸。鶯啼春欲駛，無爲空掩扉。」（右梁簡文情曲，後二句又作五言也。）「長安城中秋夜長，佳人錦石擣流黄。香杵紋砧知近遠，傳聲遞響何凄凉。七夕長河爛，中秋明月光。蠮螉塞邊絶候雁，鴛鴦樓上望天狼。」（右後魏温子昇擣衣，第五六句又作五言。）「文窗玳瑁影嬋娟，香帷翡翠出神仙。促柱點脣鶯欲語，調弦繫爪雁相連。

秦聲本自楊家解，吴歈那知謝傅憐。祇愁芳夜促，蘭膏無那煎。」（右陳後主聽箏，後二句五言。）「舊知山裏絶氛埃，登高日暮心悠哉。子平一去何時返，仲叔長遊遂不來。幽蘭獨夜清琴曲，桂樹凌雲濁酒杯。槁項同枯木，丹心等死灰。」（右隋王無功北山，後二句五言。）（卷一）

王績贈學仙者「采藥層城遠，尋師海路賒。玉壺橫日月，金闕斷煙霞。仙人何處在，道士未還家。誰知彭澤也，更覓步兵邪？春釀煎松葉，秋杯泛菊花。相逢寧可醉，定不學丹砂。」此詩深有風諭於世之妄意長生者，比之朱子脱屣非難，殊爲正論，無愧文中子之友于矣。（卷二）

王績野望詩「東臯薄暮望，徙倚欲何依。樹樹皆秋色，山山惟落暉。牧人驅犢返，獵馬帶禽歸。相顧無相識，長歌懷采薇。」王無功，隋人，入唐，隱節既高，詩律又盛，蓋王楊盧駱之濫觴，陳杜沈宋之先鞭也，而人罕知之，況文中子之道德乎？乃知名亦有幸不幸，古云蓋棺事乃定，若此者，千年猶未定也。（卷二）

石苔可踐　隋王無功詩：「石苔應可踐，叢枝幸易攀。清溪歸路直，乘月醉歌還。」閑詠此詩，有疑難者曰：「石苔之滑，踐之豈不顛？」余曰：「非也，觀詩中一幸字，便得其解，蓋言石苔本難踐，幸有叢枝可攀援耳。」古人用意，須三思乃得之。謝靈運詩：「苔滑誰能步，葛弱豈可捫？」此反其意。唐杜審言詩：「攀崖踐苔易，迷路出花難。」又順用無功詩意也。章後齋聞予此言，所見略同，因成一絶，見本集。（卷三）

藝苑卮言

王世貞

少陵句云：「淮王門有客，終不愧孫登。」頗無關涉，爲韻所强耳，後世不解事人翻以爲法。至於北地所謂「鄭綮騎驢，無功行縣」，行縣、騎驢既非實事，王績、鄭綮又否通人，生俗無謂，大可戒也。近代謝茂秦大有此病，蓋不學之故。（卷七）

四溟詩話

謝榛

屈原曰：「衆人皆醉我獨醒。」王績曰：「眼看人盡醉，何忍獨爲醒。」左思曰：「功成不受爵，長揖歸田廬。」太白曰：「若待功成拂衣去，武陵桃花笑殺人。」王、李二公，善於翻案。子美曰：「明年此會知誰健，醉把茱萸仔細看。」劉浚曰：「不用茱萸仔細看，管取明年各强健。」太拙而無意味。楊誠齋翻案法專指宋人，何也？（卷二）

四友齋叢説

何良俊

唐時隱逸詩人，當推王無功、陸魯望爲第一。蓋當武德之初，猶有陳、隋遺習，而無功能盡洗鉛華，獨存體質。且嗜酒誕放，脱落世事，故於情性最近。今觀其詩，近而不淺，質而不俗，殊有魏、晉之風。陸魯望則近於里巷風謡。故皆有諷有刺，而不求工於言句之間，可謂盡善。世稱秦隱君，余則以爲，隱君有意作詩，去二君遠甚。嘗欲集無功之詩，與笠澤叢書並刻以傳，恨力不能也。（卷二五）

詩藪

胡應麟

王無功：「眼看人盡醉，何忍獨爲醒？」駱賓王：「昔時人已没，今日水猶寒。」初唐絶句精巧，猶是六朝餘習，然調不甚古，初學慎之。（内編卷六）

唐音癸籤

胡震亨

王績之詩曰：「有客談名理，無人索地租。」隱如是，可隱也。陶潛之詩曰：「饑來驅我去……叩門拙言辭。」如是隱，隱未易言矣。白樂天之詩曰：「冒寵已三遷，歸朝始二年。囊中儲餘俸，園外買閑田。」如是罷官，官亦可罷也。韋應物之詩曰：「政拙忻罷守，閑居初理生」；「聊租二頃田，方課子弟耕。」罷官如是，恐官正未易罷耳。韋與陶千古並稱，豈獨以其詩哉！（卷二五）

圍爐詩話

吴喬

唐詩人名誤者，王績，藝文志誤作「勣」，紀事又誤以爲有此兩人，皆非是。（卷二九）

王績野望詩，陳拾遺之前旌也。（卷二）

唐詩别裁集

沈德潛

野望（原詩略）　五言律，前此失嚴者多，應以此章爲首。

通首只無相識意，「懷采薇」，偶然興寄古人也。説詩家謂感隋之將亡，毋乃穿鑿。（卷九）

石洲詩話

翁方綱

王無功以真率疏淺之格，入初唐諸家中，如鸞鳳群飛，忽逢野鹿，正是不可多得也。然非入

唐之正脈。（卷一）

石門吴孟舉鈔宋詩，略「西崑」，而首取元之，意則高矣。然宋初真面目，自當存之。元之雖爲歐、蘇先聲，亦自接脈而已。至於林和靖之高逸，猶王無功之在唐初，不得徑以陶、韋嫡派誣之。若夫柳、种、穆、尹，學在師古，又不以詩擅長矣。（卷三）

唐詩箋注

黄叔燦

野望　王績隱於東皋，「欲何依」，言不欲他適也。「樹樹」一聯，寫望中景色有致。「牧人」、「獵馬」，各自營爲，本不相識，任其相顧，我自長歌。「懷采薇」，取義於我安適歸，意與首相應。

（卷一）

題酒店壁（其一）「竹葉」、「葡萄」，酒名。古人以之造酒，上二句形容其美；下二句謂遇酒必盡，無貽後悔，不重惜别。按唐書本傳：「王無功嗜酒，著醉鄉記。」（卷七）

【韓按】此條所評詩，即本書卷三題酒店樓壁絶句八首之二。

題酒店壁（其二）　嗜酒率真，詩亦有天趣。　（卷七）

【韓按】此條所評詩，即本書卷三題酒店樓壁絶句八首之六。

載酒園詩話又編

賀　裳

王績　詩之亂頭粗服而好者，千載一淵明耳。樂天效之，便傷俚淺，惟王無功差得其髣髴。陶、王之稱，余嘗欲以東皐代輞川。輞川誠佳，太秀，多以綺思撩其樸趣。東皐瀟灑落穆，不衫不履，如「來時常道貰，慚愧酒家胡」；「家貧留客久，不暇道精粗」。至若「相逢寧可醉，定不學丹砂」；「昔我未生時，誰者令我萌？棄置勿重陳，委化何足驚」。真齊得喪、一死生之言。曠懷高致，其人自堪尚友，不徒音響似之。

摩詰曰：「五帝與三王，古來稱君子。干戈將揖讓，畢竟何者是？」識田中尚費此一番輾轉。無功直曰：「禮樂囚姬旦，詩書縛孔丘。不如高枕上，時取醉消愁。」個中纖影不留矣！

彭澤、東皐，皆素心之士，陶爲饑寒所驅，時有凉音，王黍秫菓藥粗足，故饒逸趣。以九方皐相馬法觀之，顧不河漢。

静居緒言

闕名

王無功曠志絶俗，隋季棄六合丞，歸耕東皋，作五斗先生傳，釀藉渚田，隱偕子光，希慕柴桑、栗里之風切矣。其石竹一詠，雅見本懷。云：「萋萋結緑枝，曄曄垂朱英。常恐零露降，不得全其生。嘆息聊自思，此生豈我情？昔我未生時，誰者令我萌？棄置勿重陳，委化何足驚。」沈雲卿詩，亦脱略時習，自得古情。初達驩州一篇，鑿奇出險，創杜、韓之始。云：「流子一十八，命予偏不偶。配遠天遂窮，到遲日最後。水行儋耳國，陸行雕題藪。魂魄遊鬼門，骸骨遺鯨口。夜則忍饑卧，朝則抱病走。搔首向南荒，拭淚看北斗。何年赦書來，重飲洛陽酒？」皆不受牢籠，自騁天步。言詩者往往不録，豈真無馬邪！

石園詩話

余成教

王無功績田家云：「家貧留客久，不暇道精粗。抽簾特益炬，拔簣更燃爐。恒聞飲不足，何見有殘壺？」在京思故園見鄉人問：「斂眉俱握手，破涕共銜杯。殷勤訪朋舊，屈曲問童孩。」眼前景況，即是好詩料也。　（卷一）

全唐文紀事

陳鴻墀

醉鄉王績，字無功，祭禹文：「潦水降而寒潭清，山光沉而白雲晚。」王勃云：「潦水浄而寒潭清，煙光凝而暮山紫。」（卷四七祖襲一引密齋筆記）

小清華園詩話

王壽昌

何謂古？曰：「君子防未然，不處嫌疑間。瓜田不納履，李下不整冠。嫂叔不親授，長幼不比肩。勞謙得其柄，和光甚獨難。周公下白屋，吐哺不及餐。一沐三握髮，後世稱聖賢。」古君子行是也。他如少陵之飲中八仙歌，猶有古意存焉。近體則：「東皐薄暮望，徙倚欲何依？樹樹皆秋色，山山惟落暉。牧童驅犢返，獵馬帶禽歸。相顧無相識，長歌懷採薇。」王績野望暨沈雲卿佺期之「龍池躍龍龍已飛，龍德先天天不違。池開霄漢分黄道，龍向天門入紫微。邸第樓臺多氣色，君王鳧雁有光輝。爲報寰中百川水，來朝此地莫東歸」龍池篇此等詩乃太羹玄酒之味，咸、英、韶、濩之音，非世俗所能知者，但學者不可不本源於此。（卷上）

秋笳集	[清]吴兆騫撰　麻守中校點
漁洋精華録集釋	[清]王士禛著　李毓芙、牟通、李茂肅整理
聊齋志異會校會注會評本	[清]蒲松齡著　張友鶴輯校
敬業堂詩集	[清]查慎行著　周劭標點
納蘭詞箋注	[清]納蘭性德著　張草紉箋注
方苞集	[清]方苞著　劉季高校點
樊榭山房集	[清]厲鶚著　[清]董兆熊注　陳九思標校
劉大櫆集	[清]劉大櫆著　吴孟復標點
儒林外史彙校彙評(增訂版)	[清]吴敬梓著　李漢秋輯校
小倉山房詩文集	[清]袁枚著　周本淳標校
忠雅堂集校箋	[清]蔣士銓著　邵海清校　李夢生箋
甌北集	[清]趙翼著　李學穎、曹光甫校點
惜抱軒詩文集	[清]姚鼐著　劉季高標校
兩當軒集	[清]黄景仁著　李國章校點
惲敬集	[清]惲敬著　萬陸、謝珊珊、林振岳標校　林振岳集評
茗柯文編	[清]張惠言著　黄立新校點
瓶水齋詩集	[清]舒位著　曹光甫點校
龔自珍全集	[清]龔自珍著　王佩諍校點
龔自珍詩集編年校注	[清]龔自珍著　劉逸生、周錫䪖校注
水雲樓詩詞箋注	[清]蔣春霖著　劉勇剛箋注
人境廬詩草箋注	[清]黄遵憲著　錢仲聯箋注
嶺雲海日樓詩鈔	[清]丘逢甲著　丘鑄昌標點

袁宏道集箋校	[明]袁宏道著　錢伯城箋校
珂雪齋集	[明]袁中道著　錢伯城點校
隱秀軒集	[明]鍾惺著　李先耕、崔重慶標校
譚元春集	[明]譚元春著　陳杏珍標校
張岱詩文集(增訂本)	[明]張岱著　夏咸淳輯校
陳子龍詩集	[明]陳子龍著 施蟄存、馬祖熙標校
夏完淳集箋校(修訂本)	[明]夏完淳著　白堅箋校
牧齋初學集	[清]錢謙益著　[清]錢曾箋注 錢仲聯標校
牧齋有學集	[清]錢謙益著　[清]錢曾箋注 錢仲聯標校
牧齋雜著	[清]錢謙益著　[清]錢曾箋注 錢仲聯標校
牧齋初學集詩注彙校	[清]錢謙益著　[清]錢曾箋注 卿朝暉輯校
李玉戲曲集	[清]李玉著 陳古虞、陳多、馬聖貴點校
吴梅村全集	[清]吴偉業著　李學穎集評標校
歸莊集	[清]歸莊著
顧亭林詩集彙注	[清]顧炎武著　王蘧常輯注 吴丕績標校
安雅堂全集	[清]宋琬著　馬祖熙標校
吴嘉紀詩箋校	[清]吴嘉紀著　楊積慶箋校
陳維崧集	[清]陳維崧著　陳振鵬標點 李學穎校補
屈大均詩詞編年校箋	[清]屈大均著　陳永正等校箋

放翁詞編年箋注(增訂本)	[宋]陸游著　夏承燾、吴熊和箋注 陶然訂補
渭南文集箋校	[宋]陸游著　朱迎平箋校
范石湖集	[宋]范成大撰　富壽蓀標校
范成大集校箋	[宋]范成大撰　吴企明校箋
于湖居士文集	[宋]張孝祥著　徐鵬校點
稼軒詞編年箋注(定本)	[宋]辛棄疾撰　鄧廣銘箋注
辛棄疾詞校箋	[宋]辛棄疾著　吴企明校箋
姜白石詞編年箋校	[宋]姜夔著　夏承燾箋校
後村詞箋注	[宋]劉克莊著　錢仲聯箋注
瀛奎律髓彙評	[元]方回選評　李慶甲集評校點
雁門集	[元]薩都拉著 殷孟倫、朱廣祁校點
揭傒斯全集	[元]揭傒斯著　李夢生標校
高青丘集	[明]高啓著　[清]金檀注 徐澄宇、沈北宗校點
唐寅集	[明]唐寅著　周道振、張月尊輯校
文徵明集(增訂本)	[明]文徵明著　周道振輯校
震川先生集	[明]歸有光著　周本淳校點
海浮山堂詞稿	[明]馮惟敏著 凌景埏、謝伯陽標校
滄溟先生集	[明]李攀龍著　包敬第標校
梁辰魚集	[明]梁辰魚著　吴書蔭編集校點
沈璟集	[明]沈璟著　徐朔方輯校
湯顯祖詩文集	[明]湯顯祖著　徐朔方箋校
湯顯祖戲曲集	[明]湯顯祖著　錢南揚校點
白蘇齋類集	[明]袁宗道著　錢伯城校點

歐陽修詞校注	[宋]歐陽修著　胡可先、徐邁校注
蘇舜欽集	[宋]蘇舜欽著　沈文倬校點
嘉祐集箋注	[宋]蘇洵著　曾棗莊、金成禮箋注
王荆文公詩箋注(修訂版)	[宋]王安石著　[宋]李壁箋注　高克勤點校
王令集	[宋]王令著　沈文倬校點
蘇軾詩集合注	[宋]蘇軾著　[清]馮應榴注　黄任軻、朱懷春校點
東坡樂府箋	[宋]蘇軾著　[清]朱孝臧編年　龍榆生校箋
東坡詞傅幹注校證	[宋]蘇軾著　[宋]傅幹注　劉尚榮校證
欒城集	[宋]蘇轍著　曾棗莊、馬德富校點
山谷詩集注	[宋]黄庭堅著　[宋]任淵、史容、史季温注　黄寶華點校
山谷詩注續補	[宋]黄庭堅著　陳永正、何澤棠注
山谷詞校注	[宋]黄庭堅著　馬興榮、祝振玉校注
淮海集箋注	[宋]秦觀撰　徐培均箋注
淮海居士長短句箋注	[宋]秦觀著　徐培均箋注
清真集箋注	[宋]周邦彦著　羅忼烈箋注
石門文字禪校注	[宋]釋惠洪撰　周裕鍇校注
石林詞箋注	[宋]葉夢得著　蔣哲倫箋注
樵歌校注	[宋]朱敦儒著　鄧子勉校注
李清照集箋注(修訂本)	[宋]李清照著　徐培均箋注
吕本中詩集箋注	[宋]吕本中著　祝尚書箋注
陳與義集校箋	[宋]陳與義著　白敦仁校箋
蘆川詞箋注	[宋]張元幹著　曹濟平箋注
劍南詩稿校注	[宋]陸游著　錢仲聯校注

韓昌黎文集校注	[唐]韓愈著　馬其昶校注 馬茂元整理
劉禹錫集箋證	[唐]劉禹錫著　瞿蜕園箋證
白居易集箋校	[唐]白居易著　朱金城箋校
柳宗元詩箋釋	[唐]柳宗元著　王國安箋釋
柳河東集	[唐]柳宗元著　[宋]廖瑩中輯注
元稹集校注	[唐]元稹著　周相録校注
長江集新校	[唐]賈島著　李嘉言新校
張祜詩集校注	[唐]張祜著　尹占華校注
三家評注李長吉歌詩	[唐]李賀著　[清]王琦等評注 蔣凡校點
樊川文集	[唐]杜牧著　陳允吉校點
樊川詩集注	[唐]杜牧著　[清]馮集梧注
温飛卿詩集箋注	[唐]温庭筠著　[清]曾益等箋注
玉谿生詩集箋注	[唐]李商隱著　[清]馮浩箋注 蔣凡校點
樊南文集	[唐]李商隱著　[清]馮浩詳注 錢振倫、錢振常箋注
皮子文藪	[唐]皮日休著　蕭滌非、鄭慶篤整理
鄭谷詩集箋注	[唐]鄭谷著 嚴壽澂、黄明、趙昌平箋注
韋莊集箋注	[五代]韋莊著　聶安福箋注
李璟李煜詞校注	[南唐]李璟、李煜著　詹安泰校注
張先集編年校注	[宋]張先著　吴熊和、沈松勤校注
二晏詞箋注	[宋]晏殊、晏幾道著　張草紉箋注
樂章集校箋	[宋]柳永著　陶然、姚逸超校箋
梅堯臣集編年校注	[宋]梅堯臣著　朱東潤編年校注
歐陽修詩文集校箋	[宋]歐陽修著　洪本健校箋

蕭繹集校注	［南朝梁］蕭繹著　陳志平、熊清元校注
玉臺新咏彙校	吴冠文、談蓓芳、章培恒彙校
王績集會校	［唐］王績著　韓理洲校點
王梵志詩校注（增訂本）	［唐］王梵志著　項楚校注
盧照鄰集箋注	［唐］盧照鄰著　祝尚書箋注
駱臨海集箋注	［唐］駱賓王著　［清］陳熙晉箋注
王子安集注	［唐］王勃著　［清］蔣清翊注
陳子昂集（修訂本）	［唐］陳子昂撰　徐鵬校點
孟浩然詩集箋注（增訂本）	［唐］孟浩然著　佟培基箋注
王右丞集箋注	［唐］王維著　［清］趙殿成箋注
李白集校注	［唐］李白著　瞿蜕園、朱金城校注
高適集校注（修訂本）	［唐］高適著　孫欽善校注
杜詩趙次公先後解輯校	［唐］杜甫著　［宋］趙次公注　林繼中輯校
新刊校定集注杜詩	［唐］杜甫著　［宋］郭知達輯注　聶巧平點校
新定杜工部草堂詩箋斠證	［唐］杜甫著　［宋］魯訔編　［宋］蔡夢弼會箋　曾祥波新定斠證
杜詩鏡銓	［唐］杜甫著　［清］楊倫箋注
錢注杜詩	［唐］杜甫著　［清］錢謙益箋注
杜甫集校注	［唐］杜甫著　謝思煒校注
岑参集校注	［唐］岑參著　陳鐵民、侯忠義校注
戴叔倫詩集校注	［唐］戴叔倫著　蔣寅校注
韋應物集校注（增訂本）	［唐］韋應物著　陶敏、王友勝校注
權德輿詩文集	［唐］權德輿撰　郭廣偉校點
王建詩集校注	［唐］王建著　尹占華校注
韓昌黎詩繫年集釋	［唐］韓愈著　錢仲聯集釋

《中國古典文學叢書》已出書目

詩經今注	高亨注
楚辭集注	[宋]朱熹撰　黄靈庚點校
楚辭今注	湯炳正、李大明、李誠、熊良智注
司馬相如集校注	[漢]司馬相如著　金國永校注
揚雄集校注	[漢]揚雄著　張震澤校注
張衡詩文集校注	[漢]張衡著　張震澤校注
阮籍集	[魏]阮籍著　李志鈞等校點
陸機集校箋	[晉]陸機著　楊明校箋
陶淵明集校箋(修訂本)	[晉]陶潛著　龔斌校箋
世説新語箋疏(修訂本)	[南朝宋]劉義慶撰　余嘉錫箋疏　周祖謨等整理
世説新語校釋(增訂本)	[南朝宋]劉義慶撰　[南朝梁]劉孝標注　龔斌校釋
鮑參軍集注	[南朝宋]鮑照著　錢仲聯增補集説校
謝宣城集校注	[南朝齊]謝朓著　曹融南校注集説
江文通集校注	[南朝梁]江淹著　丁福林、楊勝朋校注
文心雕龍義證	[南朝梁]劉勰著　詹鍈義證
詩品集注(增訂本)	[梁]鍾嶸著　曹旭集注
文選	[梁]蕭統編　[唐]李善注